葬儀屋《アンダーテイカー》
プロレス刺客伝

黒木あるじ

集英社文庫

目次

葬儀屋《アンダーテイカー》

プロレス刺客伝

プロローグ

おい、耳の穴ァかっぽじってよく聞けよ、この野郎ッ！

次の試合では、あいつを二度とリングに立てねえようブチのめしてやるからな。腕も足もへし折って、ついでに首もひん曲げて、墓の下に埋めてやる。試合の日があいつの命日だ。いまから喪服と香典と、特大の棺桶《かんおけ》を準備しとけ、この野郎ッ！

あ、こんなもんで大丈夫ですか。はい、はい、ありがとうございます。いい記事にしてくださいね。よろしくお願いします。

ええと……あの、須原《すはら》さん。

すこし、ふたりだけで時間をいただけますか。実は、ちょっと相談したいことがありまして……あ、テープレコーダーは止まってますよね。いや、まがりなりにも悪役レスラーなもんで、こんな会話を他人に聞かれたらマズいなと思って。

それで、実はですね……葬儀屋って、知ってます？

いやいや、違いますよ。本物のお葬式をする人じゃなくて。ニックネームとでも言うのかなあ。とにかく、そう呼ばれる選手が来日しているみたいなんです。

そいつ、相手をリングで本当に葬っちゃうんですって。殺しちゃうんですって。

俺も詳しいことは知らないんですが……ただ、いろいろ物騒な噂《うわさ》はありまして。選手を生き埋めにしたとか、棺桶につっこんで生きたまま燃やしたとか、なかには日本のリングを牛耳るために秘密組織がはなった刺客だ、なんて情報もあるんですよ。ま、ガイジン選手が情報源なんで、どこまで本当の話かわからないんですけど。

ちょ、ちょっと、そんなに笑わないでくださいよ。俺だって百パーセント信じたわけじゃないんです。ただ、ずいぶんと仲間うちで話題になっているし、火のないところに煙の立たない業界ですから、すこし気になって訊《き》いただけなんですから。そうですよね。そんな殺人鬼みたいなレスラーなんて居るはずありませんよね。ベテランの記者さんがそう言うなら、安心してこれからもリングにあがれますよ。

ただ……もし葬儀屋の情報を耳にしたら、俺にこっそり教えてもらえませんか。また笑われちゃうかもしれませんけど、なんだか不吉な予感がするんですよ。ええ、ええ。すいませんが、よろしくお願いします。

あれ、テレビカメラが戻ってきた。なんだろう……あ、追加の試合後コメントですか。わかりました。じゃあ早速いきますね……おいッ、次の試合をあいつの葬式にしてやる。土葬か火葬か好きなほうを選んで、いまのうちにとっとと棺桶の用意をしやがれ、この野郎ッ！

第一話

葬儀屋
アンダーテイカー

1

「掃除屋ぁ？」

ヒンズースクワットをこなしながら司藤武士《しどうたけし》が訊《たず》ねた。

短く刈りあげた坊主頭に汗粒が浮き、水を撒《ま》いた芝生よろしく光っている。絞れそうなほど濡《ぬ》れたシャツからは、うっすら湯気が立ちのぼっていた。

「リングを掃除するレスラーか。それとも箒《ほうき》を凶器にでも使うのか」

「掃除屋じゃねえ。そ、う、ぎ、や」

俺は屈伸のリズムに合わせ、一文字ずつ区切りながら答える。単語を強調したかったわけではない。呼吸が限界に達していたのだ。すでにスクワットの数は五百回を超えている。意思とは無関係に太ももが痙攣《けいれん》し、すこしでも気を抜けばその場に尻餅をつきかねなかった。

「葬儀屋……なんだかダサいリングネームだな」

青息吐息な俺とは裏腹に、隣の司藤は息も継がず平然と笑っていた。同日入門した練習生とは思えぬ体力の差にほとほと嫌気がさす。おまけに司藤は要領も良く、先輩レスラーにも可愛《かわい》がられていた。この調子でいけばプロデビューの太鼓判をもらう日は遠くないだろう。同期の自分を置き去りに、まもなくスポットライトを浴びるはずだ。

もちろん初戦は惨敗するだろうが、そこはソツのない司藤のこと、わざと皆が気に入りそうな青臭いファイトを披露して高評価を得るに違いない。観客も対戦相手も惜しみない拍手を送る——そんな光景がありありと脳裏に浮かんだ。

くだらねえ。

小声で吐き捨てる。処世術に長《た》けた司藤に対しての言葉か、不器用なおのれへの科白《せりふ》か、それともプロレス全体に向けた発言か。俺自身、よくわからなかった。

「葬儀屋ってのは異名だよ。そう呼ばれているレスラーが業界に居るらしい。リングで相手を秘密裏に葬り去るんだとさ。狙われた選手はその試合を最後に表舞台から姿を消す。まさしく墓の下に埋められるってわけだ」

先輩の立ち話で小耳に挟んだ〈とっておきの情報〉を口にする。お前よりこの世界に精通しているぞ——そんな、さりげない自慢のつもりだった。けれども司藤はあまりピンと来ていないようで「ふうん」と首を捻《ひね》っている。やたらと空気を読む性格のくせに、肝心なところは鈍感なのがまた腹立たしい。

うんざりしながら、目に流れこむ汗を指でぬぐった。それしきの他愛ない動作ですら悲鳴をあげそうになる。全身が痛い。思考がまとまらない。暑さにスタミナが根こそぎ奪われている。

十二月も半ばだというのに、プレハブ建ての道場には暖房がいっさい置かれていなかった。にもかかわらず、道場内の窓ガラスは白く曇っている。筋肉達磨《だるま》どもの熱源——つまりは現役のプロレスラー十数名が汗を流しているのだから、当然といえば当然だ。

バーベルを黙々とあげ続ける者、天井からぶら下がった太いロープを無言でのぼる者。リングの上ではベテランに関節技を極《き》められた若手が死にものぐるいでマットを叩《たた》き、ギブアップの意思を示している。

「で、その葬式屋だか棺桶屋《かんおけや》だかが、いったいなんだってんだ」

興味のなさを隠そうともせず、司藤が訊《き》く。余計なことばかり悩むからお前は半人前なんだよ——言外に嘲笑《ちょうしょう》されている気がした。

「ッたく、わかんねえかなあッ」

苛立《いらだ》ちにまかせ、思わず叫んだ。

「そういうヤツ、つまり〈秘密裏に仕掛ける人間〉が存在するってことは、普段の試合が真剣勝負じゃないって証拠……」

「おいッ！」

言いかけた科白が怒声に遮られる。とっさに口を噤《つぐ》んだものの、手遅れなのはあきらかだった。

「ボクちゃんたち……お喋《しゃべ》りたァ、ずいぶん余裕があるじゃねえか」

怒鳴り声の主――小沢堂鉄《おざわどうてつ》が竹刀《しない》を床へ振りおろす。コンクリートに響く乾いた音。俺も司藤も条件反射で姿勢を正す。どうやら筋トレに励みつつ、目ざとくこちらを見張っていたらしい。

堂鉄が俺たちの前へ仁王立ちになり、いまにも噛《か》みつかんばかりの形相でこちらの顔を覗《のぞ》きこんだ。生傷だらけの額が目の前に迫る。圧力に負けて退《さ》がりそうになるのを懸命に堪《こら》え、気をつけの姿勢を保った。すでにピークを過ぎた冴《さ》えない中堅レスラーだが、それはあくまでファンにとっての話。新入りの俺たちにとっては泣く子も黙る指導教官〈鬼喰《おにく》いの鉄〉だった。

「夜逃げした連中よりはマシだと思っていたが……どうやら逃げだすオツムもねえボンクラだったようだな」

はいともいいえとも答えられず、じっと次の言葉を待つ。

「司藤、この場所がどこか言ってみろッ！」

「はいッ！　日本一のプロレス団体、ネオ・ジパングの道場です！」

ぴんと背を伸ばし、司藤が絶叫する。とっさに「日本一」と口にできるあたりが、いかにもコイツらしい。と、感心している俺に堂鉄の視線が刺さった。

「梶本《かじもと》、ネオのモットーはなんだッ！」

「はいッ！　強く！　激しく！　逞《たくま》しく！」

声も枯れんばかりに叫ぶ。直後、風を切る音とともに竹刀が鼻っ面めがけて打ちつけられた。激痛に思わず顔へ伸ばした手を慌てて引っこめる。どんな理由であれ、説教中に動こうものなら鉄拳が飛ぶ——入門後、最初に身体《からだ》で学んだ知識だった。

「強く、激しく、逞しく……正解だ。で、そのどれもできねえ青二才のクセに駄弁《だべ》るってなァどういう了見だ、この野郎ッ」

堂鉄が再び竹刀で床を鳴らす。俺は起立したまま沈黙を守った。大丈夫だ、すぐに嵐は去る。さっきの言葉さえ耳に入っていなければ、そろそろ——。

「そういや梶本……お前《め》ェ、なにか言いかけたよな」

聞かれていた。

自分の迂闊《うかつ》さに腹が立ち、奥歯を嚙む。

「ちゃんと言ってみろや。真剣勝負がどうしたって」

「……いえ、なんでもありません」

「なんなら俺とやるかい。お前ェの言う〈普段の試合〉ってヤツをよ」

竹刀の先でリングを指す。

「……すいませんでした」

頭を下げるなり、堂鉄が鼻で笑った。

「おいおい、闘う前にギブアップすんなよ。入団テストんときには〝ぼくは、世界一のプロレスラーになりますッ〟って元気よくヌカしてたじゃねェか」

口調こそ穏やかだが目は笑っていない。それでも無言を貫いていると、俺のシャツが一気にまくりあげられた。

生傷だらけの白い肌、肋骨《ろっこつ》がうっすら浮いた胸板、申しわけ程度に割れている腹筋。われながら貧相な体軀《たいく》だと悲しくなる。入門前にはそこそこ自信があったのに、どれほどトレーニングしてもメシを食っても身体が大きくならなかった。原因はわからない。

否、薄々勘づいてはいたが、認めたくはなかった。

堂鉄が「凄《すげ》えなあ、これが世界一のボディだぜ」と、芝居がかった調子で声を張る。追従して数名の選手が笑った。悔しさに拳を握る。爪が掌《てのひら》に刺さる。

「こんなゼニの取れねえナリで、よくまあゴタクを吐けるもんだ」

堂鉄がシャツから手を離し、腕を俺の肩にまわして耳元でささやいた。

「梶本。お前ェ、プロレスラーに向いてねェよ。辞めちまいな」

悪魔の誘惑――従う気はなかった。

「嫌です」

「遠慮すんなって。ほら、〝辞めます〟と言えや。楽になるぞ」

「絶対に嫌です」

「じゃあ、選べ」

〈鬼喰い〉の顔つきが一変する。

「このまま辞めるか、スクワット一万回か」

「いっ……一万ですか」

絶句する。冗談かと思ったが、堂鉄の表情が「嘘《うそ》ではない」と告げていた。

「その程度もこなせねェ人間がデビューできると思ってんのか。もしも途中で尻や手が床についたら、その時点でクビだ。このまま出てけ。荷物は小包で実家に送ってやる」

こちらの答えを待たず、堂鉄が「はじめェ！」と叫んで竹刀を鳴らす。動揺しながら隣へ視線を向けると、司藤が俺を見つめていた。

あわれみのまなざし。一気に怒りが湧く。目の奥が熱くなる。

くだらねえ。

ゼニの取れる身体だの、世渡りが上手だの下手だの。

どいつもこいつも、本当にくだらねえ。

やってやるよ、一万回——覚悟を決めて、俺はスクワットを再開した。

腕を前後に振りながら膝をかがめて腰を落とす。すぐさま五百回ぶんの疲労と激痛が身体の芯からせりあがってきた。自分の短気を後悔したが、あとのまつりだった。

屈伸するたび膝に電流が走る。脈が裂けそうなほど跳ねる。足の感覚が失《う》せている。

酸素が薄い。暑いのに寒い。鉄の手袋でも嵌《は》めているかのように腕があがらない。

「二百ッ!」

堂鉄の咆哮《ほうこう》に絶望する。あと九千回以上——考えた瞬間、身体が重くなった。心のなかに灯《とも》っていた熾火《おきび》が、ふ、と消えて真っ暗になる。

〈鬼喰い〉が「終わったな」と漏らした。

終わるのか。

こんなところで終わるのか。

こんなことで終わるのか。

俺は。

くだらねえ。本当にくだらねえ。

重力に襟首を摑《つか》まれ、前方によろめく。視界に床が迫ってくる。

倒れこむと同時に、道場の外でエンジンの唸《うな》りが聞こえた。

その音がなにを意味するのか知ったのは——数秒後のことだった。

2

ベンチプレスやスパーリングに没頭していた先輩レスラーがいっせいに玄関へ走りだし、両脇に分かれて一糸乱れず整列する。

なにが起きたのかわからぬまま、俺はあとを――追えなかった。

震えるばかりで膝が動かない。床についた手が離れてくれない。四《よ》つん這《ば》いのまま、必死に呼吸が整うのを待つ。

「お疲れさまッス！」

大合唱の直後、コートを羽織った男がのっそりとドアの向こうから姿を見せた。

「……マジかよ」

驚きのあまり、掠《かす》れ声がこぼれる。

カイザー牙井《きばい》――五十歳。この団体の創設者にして代表取締役社長。プロレスに無関心な人間ですらその名を知らぬ者のいない〈リングの皇帝〉。

三十歳で最古参団体の《朝日プロレス》を退団し、《ネオ・ジパング》を旗揚げ。シリーズ毎《ごと》にかならず誰かが怪我《けが》で欠場するほどの激しいファイトをウリに、若いファン層の絶大な支持を獲得した。牙井自身も常に満身創痍《まんしんそうい》でリングにあがりつづけ、何度となくチャンピオンベルトを手にしている。とりわけ、左腕が折れた状態で死闘を繰りひろげた柔道家との異種格闘技戦、そして対抗団体からの刺客をバックドロップで仮死状態に追いやった一戦は、現在も語《かた》り種《ぐさ》になっている。

引退こそ宣言していないものの、すでに第一線を退いて久しい。それでも牙井の来場が決まると、挨拶だけの予定にもかかわらず前売りチケットが一気に動く。

老いてなお皇帝。衰えてなお伝説。

その牙井が、目の前に。

みなの緊張を見るかぎり、道場に来るなど異例のことに違いない。入門して三ヶ月になる俺も初めての邂逅《かいこう》だった。

すかさず先輩選手が背後にまわり、脱ぎかけのコートとマフラーを受けとる。

礼も言わず、〈皇帝〉は革手袋を嵌めたままでオールバックの髪をひと撫《な》でした。なにげない所作なのに空気がびりびりと震えている。体軀もオーラも現役時代そのまま──もしかしたら威圧感はさらに増しているかもしれない。

「構うな、そのまま続けろ」

牙井の言葉に全員が一礼してもとの位置に戻るなか、堂鉄だけがそばに歩み寄り「社長、どうしました」と小声で訊ねる。〈皇帝〉が「ん」と短く答えてから──俺を見下ろした。

「……名前は」

「はいッ！　自分は司藤武士でありますッ」

割りこむように司藤が直立不動で叫ぶ。俺も慌てて「か、梶本誠《まこと》です」と答え、よろめきながら立ちあがった。牙井がふたりを交互に見比べてから「デビューはまだか」と訊ねる。

「司藤は来月あたりの初陣を考えています。コイツは……」

鬼コーチが冷ややかに睨《にら》む。反射的に目をそむけた俺とは対照的に、司藤は興奮を隠そうともせず一歩前に進みでた。

「自分はッ、一日でも早くリングに立てるようッ、牙井社長が提唱した〈強く、激しく、逞しく〉を忘れずッ」

「おべんちゃらを抜かすんじゃねえよ、ボウズ」

牙井が司藤の頬をがっしりと摑み、発言を無理やり止めた。みし、みし――と軋《きし》んでいるのは革手袋なのか、それとも司藤の顎なのか。

「心から湧いた言葉だけ口にしろ。嘘を吐《つ》くとマイクもファイトも嘘になる」

「ふぁ、ふぁいッ。わふぁりまひたッ」

唇をOの字に歪《ゆが》め、司藤が震え声で応答した。

「で……こっちはどうなんだ」

司藤を突き放し、牙井が再び視線を俺に向ける。

「その、梶本はいましがた……」

言いよどむ堂鉄を無視し、〈皇帝〉は俺の全身を舐《な》めまわすように眺めてから「野良犬の顔だな」と嗤《わら》った。

「おい、テツ」

堂鉄に話しかけながら、牙井が俺の肩へ手を置く。その重みにぎょっとした。コンクリートブロックでも担いだように、ずしりと身体が沈む。

「しばらくコイツを借りるぜ。付き人だ」

思いがけない言葉に、肩の重さも忘れて息を呑《の》んだ。

付き人──相撲部屋から派生したプロレス界のしきたりだ。文字どおり先輩選手に付き添い、鞄持《かばんも》ちから洗濯まで身のまわりのあらゆる雑用をこなす。二十四時間拘束されるために苦労も多いが、人柄の良い先輩なら用事のたびに小遣いをくれたり、飯を食わせてくれることも珍しくない。さらに覚えがめでたければタッグパートナーに抜擢《ばってき》されるなど、厚遇される可能性も高い。

無事にデビューすれば、誰かに付くだろうと思ってはいたが。

くだらねえ主従関係だと内心では馬鹿にしていたが。

まさか──俺が、あのカイザー牙井の付き人に。

戸惑う自分を横目に、堂鉄が口を開いた。

「社長の付き人なら、もっと良いヤツをあてがいますよ。若手の長門《ながと》とか牛山《うしやま》とか」

「俺じゃねえ。シャケだ」

バーベルの金属音が止《や》んだ。

全員が動きを止め、視線をこちらに注いでいる。

「さ、サーモンですか」

うわずる声の堂鉄を無視して、牙井はこちらに向きなおった。

「梶本だったな」

「は、はいッ」

「来週のホール大会からサーモンのセコンドに付け。あとはヤツの指示に従え」

反射的に「承知しましたッ」と答える。だが、シャケとは誰だ。サーモンとかいう選手と同一人物なのか。そもそもなぜ俺が選ばれたんだ。

訊きたいことは山ほどあったが、質問など許されないと本能が知らせていた。

「じゃ、頼んだぞ」

差しだされたコートとマフラーをひったくり、牙井が玄関へ向かう。ドアが閉まると同時に、堂鉄が竹刀を俺の喉元に突きつけた。

「……文字どおり、クビの皮一枚つながったわけだ」

憎々しげに吐き捨て〈鬼喰い〉が事務室へと踵《きびす》をかえす。姿が見えなくなった直後、リング上の先輩が声を荒らげた。

「逃げたほうがマシだったかもなあ」

続けざまに別の選手が「あの男に付き人なんか勿体《もったい》ねえよ」と舌打ちをする。中堅選手が俺の横をすり抜けざま、渋面で聞こえよがしに言った。

「おまえ、終わったぜ」

その言葉に、胸の火が、じ、と再び燃えた。

くだらねえ。

なんだよ、終わるって。終わる前に始めさせてくれよ——独り、つぶやく。

怒りばかりが渦巻いて、科白の意味はどれもわからなかった。

その意味を痛いほど知るのは、翌週のことだ。

3

幼いころにテレビ中継を目にしたあの日から、俺はプロレスの虜《とりこ》になった。

それから十数年——入門するまでに何百、何千もの試合を観《み》ている。チャンピオンマッチの激しい肉弾戦、悪役が本領を発揮する場外乱闘、技巧派同士によるテクニックの応酬、メキシカンレスラーの華麗な飛び技。プロレスと名のつくものは、あらかた把握したと自負している。

しかし──こんな選手は初めてだ。

手鼻を武器にするなんて。

〈聖地〉と謳《うた》われる都内ホールへ詰めかけた千人あまりの観客も、俺とおなじく混乱に包まれていた。国内最大のプロレス団体《ネオ・ジパング》の年内最終戦。年初からの新シリーズに向けて気運を高める、それなりに重要な位置づけの大会。数分前に始まったのは、そんな興行の第三試合だった。

長い金髪のカナダ人選手が、入場するなりおぼえたてらしき日本語で「バカヤロ！コノヤロ！」と煽《あお》り、常連客が声援がわりにブーイングを送る。これまでにも何度となく目にした凡庸なオープニング、メインイベント前のアイドリングを兼ねた一戦になる──そう思っていた。

ところがゴング直後、状況は一変する。

対戦相手の日本人選手が自身の鼻腔《びこう》に指を突っこみ、勢いよく手鼻を噴射したのだ。リングサイドからも、粘り気のある鼻汁が宙を舞い、カナダ人レスラーの顔面に直撃する様子がはっきりと見えた。

たしかに、毒霧と称される彩色された液体や自身の血液を相手に噴きかけ、目潰しを企《たくら》む悪役もいないわけではない。だが──鼻汁とはあんまりだ。

カナディアンが悶《もだ》えながら汚れた顔でなにごとか喚《わめ》いている。英語なのですべては理解できないものの、憤りがパフォーマンスでないことは察しがついた。

客席のざわめきはなかなかおさまらない。予想外の攻撃に拍手喝采する擦れっからしのファン。その隣では初観戦とおぼしき女性が困惑の表情を浮かべている。最前列には、犬の糞《くそ》でも踏んだように顔をしかめてリングを睨む男性の姿も見えた。

この場に居る全員が前代未聞のファイトに笑い、呆《あき》れ、嫌悪していた。

羨ましかった。

俺も、彼らとおなじように騒ぎたかった。驚きたかった。唾を吐きたかった。けれどもそうはいかない。なにせ俺は──当の日本人選手のセコンドなのだ。

サーモン多摩川《たまがわ》。

半年ほど前からネオに参戦しているものの、籍は置いていない。いわゆるフリーランスの選手だ。身長は公称で百七十五センチとレスラーにしては小柄だが、アンコ型のぷくりと盛りあがった筋肉がアンバランスな迫力を生みだしていた。

アンバランス──そう、多摩川はすべてが歪《いびつ》だった。異様な風体だった。

頭は左半分がきれいに剃《そ》りあげられ、反対側は縮れ髪が肩まで伸びている。いかにも日本人らしい切れ長の目と、対照的に西洋人じみた太い鷲鼻《わしばな》。こんがり日焼けした褐色の上半身に対し、下半身は目が潰れそうなほど鮮やかなサーモンピンクのタイツに覆われている。どれもこれも、不安定で不穏で不気味。見る者の気持ちをざわつかせる要素が、多摩川の身体からは漂っていた。

否、不気味なのは容姿だけではない。

多摩川は経歴から年齢にいたるまで、すべてが不明なのだ。

盗み聞きした先輩の話によれば、彼は他の選手とほとんど交流を持たないのだという。いつも試合会場にふらりと来てはコスチュームに着替え、試合を終えるや独りで会場をあとにするらしい。どんなに辺鄙《へんぴ》な地方大会であっても団体のバスには乗らず、単独で移動しているそうだ。もちろん、道場には一度として姿を見せたことがない。それゆえに初参戦から半年が経《た》ったいまも、素性については誰も知らないのである。

もっとも、それとてさしたる問題ではなかった。奇抜な格好だろうが年齢不詳だろうが、リングで結果を出せばレスラーは文句を言わない。無言で仲間として認め、手が合うと感じればライバルに抜擢する。

だが——肝心のファイトスタイルが、これでは。

トリッキーといえば聞こえはいいが、あまりにふざけ過ぎている。少なくとも〈強く、激しく、逞しく〉を標榜《ひょうぼう》するネオ・ジパングとはすこぶる相性が悪い。先輩連中が蛇蝎《だかつ》のごとく嫌っていた理由も、心の底から理解できる。

だとすれば、なぜこの男は参戦を許されているのか。

半年ものあいだ試合を組まれているのは、上の人間が多摩川を認めている証拠だ。

上の人間――つまりは、カイザー牙井。

〈皇帝〉は、多摩川のどこを、なにを認めているのか。

なによりも、どうして俺がこの男のセコンドを任されたのか。

観客以上に戸惑いながら、リングをじっと見つめる。

「……いやあ、あいかわらずヒドいなあ」

俺の隣でメモ帳を構えながら、専門誌『超刊プロレス』の須原正次《まさつぐ》が苦笑した。

記者歴二十年のキャリアを誇るベテランだが、年季を感じさせない人懐っこさで広く知られている。現に、今日会ったばかりの自分にも「おっ、カジちゃん。いよいよデビュー間近かい」と馴《な》れ馴れしく話しかけ、しまいには「初セコンドを取材させてよ」とリングサイドに割りこんできた。軽薄に思える言動だが、不思議と悪印象は抱かない。そのあたりのバランスがベテランたる所以《ゆえん》なのだろう。

「多摩川さんも毎回よくやるよねえ。しかし、まさか天下のネオでこういう試合が許されるとは、時代も変わったなあ」

「彼の試合って……いつもこんな感じなんですか」

「今日はまだマシかな。こないだはアメリカ人の悪役選手に延々とカンチョー攻撃で立ち向かってたよ。怒った客が空き缶や新聞紙をリングに投げてたっけ」

　呆れつつ、ふと考える。須原なら多摩川の正体を知っているのではないか。

　湧きあがる好奇心を抑えきれず、俺はベテラン記者に耳打ちした。

「あの、そもそも多摩川さんってどういう経歴の持ち主なんですか」

よれよれのベースボールキャップを被《かぶ》りなおし、須原が首をすくめる。

「わかんないんだよね。デビューは国内のインディー団体だって噂《うわさ》だけど、一年も経たないうちに海外修行へ出て、そのままフェードアウト。それからプエルトリコやキューバあたりを転戦して、その後にアメリカ中西部をサーキットしていたらしいけど」

「らしいけど……って、記者のくせに知らないんですか」

　俺の軽口に、須原がムッとした表情を見せる。喜怒哀楽が顔に出やすい性格らしい。

「しょうがないじゃん。ウチみたいな専門誌でも海外の情報は入りにくいんだよ。届くのはほとんどがアメリカ大手、せいぜいがメキシコまでだもの。ヨーロッパや中南米はもちろん、アフリカにだってプロレス団体はあるんだから。そんなところに日本人選手が居たって、向こうから発信してこないかぎり知りようがないってば」

　でも――。

　開きかけた須原の唇が固まる。表情が曇る。

「ちょっと変なハナシを小耳に挟んでね……カジちゃんは〈葬儀屋〉って聞いたことあ

るかい？」

　予想しなかった単語の登場に、どきりとする。

　数日前、先輩の立ち話に登場した名前。

　業界のどこかに居るという、レスラー殺しの葬送人。

　まさか、ここでもその名を聞くとは。

　こちらの表情で察したのか、須原は「若いのに事情通だねえ」と大げさに感心している。

「裏を取るどころか都市伝説レベルの情報なんだけど……実は、多摩川さんがその〈葬儀屋〉じゃないかって話があるんだよ」

「えっ」

　うながされるように視線を戻したリングの上では、背後から腰を抱えられた多摩川が暴れている。カナダ人選手の得意技である反り投げ、いわゆるジャーマン・スープレックスから逃れようと目論《もくろ》んでいるらしい。

　と、突然カナディアンが鼻を押さえてその場にうずくまった。客席がざわめくなか、タイツを戻しながら多摩川が元気よく叫ぶ。

「すいません、オナラが出てしまいました！　ちなみに昨日の晩飯はニンニク炒飯《チャーハン》でございます！」

もはや哄笑《こうしょう》も悲鳴もない。場内は罵声一色である。

「最低だぞ、サーモン！」

「まともな試合をしろ！」

騒然とした空気のなか、俺と須原は顔を見あわせた。

あの人が、葬儀屋――。

「違うでしょ」

「だよねえ」

ふたり、ほぼ同時に頷《うなず》く。


試合は、関節技に怯《おび》えた多摩川が技をかけられる前にギブアップを自己申告し、あっさりと敗北した。納得のいかない顔でリングを降りるカナダ人と入れ替わりに、リングアナがマイクを握りしめてロープをくぐる。

「ここでお知らせがございます。新年最初のライジングサン・シリーズ初戦において、〈ピンクの怪魚〉サーモン多摩川対〈紅《あか》い天馬〉尾崎《おざき》レッドのスペシャル・シングルマッチが決定いたしました。皆さま、いろんな意味でご期待ください！」

告知するや、客席から笑い声と歓声があがった。

笑い声は多摩川の無謀な挑戦に対する揶揄《やゆ》、そして歓声は対戦相手への賛辞だ。

「多摩川、にぎりっ屁《ぺ》で立ち向かえ！」

「尾崎さぁん！　変態をぶちのめしてェ！」

ファンの絶叫がこだまするなか、俺は呆気《あっけ》にとられていた。

有り得ない。

尾崎レッド、三十二歳。〈紅い天馬〉なるニックネームを持つ若き有望株。

身長百九十センチの恵まれた体格を自在に操り、ドロップキックやムーンサルト・ニードロップなどの華麗な空中殺法で多くの観客、とりわけ女性ファンを虜にしている。

二ヶ月ほど前にクルーザー級ベルトを奪われたが、無冠の現在でもまるで人気は衰えていない——つまり、多摩川とは実力・名声ともに別次元の選手。勝ち負けどころか、本来は闘うことさえ許されない相手なのだ。

そんな〈格差〉を証明するかのごとく、リングでは慌てふためいた多摩川がレフェリーの裾にすがりついている。

「勘弁してくださいよ！　あんな強い人が相手じゃ死んじまいますって！」

情けない姿に、観客が野次を浴びせた。

「サーモン、覚悟を決めろ！」

「死に水は取ってやるぞ！」

リングアナが目くばせで「連れだせ」の合図をセコンドに送る。

俺はエプロンへのぼるとセカンドロープに腰かけて隙間を作り、サーモンピンクの敗者へ退場をうながした。多摩川は背を丸めて悲愴感《ひそうかん》たっぷりに花道を戻りつつ、観客に「代わりに出てもらえませんかね」と拝み倒している。彼が手をあわせるたび、容赦ない嘲笑が俺たちふたりにぶつけられた。

くだらねえ。

多摩川を先導しながら、ちいさく漏らす。

客に対しての呪詛《じゅそ》なのか、それとも自分の置かれた状況か。考えたくもなかった。

「……無駄ですよ」

廊下に踏みだしてまもなく多摩川が、ぼそり、とこぼした。

落ちついた声に驚く。顔はあいかわらず笑みを浮かべているが、細い目には鈍い光が宿っていた。表情と声の変化に気圧《けお》されつつ「なにが……ですか」と問う。

「聞いても無駄だと言ったんです。須原さんは、なにも知りませんから」

ぎょっとする。

試合をこなしつつ、俺たちの雑談にも聞き耳を立てていたのか。

「ええと、あの、その」

多摩川はしどろもどろの俺を一瞥《いちべつ》すると、控え室の数歩前で立ち止まった。

「あっしの素性より、この後の騒動を気にかけてください」

そのときは言葉の意味するところがわからなかった。

理解したのは——それから数秒後のことだ。

4

「……ッたくよお！」

ドアを開けた瞬間、ロッカーの扉を殴りつける激しい音が響いた。

「ふざけた話だなあ、オイ！」

刃先を首へあてられたような空気に、控室はしんと静まりかえっている。

発言の主はこの後にメインイベントを控えた選手——尾崎レッド。「ふざけた話」がなにを指すのかは、この場にいる選手全員が理解していた。

もうひとりの当事者——入口に立ち尽くしている多摩川が、静かに微笑《ほほえ》む。

「おやま、あっしが対戦相手なのがご不満のようで」

「当たり前だろ」

「おい、仮にも先輩だぞ」

発言を窘《たしな》めようとする中堅選手を多摩川が手で制し、尾崎へゆっくり近づいた。その顔には、会場で見た愛想笑いが再び張りついている。

「まあまあ、試合を組んだのは会社ですから。お互い文句は言いっこなしで」

「だから納得できないんだろうが」

鼻先がつかんばかりの距離まで近づき、尾崎が睨みつける。でっぷりした多摩川と並ぶと、その長身がいっそう際立つ。トレードマークの赤く染めあげた短髪が、小刻みに震えている。さながらダイナマイトの導火線を走る火花のようだった。

「なんで俺がいまさら〈出戻り野郎〉と闘《や》らなくちゃいけないんだよ」

「おやま、手厳しい。せめて凱旋《がいせん》帰国と言ってもらいたいなあ」

「なにが凱旋帰国だよ。ひと花どころか芽さえも出ずに泣く泣く帰国したらしいな、アンタ」

「ソイツはあまり正確な情報《ネタ》じゃありませんね。寿司《すし》と一緒で、ネタが悪いとシャリも台無しに……」

尾崎が再度ロッカーを殴打して軽口を止める。激しい金属音にも、多摩川は笑顔を崩さなかった。幇間《たいこもち》を演じているのか単に鈍感なのか、それとも豪胆なのか——判断がつかない。

「因縁をこさえる気なら、カメラの前でやりましょうよ」

「これは客向けの演出じゃねえ。本音だよ」

尾崎の声音が荒れている。導火線はもう数ミリも残っていない。

「……さぁて、そろそろ出番かな」

これ見よがしに伸びをして、先輩レスラーのひとりが廊下へ歩きだした。それが号令とばかりに、残る選手も続々と部屋を出ていく。面倒な事態に巻きこまれまいと退散したのか、それとも〈アクシデント〉が起こりやすいよう気をまわしたのか。どちらにせよ、絶望的な状況であるのは確実だった。

彼らのあとを追いたかったが、まさか付き人が遁走《とんそう》するわけにもいかない。巻きこまれぬよう、そろそろと摺《す》り足《あし》で壁際に移動する。それが——まずかった。

スニーカーがリノリウムの床を鳴らす。乾いた音に、尾崎が顔を向けた。

「おい新入り。ウチのモットーはなんだ」

「は、はい。強く、激しく、逞しくです」

反射的に答えた瞬間、堂鉄の顔が頭に浮かぶ。あのときと違い、いまは怒る余裕などなかった。尾崎が赤髪を手でひと掻《か》きして、多摩川へ向きなおる。

「聞いたかオッさん。ウチのリングは、強くて激しくて逞しい人間のためにあるんだ。鼻水を飛ばしたり屁をこいたりする場所じゃねえんだよ。命を削る修羅場なんだよ」

「へえ……お前さん、修羅場をくぐったんですか」

多摩川の声が、す、と低くなった。

尾崎は気づいていないようで「当然だろ」と笑っている。

「俺はな、上が詰まっていたせいで五年も若手あつかいの第一試合だったんだ。先輩の顔を潰さねえよう、使っていい技は逆エビ固めひとつだけでよ。それを五年も耐えて、歯を食いしばって、ようやくここまで登りつめたんだ。やっと人気を勝ち取ったんだ。いまさら格を落とすわけにはいかねえんだよ」

「なるほど、それがお前さんの言う修羅場ですか」

多摩川が愉快そうに笑った。目鼻立ちはまるで似ていないのに、なぜか牙井の顔が二重写しになる。

「修羅場ってのがどういう意味か、わかってんのかねえ」

ようやく口ぶりの変化を悟った尾崎が、わずかにひるむ。

そのまま五秒、十秒——沈黙を破ったのは多摩川だった。

「修羅場ってのはね……修羅の居る場所のことですよ」

「なんだそりゃ。下手くそなクイズだな、オイ」

「クイズじゃありません。経験にもとづいた事実です」

言いながら、多摩川はまなざしを虚空に向けた。まるで、なにかを思いだしているような目——なにを見ている。過去か。修羅場か。

うつろだった視線が、まっすぐに尾崎を射る。

「お前さんが歩いてきた道に、本物の修羅は居ましたか」

「意味がわかんねえよ。クイズ大会はおしまいにしてくれや」

尾崎が鼻を鳴らして、多摩川に顔を寄せた。

「なあオッさん……棄権しな。風邪だろうが盲腸だろうが理由はなんでもいい。次の試合を断ってもらえねえか」

「もし〝嫌だ〟と言ったら、どうします」

「そりゃ……俺との一戦が引退試合になるだけだよ」

睨みあい。再びの沈黙。いますぐ乱闘が始まったとしても驚かなかった。

「尾崎選手、まもなく試合です！」

唐突なノックに続いてドアが開き、スタッフが顔を覗かせる。張り詰めた空気が外に流れていく。いつのまにか多摩川はまなじりを下げ、先ほどまでの〈サーモン多摩川〉に戻っていた。

「ほらほら出番ですよ。お客さんが待ってますぜ、この人気者」

揉《も》み手《で》をせんばかりの勢いで多摩川が控え室から赤髪の猛獣を押しだす。

と、去りぎわに尾崎が俺の鳩尾《みぞおち》めがけて爪先を蹴りこんだ。腹立ちまぎれの急襲に苦《く》悶《もん》する俺の頭上で、ドアが乱暴に閉まった。

「ほお、二、三発は食らわせると思いましたが……キックだけですか。いやあ、彼は好青年ですねえ」

激痛と胃液の味に呻《うめ》くこちらを見下ろしながら、多摩川が飄々《ひょうひょう》と言った。

他人事《ひとごと》めいた口調に殴りかかりたくなる。

わかってんのか、当日あの怒りをぶつけられるのはアンタなんだぞ——喉元まで出かかった憤りの言葉は、吐き気に消されてしまった。反論を諦め、よろよろと立ちあがる。

入れ替わるように、多摩川がベンチへ腰を下ろした。

「さて……梶本くんでしたね」

すでに名前をおぼえていることに驚愕《きょうがく》しつつ「はい」と答える。

「付き人として、特訓につきあってもらえませんか」

「と、特訓。尾崎レッド用のですか」

「もちろんでしょう。なにごとも傾向と対策が肝心ですから」

多摩川の提案に、首がもげんばかりの勢いで頷く。

嬉《うれ》しかった。沈んでいた心にひとすじの光が射《さ》した。

なんだかんだ言いながらも、やはりこの人はプロレスラーなのだ。

リングの上で勝ちたいのだ。

真剣に闘っているのだ。

その考えが甘かったと気づくのは——数日後のことだ。

5

「はぁい、じゃあ次は猫のポーズでぇす。背中をゆっくり曲げてくださぁい」

女性インストラクターが間延びした声で俺たちに告げる。正確に言うなら、俺とサーモン多摩川、そしておなじ部屋に居る十数名の女性たちに――だが。

尾崎レッドとの悶着から数日後の今日、俺と多摩川はヨガ教室の一日体験に参加していた。色とりどりのマットが敷かれた板張りのフロアでは全員が背中を湾曲させて、いましがた指示された〈猫のポーズ〉とやらに挑戦している。

「いだだッ、これはなかなか厳しいもんですねぇ」

俺の隣で多摩川が情けない声をあげた。付き人としては「そうですね」と同意しておくべきなのだろうが、とてもそんな気にはなれない。

うんざりしていたからだ。

「特訓をする」と言うから、てっきり激しいスパーリングか他武術への出稽古を想像していたのに――まさか、ヨガとは。

健康と美容に効くとあって、俺たち以外はみな女性である。恥ずかしさに縮こまる俺をよそに、多摩川は上下ピンクのタンクトップにスパッツという、見た人間の網膜を破壊しそうな衣装をまとい、汗みずくで奮闘している。

本当にこれが尾崎のファイトを分析した結果なのか。〈紅い天馬〉対策になるのか。とてもじゃないが、そうとは思えない。

不安を募らせている理由は、ほかにもあった。

昨日、多摩川はもうひとつの〈特訓〉も敢行している——ダンスだ。

彼はブレイクダンスを教えているスタジオに道場破りよろしく乗りこみ、「踊りを教えてくれませんか」と強引に迫ったのである。生徒らしき十代の少年少女が遠巻きに見守るなか、多摩川は講師の青年を半ば軟禁し、あらゆるムーブのレクチャーを受けた。とりわけ彼は〈ワーム〉と呼ばれる、名前のとおり芋虫のように身体を蠕動《ぜんどう》させるムーブが気に入ったようで、途中からはそればかりを必死に教わっていた。

おかげで特訓開始から二時間後には、まさしく岸に打ちあげられた鮭《さけ》のように不細工な〈ワーム〉を披露し、「完璧です！」と講師からお墨つきをもらっている。一分でも早く追い返すための言葉だと、その場に居る多摩川以外の全員が気づいていた。

それを経て、今日のヨガである。強敵対策を信じろというほうが馬鹿げている。どう考えても特訓ではない。これは単なる趣味だ。特訓と称して付き人を帯同させ、遊びほうけているだけだ。

失望する俺をよそに、ヨガ教室はクライマックスに近づいていた。

「それでは、最後は高難易度のポーズ、カポサータナにチャレンジしてみましょう。これは、鳩《はと》の王のポーズとも呼ばれているんですよお」

インストラクターの女性がその場に正座すると合掌した手を背中へまわし、そのまま後方へ大きく反りかえって片足の爪先を摑んだ。恐ろしく負荷のかかったブリッジの体勢。そこから彼女は摑んだ片足を後頭部へと引きよせ、ついには身体で極端なU字を描いてしまった。

生徒たちから驚きの声があがる。特に——多摩川が目の色を変えていた。

「先生ッ、あっしに是非ともこいつをマスターさせてください！」

他の生徒を押しのけて最前列へ割りこみ、恐怖で硬直したインストラクターへ、地蔵でも拝むように手を合わせ、頭を床にこすりつけている。

土下座するピンクの怪物を眺め、俺は肩を落とした。

くだらねえ——一瞬でも多摩川に期待した、自分への言葉だった。

「……いやあ、今日はさんざん連れまわして、すいませんでしたねえ」

「いえ、これも付き人の務めですから」

ヨガ教室を終え、すっかり暮れた駅前の道を俺たちは歩いていた。

「でも、おかげで最後は〈雉《きじ》の丸焼きのポース〉を成功させましたよ」

「は、鳩の王ですね」

喜ぶ多摩川に訂正の声は届いていないようだった。そもそも、あれを成功と言っていいのだろうか。折れたソーセージにしか見えない多摩川のポーズが脳裏へ鮮やかによみがえり、思わず苦笑いを浮かべた。

駅前の広場は、師走の喧騒《けんそう》であふれている。そのにぎやかさに後ろ髪を引かれたのか、多摩川が「どうせだから、飯でも食べていきませんか」と俺を誘った。

「すいません……お気持ちは嬉しいんですが、そろそろ帰らないと門限が」

「ああ、ネオさんは道場の隣が新人用の寮なんでしたっけ。本当に良い環境だ。世間の誘惑に負けず、鍛錬できますからねえ」

鍛錬——腹のなかが、ぐつり、と煮えた。呆《ほう》けていた心に黒い火が灯る。道場、竹刀、汗、バーベル。自分を鬱屈させる諸々《もろもろ》が、浮かんでは消えていく。

くだら——うっかり漏らしかけた言葉を慌てて呑みこむ。半ば口癖になっているなと自戒した直後、多摩川が口を開いた。

「なにが〝くだらねえ〟んですか」

「え」

「いま言いかけたでしょう。今日のヨガ教室でも、こないだ花道を引き揚げるときも、おなじ言葉を吐いてましたよ」

舌を巻く。考えてみれば須原との会話をリング上からとらえていたほどの地獄耳、独り言を盗み聞きするくらい造作もないのだろう。

「別に……なんでもありません」

真顔でシラを切る俺をじっと見つめ、多摩川が「辛《つら》いでしょうなあ」と言った。

「練習にも身が入らない。筋肉もまるで増えない。なにもかも結果が出ない。それはね……疑問が拭えないからですよ」

「なんの話ですか」

「お前さんの話ですよ」

苛立つ。見透かされている。吠《ほ》えたくなるのを耐え、問いかけた。

「俺が、なにを疑っていると言うんですか」

「プロレスはあらかじめ勝敗が決まってるのではないか……そう思ってるんでしょう」

あまりにも直球な言葉に、絶句する。

図星だった。

プロレスは勝敗のある〈見世物〉なんだよ――ファン時代から入門するまで、あらゆる人間に聞かされた言葉。侮蔑に似た助言。無知を憐《あわれ》んでのアドバイス。

信じなかった。

俺が幼いころ観たプロレスは超人と超人のぶつかり合いだった。相手を信頼しつつ全力で競っていた。全身で攻め、受けていた。だからこそ、俺はこの道を志した。

客を盛りあげるためのキャラクター付けがあっても別に構わない。競技性とかけ離れた反則行為も気にはならない。ただ、闘いそのものは嘘であってほしくない。そう願っていた。

しかし入門してまもなく、信念は疑念に変わる。選手を集客の多寡で区別したり、上下関係が露骨に勝敗を左右しているさまを目にするうち、もしや——と思ってしまったのだ。

ならば、強くなることに意味などない。どれほど鍛えようが、技術を体得しようが、結局は容姿やしがらみに負けてしまうではないか。疑ったが最後、なにもかもくだらなく思えてしまった。それでもプロレスを嫌いになれない自分が、なによりも嫌いだった。

本当はどうなんだ。プロレスよ、どうなんだ——。

「どうなんですか」

ようやく、ひとことだけを絞りだす。

多摩川が不敵に笑った。

「気になるなら、あっしと闘ってみますかい」

聞いた科白。堂鉄の顔がフラッシュバックする。不思議と恐怖は感じなかった。

「ある先輩もおなじ科白を言いました。〝疑うなら俺とやってみるか〟ってね。でも、それは逃げですよ。答えになってないです。俺が知りたいのはそんなことじゃない。リングで純粋に勝った負けたを争っているのか、もし、そうじゃないとしたら、なぜ真剣に闘わないのか……それを知りたいんですよ」

多摩川は黙っている。俺も視線を逸《そ》らさない。背後で、サラリーマンらしき酔っぱらいの一団が口論を始めた。興奮したひとりが「嘘つきめ！」と叫ぶ。近寄って握手をしたくなった。

絶叫の主をちらりと見遣《みや》ってから、多摩川が答える。

「結論から言えば、リングの上はいつだって真剣ですよ。お前さんが思っているよりも、はるかにシビアでハードでピュアでシリアスです」

へえ、そうなんですね――とは言えなかった。この男自身が、いま口にした要素とは真逆のファイトスタイルなのだ。

こちらの内心を悟ったように、多摩川が「お前さんから見れば、あっしなんざ疑惑のきわみでしょうがね」と首を振る。

答えなかった。それが答えのつもりだった。

多摩川はしばらく俺を凝視していたが、急に鷲鼻を膨らませるや「いいツラだなあ」と声を立てて笑った。言葉遣いが違う。いつものおどけた口ぶりでも、尾崎に浴びせた冷たい口調でもない。体温のある声だった。

「次の試合、一秒も見逃さないよう目ん玉ひんむいててくださいよ。強さってのがなんなのか、闘うってのがどういうことなのか、確認できるチャンスかもしれません」

一気に言うと、多摩川はこちらの返事を待たずに改札へと歩きだした。

「やれやれ、今回はふたり葬るわけか。手間ですねえ」

去りぎわ、彼はたしかにそう言った。

葬る、葬る、葬る——。

大きな背中が改札の雑踏に消えるまで、反芻《はんすう》し続けた。

寮に戻ると、隣の道場から灯《あか》りが漏れていた。

すでに時刻は午後十時をまわっている。いったい誰がこんなに遅く——。

おそるおそる覗いた先には、黙々とヒンズースクワットに励む同期の姿があった。

「……司藤」

こちらに気づいて、司藤武士が屈託のない顔で「よう、おかえり」と笑った。その足元には黒い染みが広がっている。

汗——だとしたら、彼は何時間この苦行をこなしていたのか。

「お前、なにしてんだよ」

問いを受けて、俺に歩み寄ろうとした司藤の足がもつれる。すんでのところで体勢を立てなおし、汗まみれの同期は「やっぱり三時間はキッいな」と悔しそうに吐いた。

「付き人デビューはお前に先を越されちまったからさ。一日でも早く追いついて、一秒でも早く追い越さないといけないだろ。だから……秘密の自主トレだ」

よほどバツが悪いのか、照れくさそうに鼻の頭を掻く。

霧が晴れるように、一瞬で悟った。

司藤の自主トレは今夜が最初ではない。こいつはずっと鍛えていたに違いない。俺が不信感を理由に至らない自分を弁護しているあいだも、いいわけひとつせず愚直に前へ進み続けていたのだ。先輩に対する態度も牙井へのアピールも、すべては司藤なりの闘いだったのだ。清も濁もおかまいなしにリングをめざしていたのだ。

「……お前は凄《すご》いな」

「へ、なんの話だ」

「……司藤、お前といつか闘おう。思いきり、誰にも邪魔されずに」

「おう、そうだな。で、サーモンさんはどうだった。特訓に行ったんだろ」

俺のエール交換を軽くいなし、司藤が興味津々の目つきで訊ねてきた。旺盛すぎる好奇心に苦笑しながら「散々だったよ」と答える。

「昨日はダンス、今日はヨガだぜ」

「踊りと整体かよ。それに、なんの意味があるんだ」

いかにも司藤らしい明快な質問。残念ながら俺は返す言葉を持っていない。

「さあね。あの人のことだ、意味なんてないのかもな」

半ば自棄《やけ》っぱちに結論づける。

間違いだった。きちんと意味はあった。

それを知るのは数日後――年明けのホール大会のことだった。

6

「青コーナー、身長体重不明、スリーサイズ非公開、出身地、国家機密によりトップシークレット。〈ピンクの怪魚〉サーモン多摩川ぁ！」

リングアナが紹介するなり、どかんとホール全体が沸いた。

「スリーサイズなんか聞きたくねえよ！」

「国家機密って、お前はＣＩＡか！」

客席から飛ぶ野次に、多摩川は両手でピースサインを作りおどけている。赤コーナーにもたれていた尾崎が、その様子を一瞥して忌々《いまいま》しげに唾を吐いた。

「イラついてるねえ。この試合は荒れるかもなあ」

傍らの須原が心なしか弾んだ声でつぶやく。どうやら俺の隣を定位置に決めたらしい。

「喜ばないでくださいよ。こっちはなにが起こるかとヒヤヒヤしてるんですから」

「なに言ってんのカジちゃん。プロレス記者にとっちゃ、アクシデントやトラブルはご馳走《ちそう》だよ。それにしても……なんで突然こんなミスマッチが組まれたのかねえ」

「さ……さあ。会社の気まぐれじゃないですか」

途端、須原がベテラン記者の顔に戻り「有り得ないって」と首を振った。

「牙井さん、テーマのない試合は絶対に組まないもの。そのときは理解できなくても、あとから真意を知って驚くなんてことが何度もあったからね。だから、なにか理由はあると思うんだけど……心あたり、ないのかい？」

あいかわらず親しげな口調で訊ねてきた。

心あたり。

あるとすれば〈葬儀屋疑惑〉の件だが、いまだ確証が持てない。むしろあの珍奇な特訓のあとでは、「勘違いだったのだろう」という思いが強くなっている。

返答に窮し、俺は誤魔化すように視線をリングへ戻した。

カクテルライトに照らされたマットの上では、レフェリーが試合前のボディチェックをおこなっている。と、唐突に多摩川が後方へ勢いよく倒れこんだ。激しい受け身に尾崎も虚を衝《つ》かれ、呆然《ぼうぜん》としている。多摩川が腰をさすりながら、立ちあがって叫ぶ。

「ちょっと、奇襲とは卑怯《ひきょう》じゃないですか！」

場内が笑いに包まれる。むろん技などかけられてはいない。勝手に自分で転んだのだ。相手の気勢を削《そ》ぐ手口なのだろうが、尾崎はにこりともせず〈怪魚〉を睨みつけていた。

「……なめんなよ、出戻り野郎」

「シャケが海から帰ってくるのは当然でしょう」

「憶《おぼ》えておきな。故郷に着いた鮭は死ぬんだぜ」

「それなら、卵を産む準備でもしますかね」

多摩川がくるりと背を向けてタイツをずりおろし、生白い尻を突きだした。爆笑のなか、飛びかかろうとする尾崎をレフェリーが懸命に押さえつける。

「いやあ、今日は荒れるぞお」

心底嬉しそうに、須原がつぶやいた。


ゴングと同時に尾崎がすばやいステップで多摩川の懐に潜りこみ、がしりと右手首を摑む。振りほどこうと暴れる〈怪魚〉を意に介さず、赤髪の闘士は多摩川の顎めがけ、右肘をアッパーカットの要領で二度三度と食らわせていった。

「カチ上げ式エルボーか。初手からエグいねえ」

メモ帳にペンを走らせながら、須原がため息を吐《つ》く。

「あの技、そんなに強烈なんですか」

「頬や首すじへ水平に打ちこむ通常のエルボーと違って、下から上に突きあげられると力を逃がしづらいんだよ。おまけに手首を握られているから、なおのことダメージも大きい。尾崎ちゃん、早々に終わらせる気だな」

俺が即席の〈プロレス技講座〉を拝聴しているあいだも、エルボーは止まなかった。多摩川の歯が鳴る、がちん、がちん、という厭《いや》な音がセコンドまで届く。華やかな技の攻防を期待していた観客たちは、妙な雰囲気に反応しあぐねているようだった。

十数発あまり連打して、尾崎がようやく手首を離した。うつ伏せに崩れ落ちた多摩川の髪を摑んで頭を引き起こすや、長い腕を巻きつける。

ヘッドロック——序盤で使われる〈様子見〉の技だが、いま仕掛けているそれは俺の見慣れたフォームではなかった。

通常、ヘッドロックは片膝をついて相手の頭部を締めあげる。しかし尾崎は両足をまっすぐ伸ばし、低く腰を落としていた。そのため多摩川はべたりと腹這いでマットに寝そべっている。あれでは掛け手が腕をほどかないかぎり永遠に逃げられない。俺の動揺を代弁するかのように、須原が「もう極める気かよ」と感嘆した。

「えっ、さすがに早くないですか」

「技らしい技を出さないで〈格の違い〉を観客に叩きこむつもりなのかもね。それでも多摩川さんなら対抗する秘策があると思ったんだけど……買いかぶりだったかな」

同感だった。

意外なことに、俺はひどく落胆していた。

わけのわからない特訓に散々つきあわせておきながら、もう終わりとは。

結局、サーモンはこの程度の選手だったのか。

やはり葬儀屋ではなかったのか。

と、落ちこんだその直後——こちらを嘲笑《あざわら》うように、多摩川が全身をびくびくと波打たせた。尺取り虫を思わせる動きに女性客が金切り声をあげる。リングサイドで「シャケの産卵だ！」と誰かが叫び、戸惑いまじりの笑いがわずかに起こった。

状況が把握できず混乱する会場——そのなかで俺はひとり、鳥肌を立てていた。

あれは、ブレイクダンスの〈ワーム〉だ。

もしや多摩川はこの展開を予期して、あのスタジオに。

奇怪なムーブに度肝を抜かれたのか、尾崎がわずかに力を緩める。そのスキを見逃さず、多摩川が身体をくねらせて後退し、腕輪から見事に脱出した。コミカルな動きにもかかわらず、笑う者は誰もいない。先ほどの異様な攻撃が尾を引き、ホール全体に生ぬるい空気が漂っていた。

静まりかえった空間に気づいて、尾崎がおもむろに自らの頬を叩く。

「……わかったよ！　おまちかねのアレを見せてやるぜ！」

表情が一変している。控え室で去り際に見せた〈プロ〉の顔になっている。

尾崎が多摩川の腕をとらえてロープへ投げ飛ばし、高く垂直に飛びあがった。よろめきながら戻ってきた顔面にドロップキックを炸裂《さくれつ》させる。打点の高さに拍手が起こる。

「まだまだッ！」

ふらつく多摩川の背中をとらえ、尾崎が弓なりに上体を反らせた。お手本のようなジャーマン・スープレックス。マットが地響きを立て、風圧が俺たちの顔を打つ。

大の字のサーモンをよそに、尾崎が間髪容《い》れず立ちあがってコーナーポストへ一瞬で駆けあがった。フィニッシュの予感に観客がざわつく。ちらりと位置を確かめてから紅い天馬が後ろ向きに翔《と》び、空中で正座に似た姿勢を作ると、両膝を多摩川に突き刺した。

完璧だった。

ドロップキックからジャーマン、そしてムーンサルト・ニードロップの連係。通称〈ウイニング・スカイ〉。これまでに何度も勝利をもぎ取っている、十八番の必勝パターン。尾崎が軽く見得を切り、大の字の〈出戻り野郎〉に覆いかぶさった。すかさずレフェリーが脇へ滑りこみ、マットを叩く。

「ワンッ！　ツーッ！」

スリー直前、多摩川がコミカルな動作で肩をあげた。まさかの粘りにどよめきが起こる。尾崎は目を大きく見開いて何度もレフェリーに詰め寄っていたが、カウントが覆らないとわかるや、多摩川を強引に立たせて再びエルボーを打ちこみはじめた。肘が舞う。二度、三度、四度——。

ふと、違和感をおぼえた。

さっきはあれほど楽しそうに殴打をカウントしていた客席がやけにおとなしい。尾崎の名を呼ぶ声もあきらかに少なくなっていた。須原もさすがに勘づいたのか、しきりに後方の客席をうかがっている。ふいに、リングサイドの観客が「サーモン、一回くらいやりかえせ！」と檄《げき》を飛ばした。

瞬間——違和感の正体を理解する。

多摩川は、試合開始から一度も攻撃を出していない。

プロレスは攻防が要となる格闘技だ。相手を攻め、反撃され、再度攻める——その連続が観客の興奮を高め、場内に熱気を満たしていく。だが、今日の試合は断絶した技が一方的に散らばっているだけだ。血がかよわず、脈動もない、死体よりも冷えきった〈闘いもどき〉。そんなものを喜ぶ人間などいない。

冷えきった死体。はっとする。

まさかこれが葬儀屋の手口なのか。

だとしたら——多摩川はここからどうする気なのか。

会場を冷やし、観客を醒《さ》まし、それで終わりなのか。

俺が考えている数秒のあいだに、尾崎は再びドロップキックを放っていた。仰向《あおむ》けに倒れこむ多摩川をどたばたとフォールしたが、カウントはまたしてもツー。赤コーナーのセコンド選手が「焦るな！」と叫んだものの、尾崎にその声は届いていない。よろよろと起きあがった多摩川の背にしがみつき、二度目のジャーマン・スープレックスを決める。先ほどより角度が甘いせいもあって、いっそう拍手はまばらだった。

尾崎はまだ止まらない。這うようにしてコーナーへのぼり、間髪を容れず空中を舞って膝を多摩川に命中させた。どこか社交辞令じみた喝采のなか、三度目のフォール。レフェリーがカウントツーを数えると同時に〈怪魚〉が力なく跳ね、肩をあげた。

「……そういうことか」

ようやく俺は多摩川の意図を悟った。

尾崎はすべての技を出し尽くしたのだ。勝利につながるコンビネーションをひととおり──否、駄目押しとばかりに二度も披露しておきながら、カウントスリーを取りそこねたのだ。しかも攻撃ひとつしていない男を相手に。

結果、〈ウイニング・スカイ〉は今日、その効力を完全に失った。

尾崎は死んだ。天馬は墓の下に葬られた。

目の前の闘いは、もはや試合ではない。

死合だ。

確信する。やはり多摩川は——葬儀屋なのだ。

ようやく場内の反応を察したのか、尾崎は青い顔で四つん這いのまま固まっている。血の気がすっかり失せた、死にかけの獣がそこにいた。

「ご愁傷さま」

のっそりと多摩川が半身を起こす。

「棺桶の蓋は閉じられましたぜ」

瀕死の鮭が、翼の折れた天馬へにじり寄る。故郷の川で死を迎えるおのれの道連れに、水底《みなそこ》へ引きずりこむつもりなのだろう。

どうする。もう手札は一枚も残っていない。

ごくりと唾を呑んだ直後——風が変わった。

四つん這いの尾崎が上体を起こすなり、すさまじい勢いで額《ひたい》を前方に振りおろした。石を打つような鈍い音。多摩川の眉間《みけん》がぱっくり割れ、一瞬で顔面が赤く染まる。それでも〈怪魚〉に動じた様子はない。長髪を掻きあげて鮭の切り身を思わせる肉をさらけだし、にやにやと笑っている。尾崎もひるまず、血まみれの前頭部へ何度も何度も頭突きをお見舞いした。使い慣れていないのは一目瞭然、あまりにも不器用すぎるヘッドバットだった。

鮮血がマットに散る。鈍い音が反響している。

「……がんばれ尾崎！」

「負けるなッ、打ち勝て！」

静寂に包まれていたホールへ、徐々に歓声が戻ってくる。その声は波のように広がり、一分も経たずして空気が震えるほどの轟《とどろ》きへと変わった。

「尾崎！　尾崎！　尾崎！」

手拍子に合わせ、最前列の観客が足を踏み鳴らす。

まもなく、根比べに負けた〈怪魚〉が白目をむいて前のめりに倒れた。

「うおおおおっ」

赤毛の馬がいななく。叫びはもう言葉になっていない。意識があるかさえも怪しい。本能だけで闘っているように見える。尾崎は朦朧《もうろう》とした目つきでうつ伏せの多摩川にまたがると、両足を脇に挟みこんで上体をめいっぱい反りあげた。

逆エビ固め――新人時代に唯一使うことを許された技。尾崎が五年にわたってかけ続けた、腐れ縁の旧友。

「あれはマズいぞッ」

俺と須原は声を揃《そろ》えて叫んだ。

尾崎の両足が、ぴんと前方に伸びている。

通常、逆エビ固めの類は掛け手が正座に近い形で膝を折るか、しゃがんだ体勢で相手の背を反らせていく。体重をコントロールしなければ事故につながりかねないからだ。しかし、尾崎はまるでボートを漕《こ》ぐような姿勢をとり、自身の体重をすべて浴びせかけている。そのため多摩川の身体は、人体とは思えないほど極端なU字に曲がっていた。

「誰か早く止めろッ。あのままじゃ壊れるッ」

狼狽《ろうばい》する須原の横で、俺は戦慄していた。付き人として多摩川の身を案じたからではない。気づいてしまったからだ。

多摩川のひん曲がった身体——あれは、ヨガのポーズだ。

鳩の王だ。

もしかして、例の特訓はこのためか。

多摩川はヘッドロックのみならず、この結末も予測していたというのか。

呆然とリングのふたりを凝視するうち、俺は身体の震えに気がついた。震撼《しんかん》——違う。恐れではない。なんだこれは。なんだこの感情は。喧騒のなかで考える。

嗚呼《ああ》、わかった。

俺は、目の前の光景に胸を震わせているのだ。

尾崎の逆エビ固めは、ため息がこぼれそうなほど美しかった。

端整な彫像を思わせるフォルム。駿馬《しゅんめ》のごときシルエット。

長身の尾崎でなければ創りだせない、強さと激しさと逞しさをそなえた芸術品があった。観客も俺とおなじ感情を抱いたのか、あちこちで恍惚《こうこつ》の吐息が漏れている。

尾崎がさらに身体を反らした。たまらず多摩川がマットを連打し、ギブアップの意思を示す。ゴングと同時に俺はリングへ滑りこみ、死に体の鮭へ氷嚢《ひょうのう》をあてた。

俺の手を払いのけ、多摩川がリングアナを指す。「喋らせろ」のサイン。慌ててリングサイドへ走り、マイクを受けとって多摩川に手渡した。

「おい、尾崎」

それきり——多摩川は黙った。尾崎はコーナーによりかかったまま、目を合わせようともしない。観客全員が固唾を呑む。今日の試合の意味を、答えを聞けるのではと次の科白を待ちかまえている。

「お前さん、あんなひどい技かけるなよ。死んじゃうじゃねえかッ」

涙声の訴えに、会場の空気が一瞬で弛緩《しかん》する。安堵《あんど》の笑い声と拍手を受けながら、半ば転がるように敗者がリングを降りた。慌てて肩を貸し、花道を進む。

賛辞の雨を浴びつつ、俺のなかでは新たな謎が渦巻いていた。

もし多摩川が〈葬儀屋〉なのだとしたら、なぜ尾崎を生かすような真似《まね》をしたのか。

あれではまるで再生だ。更正だ。どうして、そんなことを。

興奮の余韻のせいか、答えは見つからなかった。

すべてがあきらかになったのは——数分後のことだった。

7

廊下の向こうから、メインイベントの歓声が聞こえている。

多摩川は控え室のベンチに座ったままぴくりとも動かない。頭に巻いたタオルに血が赤く滲《にじ》んでいる。不測の事態を予期したのか、他の選手はすでに全員が部屋から引きあげていた。

廊下の彼方《かなた》から、怒気を孕《はら》んだ足音が迫ってくる。

派手な音を立てて開いたドアの先には、赤髪の勝者が立っていた。

「……どういうつもりだッ」

返り血でまだらに汚れた顔もそのままに、尾崎が吠える。

多摩川は意に介さない様子で、壁のあたりをぼんやり見つめていた。

「さて、なんの話でしょうかね」

「あんたのおかげで〈ウイニング・スカイ〉は二度と使いものにならなくなった。この先、どれだけ俺が飛ぼうが跳ねようが客はウンともスンとも言わないだろうよ」

「あわれ天馬は墜落死……ってわけだ。いやあ、いい葬式でしたよ」

合掌する多摩川をじっと見つめ、尾崎がおもむろに口を開いた。

「多摩川さん、あんた〈葬儀屋〉だろ」

思わず叫びそうになる。俺が抱いていた疑問を、まさか尾崎が口にするとは。

「外国人選手が話してたんだ。お払い箱のレスラーを始末する東洋人レスラーが居るとね。そいつは、尊敬と畏怖の念をこめて〈葬儀屋〉と呼ばれているって噂《うわさ》だった」

東洋人という情報は初耳だった。もしかしたら、俺が盗み聞きした先輩の話は尾崎から伝わったのかもしれない。

「今日のあれが葬儀屋の手口なのか。今日で俺は用済みってことか。レスラーとしては、死んじまったのか」

遠くを見つめていた多摩川の視線が、尾崎に留まる。

「その噂、あっしが聞いたものとはちょっとばかり違いますね」

予想しなかった科白。俺も尾崎も戸惑っている。こちらの心情を代弁するかのように、観客のどよめきが廊下の向こうから届いた。

「そいつはたしかに対戦相手を葬る……だが、実際に殺すわけでも選手として終わらせるわけでもない。そいつが持っている葛藤やわだかまりを、地の底深くに埋めるんです。迷いや悩みを骨になるまで燃やすんです」

「迷いや、悩み……」

尾崎の顔が、さっと白くなる。

「じゃあ……あんた、こいつを知っててあんな真似を」

一瞬だけ躊躇《ちゅうちょ》してから、尾崎は険しい表情で赤いロングタイツを捲《まく》りあげた。

露出した両膝には幾重にもテーピングがほどこされ、サポーターで補強されている。コスチュームのおかげで試合中は目立たなかったが、あきらかに軽傷ではない。

尾崎が左のサポーターを乱暴に剝ぎとり、床へ放り投げる。拾いあげた多摩川が裏地に手をあてるなり、眉間にしわを寄せた。

「熱が残っている。腫れが慢性化している証拠だ。まあ、ドロップキックやバク転で膝をマットに叩きつけていれば、当然の代償ですがね」

尾崎が観念したように長く息を吐き、どさりと多摩川の隣へ座る。

「察しのとおり、俺の膝はパンク寸前だ。医者によると、割れた半月板の破片が関節や靭帯《じんたい》を引っ掻き、膝を内側から削っている状態らしい」

「ロッキング現象……厄介ですな」

俺の知らない横文字。かろうじて、良い意味でないことだけは理解できた。

「厄介なんてもんじゃない。爆弾を抱えたまま、毎日ビルの二階から飛び下りているようなもんさ。このまま〈ウイニング・スカイ〉を続けていたら……」

「早晩リタイアしたでしょうね。下手をすればそのまま引退、最悪の場合は日常生活すら危うかったかもしれません」

尾崎が右のサポーターをゆっくりと剝がす。テーピングのあいだから見える右膝は、日焼けしたように赤く腫れていた。左より症状が悪いのかもしれない。

「爆発を回避するには、ファイトスタイルを変える以外に手はなかった。けれども」

「それは、怖い」

いちだん低い声で多摩川が言った。無言で頷く尾崎のまなじりからは、先ほどまでの険が消えている。

「やっと摑んだ成功と名声を失うかもしれない。奈落の底に堕《お》ちてしまうかもしれない。その恐怖こそが、いちばんの問題なんですよ。足がすくんで、狭い崖さえ飛び越えられなくなる」

「……そんな臆病者の背中を無理やり押すのが〈葬儀屋〉ってわけか。ひでえ仕事だ」

尾崎の嫌味に、多摩川が「これでも大変なんですよ」と嘯《うそぶ》いた。

「きちんと葬るにはコツが要るんです。半端に埋めれば腐臭が漏れる。弱い炎じゃ生焼けになる。光が届かない深さまで穴を掘り、炭になるくらい炙《あぶ》ってやらないと、今日みたいな新しい必殺技は生まれない」

「新しい、技……最後のあれ、効いたかい」

「強烈でしたよ。なまくらな選手なら窒息するか頸椎《けいつい》をオシャカにされるでしょうね。

フィニッシュホールドとして立派に通用します。なによりフォームが美しい」

「じ、自分もそう思いましたッ」

つんのめるように口を開く。驚きとも呆れともつかない表情で、ふたりが訝《いぶか》しげにこちらを見つめている。それでも興奮を抑えきれず、俺は言葉を続けた。

「あの逆エビ、本当にキレイでした。上手《うま》く言えないんですけど……馬みたいな。そ、そう、サラブレッドが走ってるみたいだったんですよ」

たどたどしい説明にぽかんとしていた多摩川が、突然手を叩いて笑いだす。

「お前さん、表現が面白いねえ。そうだ、いっそのこと〈サラブレッド・ロック〉と命名してはどうですか。尾崎レッドのサラブレッド・ロック……なかなか語呂がいいと思いますけどね」

「賛成ですッ。最高のネーミングだと思い……」

「おい」

尾崎が分厚い手で俺の顔を掴む。

まずい、怒らせた。喋りすぎた。

疲労困憊《ひろうこんぱい》でも俺を叩きのめすくらいの余力はあるはずだ。

「……お前、名前は」

「かっ、梶本。梶本誠です」

「梶本……もらうぞ」

「え」

「サラブレッド・ロックって名前、もらってやると言ったんだよ」

あっさり手が離れる。いきなり解放され、俺は後ずさって壁にぶつかった。その様子をどこか楽しげに見ていた尾崎が、再び多摩川へ視線を戻す。

「しかし、五年も苦しめられた技に救われるとはね。あのときは〝俺はなんて不幸なんだろう〟と、自分を呪っていたのに」

「不幸ってのはナイフみたいなもんですよ。刃《やいば》を握ると手を切っちまうが、把手《とって》を摑めば意外と役に立つもんです」

多摩川の言葉に、尾崎が歯を見せて笑った。初めて見る表情――どこにでも居そうな青年の顔だった。

「葬儀屋にしちゃあ、ずいぶんと洒落《しゃれ》た科白だな」

「あっしの言葉じゃありません。『白鯨』って小説を書いた、メルヴィルって作家の名言ですよ。忘れられない一冊でね」

「鯨の話を読む鮭か。あんた、やっぱり変わってるよ」

尾崎がベンチから立ちあがり、軽く屈伸をして出口に向かった。

ドアノブに手をかけ、歩みを止める。

「多摩川さん、そのうち……もっぺん闘ってくれませんか」

「お断りします。生きた人間を棺桶に入れる趣味はないですから」

「……良い試合になると思いますよ」

それだけ言って、尾崎が控え室をあとにする。

今日のドアは、静かに閉じられた。


ふたりきりになった瞬間、高揚感が波のように押し寄せてくる。

「多摩川さん！　多摩川さん！」

「……なんですか」

「あなたって、本当に凄い選手だったんですね」

「別に。あっしはいつもどおり試合をして、いつもどおり負けただけですよ」

「だって、ダンスを習ったのは尾崎さんがヘッドロックを仕掛けると知っていたからですよね。最後に逆エビを選ぶと予想して、ヨガ教室に通ったんですよね」

どれだけまくしたてても興奮がおさまらない。多摩川はなにも答えず、じっと前を睨んでいる。

「勝ち負けだけじゃないんですね。強い弱いだけじゃないんですね。自分、しっかりと教わりました。多摩川さんが言う本当の闘いを」

瞬間、視界に火花が散った。

床に転がり、壁に激突する。ようやく「張り手を食らったのだ」と気がつく。呻きながら目を開けると、多摩川がこちらを見下ろしていた。まなざしが燃えている。最初に尾崎へ見せた、あの表情──修羅の顔をしていた。

「調子に乗らないでください。見るチャンスがあるとは言いましたが、教えたつもりはありませんよ」

目に宿っていた紅蓮《ぐれん》の炎はすぐに消えた。残り火を消すように多摩川が吐き捨てる。

「お前さん、まだわかってませんよ。本当の強さってやつも、闘いの向こうにあるものも」

遠くを見つめながら多摩川がブルゾンを羽織り、ボストンバッグの把手を掴む。帰り支度を手伝おうと起きあがる俺を無視して〈怪魚〉は足早に出ていった。

ドアを閉める直前、低い声でひとことだけ言い残して。

「知りたいなら、もうすこしだけつきあっても構いませんよ」

静寂──一気に全身の力が脱《ぬ》け、がらんとした控え室の床にへたりこむ。

張られた頬が痛い。壁にぶつけた頭が疼《うず》く。

けれども、それ以上に胸の鼓動が熱かった。

知りたい。

葬儀屋の正体を。

多摩川の発言の意味を。

強さとは、なんなのかを。

闘いの向こうに、なにがあるのかを。

その日がいつになるのか——考えても考えても、まるでわからなかった。

それが、嬉しかった。

8

「……失礼しまぁす」

開いたドアの隙間から、廊下の灯りが真っ暗な部屋へ鋭角に射しこむ。

入口に男がひとり立っていた。顔も身体も闇に溶け、輪郭がおぼつかない。ほのかに照らされた部屋の奥では、もうひとりの男が机に両足を乗せていた。

「ノックくらいしろ、仮にも社長室だぞ」

机の男——カイザー牙井が入口の影に告げる。返事はない。

「で、尾崎はどうだった」

「あんのじょう多摩川に感謝してたみたいですよお。梶本のヤツ、帰ってくるなり嬉しそうにベラベラ喋ってましたもん」

「まあ、予想どおりの反応だ。あいつらはまだ〈葬儀屋〉の怖さに気づいちゃいねえ」

「あのオジさん、そんなにおっかないんですか」

「怖《こえ》えよ。なにせあいつは……人殺しだからな」

「へえ……あの人も殺《や》るのが好きなんだ」

楽しそうに笑ってから影が一歩、机へと近づいた。

「ま、それよりも牙井さん、いつリングに立たせてくれるんですか。俺は早く……」

軽薄な調子の主張は、突然の轟音《ごうおん》で遮断された。牙井が両足で机を蹴り倒したのだ。

樫《かし》の重厚な机を、ひと蹴りで。

「生意気《ナマ》なクチをきくんじゃねえよ、この野郎」

牙井の恫喝《どうかつ》も意に介さず、影がさらに近づく。灯りに照らされた影——司藤武士の顔には、歪んだ笑みが浮かんでいた。

「表向きは新弟子なんだぞ。誰かにバレたらどうする」

「別にどうでもいいですよお。俺は一日でも、一秒でも早く誰かを壊したいだけなんで。あ、どうせならサーモンさんを殺っちゃおうかなあ」

「馬鹿、そんなこと許されるわけねえだろうが」

牙井が負けじとばかりに、にやり、と粘っこく唇を曲げる。

「あいつを葬るのは、俺の悲願なんだからよ」

暗闇のなか、ふたつの影はしばらく嗤い続けていた。

第二話

咬ませ犬《アンダードッグ》

1

「……四百ッ！」

倉庫を改装した道場いっぱいに怒声が響く。続けて竹刀《しない》が風を切り、床を鳴らした。

激しい音にあわせ、俺は床についている腕をぴんと伸ばし、上体を大きく反らせた
——つもりだったのだが。

「なんだ梶本、その屁《へ》っぴり腰はッ！」

古参レスラー・小沢堂鉄に尻を蹴り飛ばされ、コンクリートに溜《た》まった自分の汗の中へ顔面から突っこむ。ふらつきながら体勢を立てなおそうとする後頭部に、竹刀の先端がぐりぐりと押しつけられた。

「それでも腕立てかよ。土下座の間違いじゃねえのか」

頭上で堂鉄の含み笑いが聞こえる。屈辱的な竹刀を払いのけたくても、腕はすっかり痺《しび》れて使いものにならない。掠《かす》れ声で「押忍《おす》」と答えるのが精いっぱいだった。隣ではぶざまな同期などおかまいなしに、司藤武士が短く息を吐きながら黙々と腕立て伏せを

続けている。

腕立て伏せ——といっても、通常のそれではない。

ライオン・プッシュアップ。脚を大きく開いて上半身を弓なりに反らせる、名前どおり獅子《しし》の遠吠《とおぼ》えじみた姿勢でおこなうトレーニングだ。背筋と大胸筋への効果が高い反面、身体《からだ》への負荷は通常の腕立て伏せよりはるかにキツい。そんな過酷すぎる〈咆哮《ほうこう》〉を五百回。まさしく地獄のメニューである。

地獄には鬼がつきものだが、かたわらで睨《にら》みをきかせている男はどんな鬼よりも恐ろしい存在だった。事実、堂鉄は〈鬼喰《おにく》いの鉄〉なる異名を持っている。そんな鬼をも食らう教官にしごかれながら、俺と司藤の新弟子コンビはいつ来るとも知れぬデビューの日に向け、トレーニングに勤《いそ》しんでいる——というわけだ。

もっとも、おなじ新弟子でもその差は歴然としている。

ギブアップ寸前の俺に比べ、司藤は涼しい顔でメニューをこなしていた。最近は先輩のスパーリングにたびたび交ざり、肉体もここ一ヶ月でさらに厚みを増している。いっぽうの俺といえば、入門から四ヶ月経《た》ったいまもリングにあがることすら許されず、身体も鍛えた素人の域を出ていない。

この貧相な体軀《たいく》のせいで、堂鉄をはじめ先輩連中の風あたりはすこぶる強かった。愛の鞭《むち》といえば聞こえはいいが、愛があろうがなかろうが鞭は鞭だ。痛みに変わりはない。

おまけに〈ある男〉の付き人になって以降、俺に対するあつかいはさらに苛烈さを増している。

「ええと……名前、ハジモト君だっけ」

そら、おいでなすった。いつもの嫌味だ。

「梶本です。梶本誠です」

「ハジモトに改名したほうがいいんじゃないか。恥ずかしいお前にぴったりだろ」

這《は》いつくばったまま押し黙る俺を爪先で小突き、堂鉄が言葉を続けた。

「ハジモト君は知らないみたいだから、特別に教えてやるよ。このネオ・ジパングは、日本でも最高峰のプロレス団体でな。〈強く、激しく、逞《たくま》しく〉をモットーにしていて、ひと握りのレスラー以外はリングにあがることが許されねえんだ。この道場も選ばれた人間しか入れねえんだぜ。またひとつ賢くなったな」

「……知ってます」

「だったらよォ！」

目の前数センチの距離に竹刀が振りおろされる。

「腕立て程度でへばるボンクラが、偉そうに居座ってんじゃねえぞコラ！」

はいともいいえとも答えられず、俺は沈黙を貫いた。「早く嵐が去ってくれ」と内心で祈る。いつもなら先輩の誰かが茶々を入れてお開きとなる頃合いだが、あいにく今日は地方大会があるために大半が不在だった。暴風はまだ止《や》みそうにない。

助けを求めて司藤に視線を送ったものの、彼はこちらに目をあわせることなく、四つん這いのまま床を見つめていた。弱肉強食——自分は食われる〈肉〉の側なのだと改めて自覚する。

「なあ……もういいんじゃねえかな。梶本」

突然〈鬼喰い〉がおだやかな口調で微笑《ほほえ》んだ。解放されるかと安堵《あんど》したのもつかのま、すぐに「鞭が飴《あめ》に変わっただけだ」と気がつく。

堂鉄は、暗に退団を薦《すす》めているのだ。

レスラーになるのは諦めろと促しているのだ。

社長の命で〈ある男〉のお守りをさせている手前、おいそれと辞めさせるわけにはいかない。だが、自主的に夜逃げしたのであればこちらに責任はない——そんな思惑なのだろう。

「人には分相応の生き方ってのがあるんだ。夢を追いかけるのもいいが、現実を受け入れることも必要だぜ。お前の居場所はここじゃねえと思うけどなあ」

「……嫌です」

「そうは言われてもなあ。腕立て伏せすら満足にできねえのは事実だろ。そこはどう説明するんだい。なあ、なあってば」

反論できなかった。頑張りますと宣言したところで「もう何ヶ月頑張ってるんだ」と冷笑されるのは目に見えている。

やはり、俺は夢を諦めるべきなのか。

ここは、自分の居る場所ではないのか。

疲労と激痛と屈辱がひとかたまりになって「辞めます」のひとことを促している。

「それさえ言えば楽になるぞ」と甘い声でささやいている。

ぷつり、と心のなかの糸が切れた。

「……わかりました」

覚悟を決め、深く息を吸う。視界が滲《にじ》む。嗚咽《おえつ》がこぼれそうになる。

「自分は、今日をもって退団……」

「小沢さん」

突然、背後から野太い声が聞こえた。

2

よろめきながら振りかえった先に、仏頂面の大男が立っている。

「社長からお電話です。事務所までお願いします」

「……いま行く」

堂鉄がこれ見よがしに舌打ちをして、その場へ竹刀を放り投げた。

「腕立て、残り百回だ。サボるんじゃねえぞ！」

「お、押忍ッ」

こちらの答えを聞くよりも早く〈鬼喰い〉は俺たちの前から去っていった。

荒々しくドアが閉まったと同時に筋肉が弛緩《しかん》する。その場へうつ伏せに倒れかけた直後、何者かが脇をがしりと摑《つか》んだ。

「カジ、あかんで。最悪や」

俺を鷲摑《わしづか》みにしているのは、先ほど堂鉄に声をかけた男――アトラス浅岸《あさぎし》だった。

今年で三十歳になる中堅レスラー。二メートル十センチ、団体一の長身がトレードマークのパワーファイターだ。堂々たる体軀もさることながら、いちばんの特徴は――仏頂面だろうか。

いつもしわの寄った眉間。常に周囲を睨みつけているまなざし。絶えず一文字に結ばれた唇。無骨にもほどがある、まるで喜怒哀楽がうかがえない顔――浅岸は、リング上でもリング外でもいっさい表情を変えない人物として知られていた。

そのために付いたあだ名は〈鬼瓦《おにがわら》〉。初めて聞いたときは「言い得て妙だ」と吹きだしたものだが、いざ当の鬼瓦が目の前にせまると、さすがに戦慄をおぼえてしまう。感情の読めなさに、言いようもない怖気《おぞけ》を感じてしまう。

〈鬼喰い〉のあとは〈鬼瓦〉の出番か。

鬼だらけの地獄はまだ、終わらないのか。俺は辞めることすら許されないのか。

と、身を強張《こわば》らせるこちらを一瞥《いちべつ》し、浅岸がぼそりと呟《つぶや》いた。

「お前な、要らんところに力が入っとんねん」

言葉の意味を判じかねるこちらを無視して、浅岸がグローブのような掌《てのひら》で俺の背中を叩《たた》く。

「背筋を使わなあかんのに、お前は手足だけで屈伸しとる。せやから百回もこなさんうちにキツくなってまうねん。ほれ、ここに力を入れてみい」

促されるまま、背中の筋肉を意識して再びプッシュアップを試す。

「あれ、あれれッ」

思わず声が漏れた。

たしかに負荷は増すものの、手足は先ほどよりはるかに軽い。全身の筋繊維がひと束にまとまり躍動している――そんな実感があった。なるほど、これなら屈伸のたびに肉体が鍛えられるのも納得できる。

ほんのわずかな加減で、これほどの違いが生まれるとは。

「……ビックリしました」

素直な感想を述べる俺に、浅岸はむっつりとしたまま「カジの場合は、練習前のストレッチも原因やな」と答えた。

「ストレッチ、ですか」

「せやで。ストレッチちゅうんは筋肉をほぐすのが目的やろ。なのにお前は、緊張して声を震わせながら柔軟やっとんねん。そんなん最悪やで。一が十になるどころかマイナスや」

「な、なるほど」

自分の練習をこなしながら、こちらの声にまで注意をはらっていたとは。荒っぽい性格だとばかり思っていた浅岸の細やかさに、内心で驚愕《きょうがく》する。

「ま、試合と一緒や。ナメくさったファイトは論外やけど、気合いが空まわりしたら意味ないねん。おぼえとき」

「はい……あの、こんな自分にもったいないアドバイス、ありがとうございます」

よろよろと立ちあがり、仰々しく頭を下げる。半分は要領のいい司藤を見習ってのおべっか、半分は偽りのない本心だった。

浅岸がにこりともせず「お前のためちゃうわ」と吐き捨てる。

「早《はよ》うデビューしてもらわんと、ワシらが楽でけへんだけや。ま……カジを見とると、昔の貧弱な自分と重なるのも事実やけどな」

「えっ、だって浅岸さん、めちゃくちゃゴツいじゃないですか」

「アホ。〝昔の〟って言うたやろ」

わずかに巨人の頬が緩む。とうてい笑みとは呼べないながらも、その顔にはたしかに微《かす》かな感情が浮かんでいた。

「ワシかて入門したころは、無駄にタッパがあるだけの豆モヤシやったからな。いまのお前なんか可愛《かわい》く見えるくらいシゴかれたで。堂鉄のオジキになんべん殴り飛ばされたか、もう数えきれへん。最悪や」

「ほ、本当ですか」

「ほんまや。あまりにも腹立ったもんで〝辞めるときは鬼喰いを殺したろ〟と思って、ポッケにいつもナイフを隠しとったんやで」

「……そのときに殺しておいてくれたら、助かったんですけどね」

冗談と本気がないまぜになった言葉を漏らす。浅岸が無表情のまま、「アホ」と俺の頭を軽くはたいた。

「あのなあ、カジ。堂鉄のオジキは伸びしろのない若手にはキツく当たらん人間やぞ。こんだけシゴかれるっちゅうんは、お前に可能性があるからや」

困惑のあまり返答に詰まる。

認められた喜び、けれどもにわかには信じがたい仮説。それを聞いてなお湧きあがる堂鉄への憤り、そして不甲斐《ふがい》ない自分の現状——素直には飲みこめぬ諸々《もろもろ》の感情が、渦を巻いて胸のなかを流れている。

そんな心境を察したのか、巨人が深々とため息を吐《つ》いた。

「ま、無理に信じろとは言わん。けどな、少なくともワシはあのとき辞めんでよかったと思っとる。他人に言われて諦めるのは悔しいやろ。情けないやろ。するとな、人はおのれを誤魔化すねん。その後も、ずっと〝自分が悪かったわけやない〟って自身に言いわけをせなあかんようになる。それはキツいで。腕立て伏せの何倍もな」

無表情を保ったまま、浅岸は目もあわせずに淡々と喋《しゃべ》り続けた。

けっして器用な説得ではない——だからこそ胸に染みた。すとんと腑《ふ》に落ちた。

無意識のうちに俺はもう一度、深々とお辞儀をしていた。

「ありがとうございます。もうすこし……ここに齧《かじ》りついてみます」

頭をあげて浅岸をまっすぐに見つめる。

巨人が視線を逸《そ》らし、気のないそぶりで鼻の頭を掻《か》いた。

「ま、偉そうに言うたけど、ワシかて褒められた出来のレスラーではないからなあ。豆モヤシがウドの大木になっただけ……この巨体がなかったら、ワシなんぞとっくにお払い箱や。居場所なんてとうになくなっとるで」

照れかくしの自嘲。けれども、俺は笑う気にはなれなかった。

事実、浅岸はゼニの取れない——つまり人気に乏しい選手だった。

不人気の理由は、感情が読みとれぬ顔のせいばかりではない。

強面《こわもて》の巨人は技もすこぶる地味だった。繰りだすのは打撃と肉弾戦ばかりで、ドロップキックなどの見栄えがする技はいっさい披露しない。先輩連中から「長身を活《い》かした派手なファイトをしろ」とアドバイスされても、頑《かたく》なにスタイルを変えようとはしなかった。渋い闘いっぷり——といえば聞こえはいいが、要は勝っても負けてもなにひとつ響いてこない選手だったのだ。

響かない鐘を鳴らし続けるほどファンもお人好《ひとよ》しではない。結果、現在の浅岸は〈居ようが居まいが気にならないレスラー〉という不名誉な地位に甘んじていた。デビュー当初こそ期待されている時期もあったようだが、最近はせいぜい人数あわせのタッグマッチに駆りだされる程度で、芳しい結果を残せていない。いま、道場で留守番をしているのも試合を組まれなかったためだ。

正直——歯がゆかった。悔しかった。

俺は、アトラス浅岸が好きだったからだ。

不器用で飾り気のない、けれども実直なファイトが好きだった。

俺の信念——プロレスラーは人気やグッズの売れ行きや人間関係といった瑣末《さまつ》な要素を捨てて、強さのみを求めるべきだ——それを体現している選手だと思っていた。だからこそ、いましがたの励ましも素直に受け止めることができたのだ。

けれども世間は彼を評価せず、団体も機会を与えようとはしない。

これが現実なのか。

プロレスは、やはり実力主義ではないのか。真剣勝負ではないのか。

だとしたら、そんなもの——くだらねえ。

もう言うまいと決めたはずの言葉が喉元までせりあがった、次の瞬間——。

「そうッスよねえ」

司藤が腕立て伏せを止めて起立するや、笑顔で割りこんできた。

「浅岸先輩、ほとんど咬《か》ませ犬ですもんねえ」

予想外の科白《せりふ》に、悔しさも忘れて啞然《あぜん》とする。

咬ませ犬——引き立て役としてあてがわれるレスラーを指す隠語だ。もともとは闘犬業界の言葉だと聞いている。見込みのある一匹を、格下の弱い犬と闘わせることで自信をつけさせるのだという。もちろん良い意味で用いられることなど皆無、すくなくとも後輩が先輩に向かって口にしていい単語ではない。

そんな禁断の言葉を司藤は吐いたのだ。当事者である〈犬〉に向かって。

俺は司藤の豹変《ひょうへん》ぶりに戸惑っていた。これまでも先輩に軽口を叩いて小突かれる場面は何度かあったが、ここまで不躾《ぶしつけ》な態度は見た記憶がない。

どういうことだ。いったいなにがあった。

戸惑いながら、おそるおそる浅岸へ視線を移す。「どうか聞き逃していてくれ」と心中で祈りながら、顔色をたしかめる。

祈りは通じなかった。

巨人のこめかみには、稲妻を思わせる青筋が浮かんでいた。

「司藤……すまんが聞こえんかったわ。もっぺん言ってくれや」

怒気をはらんだ低い声が、電流のようにびりびりと空気を震わせる。いっぽう舌禍の主は、芝居がかった仕草で憤る浅岸をいなしていた。

「ちょっとぉ、冗談ですってば。そんなに怖い顔しないでくださいよお」

「怖くて悪かったな、このツラは生まれつきや」

その目でたしかめろと言わんばかりに、浅岸が顔面を司藤に近づける。

止めるべきか——でも、どっちを。

仲裁に入るべきか——けれども、どうやって。

逡巡《しゅんじゅん》する俺をよそに、鬼瓦が再び口を開いた。

「……ワシはな、これといって趣味がないねん。酒は年に一度か二度、よほど嬉《うれ》しい出来事があったときに飲む程度、タバコも博打《ばくち》もようせん。女も興味ない。せやから入門してこのかた、ヒマさえあれば道場におる」

なんの話がはじまったのか理解ができない。司藤もおなじ心持ちだったようで、表情をやや硬くしている。

「おかげで、お前らみたいな新人をアホほど目にしてきたわ。黙々と汗を流す寡黙なヤツ、跳ねっかえりの短気なヤツ、要領がよくて口の減らんヤツ。いろいろおった。でもな……お前、そのどれでもないねん」

浅岸がさらに一歩前に踏みだし、司藤の鼻先まで顔を寄せた。

「パッと見は幇間《たいこもち》のお調子者……でも、それはうわべだけや。腹んなかでは誰も彼も馬鹿にしとる。レスラーもプロレスも見くだしとる」

不可解な詰問。けれども司藤に動揺の気配は見られない。それどころか唇を歪《ゆが》め、微笑すらたたえている。

なぜ笑う。なにを嗤《わら》う。

不敵な後輩を一瞥し、浅岸が捨て忘れの生ゴミでも見るように眉をひそめた。

「ま、それでも〝あいつより自分のほうが強いのに〟と思って下に見とるなら、まだマシやねん。誰にでも天狗《てんぐ》になる時期はあるからな。でも司藤、お前は違う。コネか後ろ盾か知らんけど、実力以外のなにかを保険にコソコソ動いとんねん。ワシが咬ませ犬だとしたら、お前はさしずめ虎の威を借るキツネや。ほれ、コンと鳴いてみい」

その言葉に、司藤の顔色が変わった。

血の気が失《う》せたように見えるが、いまさら浅岸に畏れや怯《おび》えを抱くとは思えない。ならば——怒りか。抑えきれない憤怒《ふんぬ》が顔面を蒼白《そうはく》にさせているのか。

そんな推測を証明するかのごとく、司藤の目はぎらついていた。ぞっとするほど昏《くら》い炎が、瞳の奥で燃えていた。

だが、それも一瞬のことだった。司藤はすぐにいつもの朗らかな表情に戻ると、浅岸に向かってこうべを垂れた。

「口が過ぎました。反省します」

「別に反省なんか要らん。ワシがお前を嫌いっちゅうだけの話や」

浅岸がひらひらと手を振り、ジェスチャーで「往《い》ね」と告げる。

司藤はその場にしばらく起立していたが、やがて「失礼しますッ」と短く叫んで道場から早足で出ていった。

「……悪かったの。助けるつもりが、練習の邪魔してしもうたわ」

気まずい静寂のなか、道場をぼんやり見つめながら浅岸がこぼす。

「いや、自分こそ申しわけありません。浅岸さんにアドバイスをいただいたせいで……」

「お前が謝る必要なんかない、ワシは本心を口にしただけや。ほんまに腹が立つねん。あのキツネ小僧と、ピンクのオッさんだけはな」

「ピンクの、オッさん……ああ」

一拍置いて、発言の意味を理解した。

途端、どっと気が滅入《めい》る。

思いだしてしまった——数日後に会う〈あの男〉の顔を。

忌まわしき〈桃色の怪魚〉を。

3

「ふざけんなッ、この野郎！」

「いいかげん、まともな試合をしろ！」

聖地と謳《うた》われる都内のホールには、今日もプロレスファンの怒号が飛び交っていた。

カクテルライトに照らされたリングの上では、目が潰れそうなほど鮮やかなピンク色のタイツを穿《は》いたレスラーが、罵声もどこ吹く風とばかりに手を振っている。

彼こそが、〈あの男〉ことサーモン多摩川。八ヶ月ほど前、突如ネオ・ジパングに参戦を果たしたフリーランスの選手。そして、俺が付き人を任されている謎の人物だ。

謎——という表現は、比喩ではない。

年齢も出身地も参戦前の経歴も、すべてが不明。おまけに他の選手といっさい交流を持たず、試合会場までの移動も単独行動を貫いている——などと評すれば、いかにもミステリアスに感じるかもしれない。だが、そんな神秘的なプロフィールが無意味に思えるほど、多摩川は異質なる異形、異相の異分子だった。

頭の半分だけ剃《そ》りあげた長髪、外国の仮面を想起させる鷲鼻《わしばな》と細い目。派手すぎるコスチュームにそぐわない褐色の肌。彼を構成する要素すべてがアンバランスに歪んでいる。なによりも歪《いびつ》なのは、そのファイトスタイルだろうか。指でこしらえた〈カンチョー〉で執拗《しつよう》に攻撃したり、手鼻や放屁《ほうひ》を武器に用いたりと、小学生の悪ふざけとしか思えない戦法を、多摩川は常套《じょうとう》手段にしているのだ。

たしかに、コミックマッチと称される笑いの要素を含んだ試合もプロレスの世界には存在する。だが、それとて客の野次に試合を中断して反論するか、オーバーアクションで場外へ逃げだす程度が関の山だ。体液や屁を噴射する選手などひとりもいない。とりわけ、激闘がウリのネオ・ジパングでそのような〈必殺技〉を披露すれば、観客と選手の両方から反発を食らうのは火を見るよりも明らかだった。

「なのに……今日もあの調子だもんなあ」

ため息まじりに、セコンドからリングを見あげる。

今日の対戦相手は、金髪を几帳面に撫《な》でつけたアメリカ人選手だった。青い吊《つ》りタイツのコスチュームから察するに、どうやらアマレス出身らしい。おおかた日本で知名度を上げて、帰国後の〈商品価値〉を高めようという狙いなのだろう。

だが、そんなアメリカンの戦略はゴング直後に崩れ去ってしまった。多摩川が自身のタイツへ手を突っこみ、しぼんだ風船の束を取りだしたからである。

対戦相手、観客、レフェリー。会場の全員が呆気《あっけ》にとられるなか、多摩川は手にした風船のひとつをふくらませるや、アメリカンの耳元で叩き割った。

「シット！」

耳を押さえる青タイツを置き去りに、多摩川は驚くべき速度で次々に風船をふくらませては結び、その場にぽんぽん放り投げていった。あっというまにリングは赤や黄色のカラフルな風船で埋め尽くされ、子供の遊戯スペースを思わせる様相へと変わっていく。まともな試合がおこなえる状況ではなかった。

激怒したアメリカ人選手が多摩川を追いかけ、足元の風船を割る。多摩川は逃げつつ風船を作り続け、マットに落としていく。そのひとつに足を取られてアメリカンが転倒し、巨体で風船を割る——はじめのうちこそ苦笑していた場内も、いっかな終わる気配のない破裂音に苛立《いらだ》ちはじめ、とうとう怒号一色となったというわけだ。

「パンパンパンパンうるせえよ！」

「遊園地にでも行きやがれ！」

風船と同様、はじけた怒りはそう簡単におさまらない。

ビールの空き缶を投げこもうとする酔っぱらいの男性客。ふてくされた顔で会場をあとにする若者の一団。最前列では、若い女性客が憎々しげなまなざしでリングを睨みつけている。

みなが怒るのも無理はなかった。〈熱く、激しく、逞しく〉がモットーの試合を観《み》に
きたはずが、とんだお遊戯を見せられているのだから。どう考えても、いまこの場に多
摩川を支持する者など誰もいない——と、思っていたのだが。

異論は、意外なところから飛んできた。

「……スゴいもんだねえ、多摩川さんは。感心するよ」

俺のすぐ脇で、須原正次がメモ帳にペンを走らせながら頷《うなず》いている。

須原は専門誌『超刊プロレス』のベテラン記者で、人懐っこさを武器にリングの最前
線までぐいぐい踏みこんでくる敏腕だ。どういう風の吹きまわしか俺を気に入ったらし
く、セコンドへつくたび隣の位置に陣取るようになった。

「ちょっと須原さん、あんなバルーン殺法に感心しないでくださいよ」

「ははは、バルーン殺法っていいねえ。見出しに使おうかなあ」

愉快そうに笑ってから、須原が記者の顔に戻る。

「だってカジちゃんさ、試合開始から何分経ったと思う？」

「えっ……ええと、そろそろ十五分になるんじゃないですか」

「でしょ。十五分ものあいだ走りまわって、おまけに相手に攻撃されながら延々と風船

をふくらませてるんだよ。どんな肺活量してるのよ」

「あ」

盲点だった。

リングに残っている風船はおよそ三十個。すでに破裂したものを合わせれば、多摩川はゆうに八十個以上の風船をふくらましている。試合をしながらそんな荒技をこなす──たしかに並の心肺機能ではない。

「あのスタミナは、生半可な練習で身につくものじゃないよ。多摩川さん、どんなトレーニングしてるのかなあ」

「さ、さあ。道場に一度も顔を出していませんからね」

俺の言葉を受けて、須原がトレードマークのベースボールキャップを被《かぶ》りなおす。どうやら帽子をいじるのは興奮したときの癖らしい。

「それも妙な話でしょ。フリーランスったってネオさんと契約してるんだからさ、練習に来たって問題ないじゃない」

「問題だらけですってば。あの人、ウチの先輩連中から心底嫌われてるんですから。あんなファイトを認める選手、誰も居ませんよ」

「そう、そこがいちばんの疑問なんだよ」

再び須原が帽子のつばを動かす。効果音よろしく、リングの風船がまたひとつ派手な音を立てて割れた。

「フリーランスのレスラーは、結果を残さないと一発でお呼びがかからなくなる。なのに多摩川さんは、八ヶ月ものあいだネオさんにあがってるんだよ。観客にも選手にも評価されないのに必要とされている……やっぱり、なにか特別な理由があるんじゃないのかなあ」

「さ、さあ。俺にはわかりません」

嘘《うそ》だった。

自分は知っている。あの〈怪魚〉に裏の顔があることを。

痴《し》れ者の仮面の下で嗤《わら》っている、切れ者の素顔を。

プロレスラーを葬る〈葬儀屋〉。

選手としての価値を葬り、存在意義を墓に埋める男。それが多摩川の正体だ。

だが、知っているのはそれだけ。依頼している人間が誰なのか、その目的がなんであるのかについてはまるで見当がつかない。

この二ヶ月、俺なりに推理してみた。辛《つら》い練習に打ちこみながら、あまりの厳しさに寝床で泣きながら、あまりの激しさに便器へゲロを撒《ま》き散らしながら、必死に考え続けた。けれども――。

「わかりません」

おなじ科白をくりかえした直後、客席から悲鳴があがる。リングへ視線を戻すと、多摩川が風船を屁でふくらませようとタイツをめくり、生白い尻をあらわにしていた。

「ガス爆弾発射ッ、五秒前！　四、三……」

幸い、爆弾は不発に終わった。

発射二秒前を数えた直後、堪忍袋の緒が切れたアメリカンのパンチをまともに喰《く》らい、多摩川はその場に昏倒《こんとう》。臀部《でんぶ》を露出したまま、あっさりスリーカウントを取られたのである。

「……やっぱり、考えすぎかなあ」

須原が、落胆を隠そうともせずに呟いた。

会場が虚無感に包まれるなか、リングアナがこちらへ早足で近づいてくる。慌ててセカンドロープに体重を預け、彼をリング内へと招き入れた。

大の字で転がったままの多摩川を無視して、リングアナがマイクを握る。

「……では、ここでお知らせがございます。来月より開催されるスプリング・バーニング・シリーズの初戦におきまして、アトラス浅岸対サーモン多摩川のスペシャル・シングルマッチが決定いたしました。どうぞご期待ください！」

あんのじょう、観衆は大いに沸いた。

むろん、熱戦を期待してのものではない。いくら不人気とはいえ、ネオを代表する浅岸と三下レスラーの多摩川が互角に渡りあえるはずがない。怪力に蹂躙《じゅうりん》され、完膚なきまでに叩きのめされるのがオチである。これで、いましがたの溜飲《りゅういん》を下げられるぞ——そのように考えたのだ。

リング上の多摩川は、いつのまにか持ちこんだハンカチで目尻をぬぐっていた。十中八九泣き真似《まね》だろう。そういうところは、やけに用意周到な男なのだ。

「なんなんですかこの団体は！　あっしを殺す気なんでしょ！」

悲愴《ひそう》な訴えに、再び客席がどっと弾《はじ》ける。

「風船じゃ巨人には勝てねえぞ！」

「いっそ気球でも借りてこいよ！」

飛び交う野次のなか、俺はひとり青ざめていた。

この展開——一緒だ。

二ヶ月ほど前におこなわれた、尾崎レッドとのスペシャルマッチ。

人気選手との、不釣合いで不可解な特別試合。

あのときも、発表は今日とおなじく唐突だった。

結果は多摩川の惨敗——と見せかけて、尾崎は得意技のすべてを奪われ、十八番の連係攻撃を無効化されたすえに、レスラーとして築きあげてきたものを葬られた。

葬る。

やはり、この告知は〈葬儀屋〉への依頼だ。

ならば、次の標的はアトラス浅岸なのか。

心おだやかな鬼瓦は、葬られてしまうのか。

こちらの動揺などおかまいなしに、多摩川は鼻をかんだハンカチを客に見せびらかしながら、半泣きの顔で花道を歩いていた。

4

控え室には、俺たちふたり以外に誰の姿もなかった。

所属選手のほとんどは、このふざけた男を心の底から嫌悪している。ゆえに試合を終えた者は早々に会場を去り、試合を控えた選手は通路や会場入り口に陣取って、多摩川との接触を避けるのが最近の通例になっていた。

気持ちはわかる。俺とてそうしたい。だが腐っても付き人、厄介な〈大先輩〉を放置するわけにもいかない。

それに、今日は聞かなければいけないことが山積みだった。

次の試合は〈葬儀〉なのか。

だとしたら、なぜ浅岸が葬られなくてはいけないのか。

そもそも依頼している人間は何者で、その目的はなんなのか。

さて、どれから訊《たず》ねるべきか――逡巡しつつ、ベンチの多摩川へ話しかけようとした矢先、杵《きね》で餅をつくような重低音が廊下の彼方《かなた》から近づいてきた。異様な響きにぎょっとするまもなく、叩き壊さんばかりの勢いでドアが開く。

立っていたのは――アトラス浅岸だった。

黒いショートタイツ姿のまま、小麦色の裸身に汗を滲ませている。試合を終えたその足でまっすぐ来たのだろう。闘いの余韻なのか、胸筋が不規則に脈打っていた。

「おい、ピンクのオッさん」

頭をぶつけぬよう腰をかがめながら、浅岸がのっそりと控え室に踏みこむ。改めて見ると本当に大きい。軽くジャンプすれば、天井の蛍光灯を頭突きで破壊することも容易《たやす》いはずだ。

「次はワシが相手らしいな」

獣の唸《うな》りを思わせる低い声に、思わず壁際へ身を寄せた。いっぽう多摩川は気圧《けお》されるどころか、待ちかねた来客を歓迎するように揉《も》み手《で》をしながら笑っている。

「いやあ、そうなんですよ。あっしもホント困ってしまいました！」

「こっちは別に困っとらんで」

「あら、そのわりにはおっかない顔をなさってますな」

「ツラは生まれつきじゃ、ボケ」

直立不動の俺に目もくれず、巨人はおどける多摩川を睨みつけていた。興奮で付き人など視界に入らないのか、それとも道場と会場は別ということか。

「正直に言っとくわ……ワシな、アンタが最悪に嫌いやねん」

ストレートすぎる科白。さすがの多摩川も手を止めた。

「アンタみたいなレスラーがおるせいで、プロレスはナメられんのじゃ。真剣勝負と無縁な、勝ち負けの決まったお遊戯やと後ろ指をさされるんじゃ」

ぎょっとする。

禁句中の禁句を、浅岸はあっさりと口にした。

真剣勝負と無縁、プロレスは勝ち負けが決まっている──周囲から嫌になるほど聞かされてきた言葉。世間が半ば公然の事実として語る噂《うわさ》。

デビュー前の自分には踏みこめない領域、はたして真相はどうなのか──浅岸に訊《き》きたかったが、とてもそんな空気ではない。

そんなとびきりの爆弾発言にも〈怪魚〉に動揺の色は見られなかった。あいかわらず微笑をたたえ、立ち塞がる巨獣を物珍しげに眺めている。

「せやからオッさん、次の試合ではアンタを潰す。お遊びにつきあうような真似はせえへん。ここはアンタのおる場所やない、リングは四角い戦場なんや」

瞬間――多摩川が薄笑いを消して、すっくと起立した。彼を知らない者であれば、見過ごしてしまうほどの微かな変化。けれども、俺は気づいてしまった。

この顔は忿怒《ふんぬ》の形相だ。異相に隠された死相だ。

「戦場なんて言葉を、ずいぶん軽々しく使うもんですねえ。じゃあお前さん、その戦場でなにと闘っているんですか。なにを守っているんですか」

口調の変化に気づいて、浅岸がわずかに身構える。リングシューズが、きゅ、とリノリウムの床を鳴らした。いつでも踏みだせるよう重心を前に倒した証拠だ。

「……ワシな、まわりくどい話が嫌いやねん。もっとストレートに言うてんか」

「それなら、言葉より手っ取り早い方法があるんじゃないですか」

「ほう、それは宣戦布告か。ほんなら次の試合は手加減せんでもええんやな」

「手心を加えてくれと頼んだところで、ハナからそんな気はないんでしょう」

「当然やろ、アンタにとって最悪の日にしたるわ」

肌が触れんばかりの距離で、鬼瓦と怪魚が睨みあう。いまにも陽炎《かげろう》が揺らめきそうなほど、ふたりのあいだの空気が歪んでいる。

まさか、ここで闘《や》る気か。だとしたら、巻きこまれる――逃げなくては。

反射的にドアへにじり寄ったと同時に、逆巻く闘気があっさりと消えた。

「いやいやいや、さすがは浅岸さん。肝が据わってますねえ。次の試合は、どうかお手柔らかにお願いしますよ」

〈食えない鮭《さけ》〉の顔に戻った多摩川が巨体を拝み倒す。あまりの白々しさに呆《あき》れたのか、浅岸は無言でロッカーから自身のボストンバッグを引きずりだし、出口へ向かった。

と、巨人の視線が俺に留まる。

条件反射で「お、お疲れさまですッ」と挨拶の声が漏れた。

「……なんや。カジ、そこにおったんか」

それきり、こちらを無視して浅岸は廊下に消えていった。

一分、二分——どれほどのあいだ放心していたのか。

「いやあ、お手柄ですよ。梶本くん」

多摩川の言葉で、我に還《かえ》る。

「どういう、意味です」

「おかげで浅岸さんの弱点が見つかりました」

「じゃく……てん。本当ですかッ。どこですか、なんですか」

「ま、それは当日までのお楽しみです」

多摩川は愉《たの》しそうに微笑んでいる。リングで見せる滑稽な笑みでも、他の選手をいなす際の愛想笑いでもない。獲物を見つけたときに浮かべる恍惚《こうこつ》の表情だった。

ふいに思いだす――この人は〈葬儀屋〉なのだ。

浅岸を葬る予定なのだ。レスラーとしての彼を殺す気なのだ。

「とはいえ対策は必要でしょうなあ……ということで、梶本くん」

「は、はい」

「来週あたり、とある場所につきあってもらいたいんですがね」

俺は、発言の意味をすぐさま理解した。

特訓。

尾崎レッドとの一戦が決定してまもなく、多摩川は特訓と称してダンススタジオとヨガ教室に通い詰め、尺取り虫のようなブレイクダンスと背骨がひん曲がりそうなヨガのポーズを会得した。俺は内心「なんの意味があるんだ」と訝《いぶか》っていたのだが、なんと多摩川はそれらを駆使して健闘。勝ちこそ逃がしたものの、みごと尾崎を葬ることに成功したのである。

あの手の特訓を今回もおこなうのか。いったいどこで、なにを。

否――聞いても無駄なのはもうわかっていた。

「……じゃあ、よろしくお願いします」

期待と不安をないまぜに深々と一礼する。頭をあげると、すでに多摩川の姿はなかった。

まったく、浅岸といい多摩川といい、俺を邪険にあつかいすぎだ。

深々とため息を吐いてから――静けさに気がついた。

いつのまにか観客の声援が聞こえない。廊下に響く選手たちの靴音も止んでいる。

慌てて控え室を飛びだし、ホールへと向かう。

「……マジかよ」

がらんとした会場では、裏方スタッフが黙々とリングの解体作業を進めていた。客はもちろん選手の姿も見あたらない。つまり俺は先輩連中に置いてけぼりを食らったのだ。連絡の行き違いなどではないことは、自分がいちばんよくわかっていた。

今日はとことん無視される日だな――苦笑してから、すぐに間違いを悟る。

今日だけじゃない。ずっとそうだった。

俺に、居場所なんてないのだ。

みじめな気持ちが次第に苛立ちへと変わっていく。

いくら嫌いな人間の付き人とはいえ、ここまで虚仮《こけ》にしなくてもいいじゃねえか。誰かひとりくらい呼び止めてくれてもいいじゃねえか。気に掛けてくれても、認めてくれてもいいじゃねえか。先輩に対する不満、浅岸への憐憫《れんびん》に近い感情、道場の忌まわしい記憶。すべてが一緒くたに混ざりあい、血管を駆けめぐった。

堪《たま》らずに会場の外へ飛びだし、そばにあった電柱を蹴りつける。直後――音に驚いた人影が、視界の隅で動いた。

路地から数メートル離れた街灯の真下に、女がひとり立っている。

誰だ――しばらく考えてから、最前列に座っていた女性客の顔を思いだす。多摩川の狂乱を睨みつけていた、憎々しげな表情が浮かぶ。

「あの……」

固まっている俺へ、女が遠慮がちに声をかけてきた。もしや、誰かのファンなのだろうか。プレゼントでも渡してもらおうと待っていたのだろうか。

うんざりする。使いっ走りはサーモンだけで充分だ。

「すいません、急いでるんで」

こちらへ近づく女を半ば無視するように、俺は反対方向へ駆けだした。

そのまま夜の闇を走り続ける。

今日はもう、なにも考えたくなかった。すべてを胸の奥に沈めてしまいたかった。

それでなくとも――数日後には悪夢が待っているのに。

5

「グンバツに可愛いねえ！　まるで女神《ヴィーナス》じゃないのヨ！」

前時代的な業界用語を連呼しながら、胡散臭《うさんくさ》い口髭《くちひげ》を生やしたカメラマンが一眼レフのシャッターを次々に切っていく。砲身じみたレンズが向けられた先では、ピンクタイツの怪人――多摩川が悩ましげにウインクやポージングを決めていた。

なぜ自分は、こんなおぞましいものを見ているのか。

混乱する頭を必死に働かせ、この状況を理解しようと努める。

アトラス浅岸との対戦が決まった数日後――つまり、今日。

俺は約束どおり多摩川と一緒に「とある場所」へと向かった。例によって行き先は明かされなかったものの、その顔にはうっすらと興奮の色が見える。

それを目にして、うかつにも俺は期待してしまった。これほど気合いが入っているということは、今度こそ他競技への出稽古か高負荷のトレーニングに違いない――そう考えてしまったのだ。

到着したのはビルの一室にある、だだっ広い空間だった。ホリゾントと呼ばれる真っ白い背景に、それを煌々《こうこう》と照らす無数の照明。そして、三脚に据えられた巨大な一眼レフカメラ。どこをどう見ても、撮影用のスタジオである。

まさか、撮るのか。自分自身を。

どうか間違いであってくれ――そんな俺の願いを、多摩川はたやすく吹き飛ばした。

彼はスタジオに入るやそそくさとピンクタイツに着替え、まもなくやってきたカメラマンのリクエストに応えはじめたのだ。そしていま、俺は頭痛に襲われながら、想像した以上の悪夢を見守っているというわけだ。

たしかに前回のダンスとヨガも意味不明だったが、それでも身体を動かしているぶん、「これも特訓の一環なんだ」とおのれへ言い聞かせることができた。しかし、今回はさすがに無理がある。どれだけ肯定的に考えても、ふざけ半分のモデルごっこが浅岸戦に役立つとは思えない。

そんな俺の憂鬱をよそに、〈怪魚〉はすこぶる上機嫌だった。

「どうです梶本くん、もうちょっとポーズに躍動感があったほうがいいですかね」

「……どうでもいいんじゃないですか」

「なにを言ってるんです。こちらのカメラマンさんはねえ、被写体を活《い》き活きと撮影するグラビアハンターとして有名なんですよ！　一生に一度のチャンスなのに、こちらが消極的でどうするんですか！」

「ダメよぉ怒っちゃ。ほら、もっとセクシーな感じで！」

カメラマンの要望に応え、多摩川が生ビールのポスターよろしく胸を寄せながら言葉を続けた。

「それだけじゃないんです。なんとこのスタジオでは、撮影した写真をステッカーやキーホルダー、果ては等身大パネルに加工してくれるんですよ。どうですか梶本くん、最高でしょう！」

　俺はすでに返答を放棄していた。

　こんな男に浅岸は葬られるのか。

　レスラーとして価値がないと判断され、居場所を奪われるのか。

　考えただけで気が滅入る。昨夜、胸の底へ沈めたはずの感情が、あぶくとなって水面に浮かんでくる。

「いいねえ、じゃあちょっとだけタイツをずり下げてみようか！」

「先生……あっし、撮られるのが快感になってきちゃいました！」

　恥じらいつつも、多摩川がコスチュームを下ろして尻を露出させる。

　俺のなかで黒い泡が、ばちん、と割れた。

「……多摩川さん」

　スタジオからの帰り道。俺の言葉に、前を歩いていた多摩川が足を止める。

　駅前に続く繁華街である。行き交う若者や家族連れが、人の流れを塞ぐ大の男ふたりを迷惑そうに一瞥しては去っていく。

　どうでもよかった。お前らは勝手に流されてろ——心のうちで吠える。

「浅岸さんを葬るのは、中止してもらえませんか」

素直に受け入れてくれるとは思っていない。それでも伝えずにはいられなかった。

「たしかに、顔は怖いし表情は読めない、おまけに技も地味で、観客へのアピールも下手。決して人気が出るタイプの選手じゃないことは俺も承知しています。でも、そんなレスラーがひとりくらい居てもいいじゃないですか。強さだけ求める不器用な人間にも居場所があっていいじゃないですか。だから……」

葬らないでやってください。

彼を、否定しないでください。

ひと息に言って、勢いよく頭を下げる。

突然の低頭に驚いた歩行者が俺を避けていく。人混みのなかでこちらを眺めていた多摩川が、感心とも呆れともつかぬ口ぶりでしみじみと頷いた。

「本当に、浅岸さんがお好きなんですねえ」

「……好きです。強さ以外なにも望まないあの人の姿勢は、俺の憧れでしたから」

噛みしめるように吐く。

「ただ……その割には彼のことがまったく見えていないようですけど」

「どういう、意味ですか」

挑発に気色ばむ俺を、怪人は愉快そうに観察している。

「アトラス浅岸がなにを求め、なにに迷い、なにから逃げているのか。お前さんは本当にわかっていますか」

「多摩川さんは……わかっているんですか」

「当たり前でしょう。あっしを何者だとお思いです」

葬儀屋──不吉な名前を口にするのが憚《はばか》られて、押し黙った。

「そこまで彼を尊敬しているなら、なおのこと理由を知りたくはありませんか。いや、彼が葬られる理由だけじゃない。プロレスの勝ち負けとはなにか、レスラーの真の強さとはいったいなんなのか……それを知りたくはないですか」

もちろん、知りたい。

それを知るために、俺はプロレスラーを志しているのだ。

心の声が表情にあらわれていたのだろう。沈黙するこちらを瞥見し、多摩川が満足げに笑みを浮かべた。

「だとすれば、今回の〈葬儀〉は、それを知る絶好のチャンスだと思いますが……さ、どうしますか」

そこで、ようやく気がついた。

多摩川は俺を巧みに誘導していたのだ。懇願を体よくかわし、「イエス」と言わざるを得ない状況に追いこむために甘言を弄したのだ。

すべてを理解してなお、俺は誘惑に抗《あらが》えなかった。

大切な先輩を守るより、リングの真実を知りたい。禁断の実を齧りたい。

怪人の狡猾《こうかつ》な策に、俺は易々《やすやす》と落ちた。

「……わかりました。お手伝いさせてください」

陥落を見届けた多摩川が、一気に相好を崩す。

「というわけで……実はひとつ、お願いがあるんですよ」

なんですか──と訊ねる勇気はなかった。悪い予感しかしない。厭《いや》な未来しか想像できない。返事を言いよどむ俺など顧みず、多摩川が言葉を続ける。

「試合当日、リング下に〈あるはずのないもの〉を隠しておきます。あっしがサインを送ったら、そいつをリングにあげてもらえませんか」

「あの……どんなサインですか。〈あるはずのないもの〉ってなんですか」

無駄とは知りつつも、念のために訊ねてみる。あんのじょう怪人は答えのかわりに腰をくねらせ、悩ましげなポーズを決めるだけだった。

無意識に「大丈夫かよ」と声が漏れる。それを聞いた多摩川が口を大きく開けて、心から愉しそうに笑った。

「大丈夫ですよ。会場に嵐を巻き起こしてみせますから」

6

不安を拭えぬまま、当日を迎えた。

東名阪《ひがしめいはん》をサーキットする新シリーズの第一戦。あてがわれたのは休憩後のセミ・ファイナル。通常ならば、観客の熱量がもっとも高まる試合だ。

にもかかわらず、浅岸と多摩川が入場した際の声援はまばらだった。テーマ曲にあわせての手拍子も寂しい。多摩川はもとより、浅岸の人気を如実に反映した結果なのだろう。

本当に、この冷めきった空気を変えることができるのか。嵐は起こるのか。

セコンドで悶々《もんもん》としているうちに、ゴングが鳴った。

多摩川がリング中央まで歩み寄り、浅岸に向かって右手を差しだす。フェアプレーを誓う握手か。それとも握ってきたところを奇襲するつもりか。けれども浅岸が心理戦に応じる気配はなかった。しかめ面を崩さぬまま、仁王立ちしたままぴくりとも動かない。さながらマットに深く根を張った御神木である。

多摩川が握手を諦め、手を引っこめる——と見せかけて一気に動いた。ダッシュで浅岸に近づき、勢いをつけてエルボーを胸板へと叩きこむ。それでも巨木は怯《ひる》まない。蚊でも追い払うように胸元を撫でてから、多摩川を一気にロープ際まで押しこんだ。

レフェリーがロープブレイクをうながす。承知したとばかりに多摩川の身体を、ぱん、とひとつ叩いて——今度は浅岸が仕掛けた。棍棒《こんぼう》のような右腕を首めがけてぶちかます。どすん、という鈍い音に、会場がどよめいた。

ラリアット——単純明快、されども強烈な豪腕の突風。それも一度ではない。倒れかけた多摩川の髪を摑み、二度、三度と腕をぶつけていく。肉と肉のぶつかる音が会場にこだました。

「いやあ、キツい攻めだなあ」

リング下から見守る俺の隣で、須原が呻《うめ》き声《ごえ》をあげた。

「……やっぱり、アレって痛いんですよね」

「痛いなんてもんじゃないよ。普通のラリアットは相手を後方になぎ倒すでしょ。だから受け手に技量があれば、力を逃がしてダメージを減らせるんだ。でも、ロープを背にしてるってことは力の逃げ場がない。普通のラリアットが車に撥《は》ねられた状態だとすれば、浅岸くんのアレは車体とブロック塀に挟まれたみたいなもんだね」

須原による解説のあいだも、多摩川はゴム毬《まり》のようにバウンドし続けていた。あきらかな過剰攻撃、少なくとも開始直後にお見舞いする技ではない。アイドリングをすっ飛ばした攻撃は観客のエンジンをストップさせてしまうからだ。

　結局、一分近くもラリアットを連発してから、ようやく浅岸は退《さ》がった。客席がすっかり白けるなか、多摩川が朦朧《もうろう》としたまま足を進める。その胴まわりを正面からがっしり摑まえ、浅岸が後方へ身体を弓なりに反らし——途中で手を離した。

〈怪魚〉が頭からマットに突き刺さり、うつ伏せのまま動かなくなった。

「マジかよ！」

　須原と俺が、ほぼ同時に叫ぶ。

　投げっぱなしのフロント・スープレックス。通常はホールドしたまま弧を描いてマットに叩きつける技だが、巨人はあえて空中で捕縛を解いたのだ。落下点が読めないぶん、大ダメージを負う確率は跳ねあがる。大ダメージ必至の危険な一撃、むろん序盤で披露する技ではない。試合を盛りあげるつもりはないという意思表示か。

　こちらの内心を代弁するように、再び須原が唸った。

「秒殺する気かなあ。しかし、こないだの尾崎ちゃんも浅岸くんも、多摩川さんと試合すると、どうして我を忘れちゃうんだろう」

　聞こえないふりをしたものの——俺は知っていた。

　秒殺の理由は、本能だ。

　多摩川を認めれば、自分がレスラーとして守ってきたものが否定されてしまう。

　存在意義が崩れ、リングに立つ意味を見失ってしまう。

それは、死に等しい。

死を厭《いと》わぬ者などいない。目前にせまるそれに必死で抗い、人間ならば逃げようと、獣ならば――食い殺そうと反撃する。そして、レスラーは獣だ。

獣の本能が、襲いくる死を食らってやろうと暴れているのだ。

だが、俺はもうひとつ知っている。

死は、黙って食われるほどお人好しではない。

「うおおおおッ」

とどろく咆哮で正気に戻り、リングへ視線を戻す。

「え」

投げ飛ばされたはずの多摩川が起立している。反対に、攻めていたはずの浅岸は苦悶の表情を浮かべ、喘《あえ》ぎながら右へ左へのたうちまわっていた。

なにが起こったのか理解できず、懸命にリングへ目を凝らす。

多摩川の手には、絵の具チューブのような物体が握られている。いっぽうの浅岸は、顔面に薄緑色のペーストを塗りたくられていた。

さらに状況を確認しようと、ロープの隙間から身を乗りだしてリングに頭を突っこむ。

直後、独特の刺激臭がうっすらと鼻に届き――俺は〈怪魚〉の企《たくら》みを悟った。

あれは、練りワサビだ。

フロント・スープレックスで投げられる直前、多摩川はタイツに隠し持っていたチューブから練りワサビを絞りだし、浅岸の顔面に塗りたくったのだ。

視界を奪われた巨人は、どうにかワサビを拭おうとロープに顔を擦《こす》りつけていた。

どこかコミカルな動きを目にして、惨状を知らぬ客席から笑いが起こる。

それを煽《あお》るように多摩川がリングの中央まで進むや、内股で腰をくねらせながらグラビアアイドル顔負けのポーズを披露した。

「やめろ、気持ち悪《わり》ィぞ！」

「おっさんがセクシー気取ってんじゃねぇよ！」

海鳴りのようなブーイングにも怯まず、多摩川は投げキッスを客席へ飛ばしている。

その傍らでは、状況を把握できぬままの浅岸が、怪物じみた動作でマットの上をさまよっていた。

混沌《こんとん》とするリングを前に、俺は震えていた。

無意味にしか思えない奇行。あれは——サインだ。自分への合図だ。

このあいだサインを訊ねたときに、多摩川はきちんと答えを告げていたのだ。

だとすれば、次に取る行動はひとつしかない。

考えるより早く、俺の身体は動いていた。

「ちょっとカジちゃん、なにしてんのッ」

須原の声を背に、リングサイドの垂れ幕をめくって、マットの下へと身を滑らせる。一気に歓声が遠くなり、籠っている熱気が身体を包んだ。

リング下の空間は、通常であれば予備のテーブルやパイプ椅子、リング設営の備品などが隠されている。いわば観客から見えない〈倉庫〉だ。しかし、いま探しているのは椅子でもテーブルでもなかった。

薄暗がりのなかをうつ伏せで這いながら、多摩川が言っていた〈あるはずのないもの〉を探す。どれだ、どこにあるんだ――と、折り重なったパイプ椅子の真横に奇妙なものを見つけ、俺は匍匐《ほふく》前進を止めた。

全長一メートル八十センチほどの、薄い板状の物体がいくつか積まれている。おそるおそる近づいてその正体をたしかめた瞬間、「これだ」と確信する。

でも、こんなものをどうする気だ。

あの鮭野郎は、なにを考えているんだ。

悩んでいる余裕はなかった。板の束を両手で摑み、綱引きの要領で後退しつつセコンドまで引きずりだす。

「カ、カジちゃん。なんなのそれ」

呆気にとられる須原を無視し、俺は板状の物体を担ぎあげると、ロープの隙間からリングのなかへ滑りこませた。

「多摩川さぁん！」

俺の呼びかけに反応した多摩川が、驚くほどの速さで巨大な板を次々と立てていく。まもなくその全貌が判明したと同時に、客席が一斉にどよめいた。感嘆とも驚愕とも異なる――強いてあてはめるなら、狼狽《ろうばい》に近いどよめき。

当然だろう。あれを見たら誰だって狼狽《うろた》える。

あの板はすべて――サーモン多摩川の等身大パネルなのだから。

多摩川は、スタジオで撮影してもらった写真を、自身と寸分違《たが》わぬ大きさのパネルに加工してもらったのだ。その異様なパネルがいま、リングを埋め尽くしているのだ。

「……なんの真似や、これは」

ようやく視界を取り戻した浅岸が、口をあんぐりと開けている。多摩川が自身のパネルからひょっこりと顔を覗《のぞ》かせ、アイドル顔負けの白い歯を見せて笑った。

「さあ、ここで問題です。本物のあっしはどれでしょう！」

あまりにも素っ頓狂な科白を受けて、場内がどっと爆《は》ぜた。哄笑《こうしょう》と比例するように、浅岸の顔がみるみる赤く染まっていく。

「なめんなや、コラァ！」

猛《たけ》り狂う巨人が大ぶりのパンチを繰りだし――多摩川のふたつ隣にあったパネルを殴った。爆笑のなか、すかさず数名の観客が野次を飛ばす。

「そいつは偽者だぞ！」

「スイカ割りかよ！」

「もっと右だよ、右！」

戸惑いながら鬼瓦が次々にパネルを薙《な》ぎはらう。その隙をぬって多摩川が倒れたパネルをすばやく立てなおし、それが再び殴り倒される。岩石のような拳は〈本物〉に掠りもしない。リングはいまや巨大なモグラ叩きの様相を呈していた。

客席も騒然としている。苦虫を嚙みつぶす者、指笛を鳴らす者。最前列では盛りあがるマニア連中に交じって、女性客――あの日、電柱の陰に佇《たたず》んでいた彼女――が、あからさまな嫌悪の目でこちらを睨んでいた。

たしかに多摩川の予言どおり、場内には嵐が巻き起こっている。

だが、この騒乱になんの意味があるのか。本当にこれは〈葬儀〉なのか。単なる悪ふざけではないのか。

と、隣の須原が興奮した様子で忙《せわ》しなくベースボールキャップを被りなおした。

「浅岸くん、こういうファイトにも対応できる選手だったんだねえ」

「こういうの……ですか」

「いままでは堅物の木偶《でく》の坊《ぼう》だとばかり思ってたけど、コミカルな路線もイケるんじゃない。意外と幅のある選手なんだ、見なおしちゃったよ」

瞬間――俺は〈葬儀屋〉の意図を理解した。

多摩川は、浅岸の持つイメージを引っくりかえしたのだ。

無骨さを愚鈍さに、寡黙さを粗忽《そこつ》さに変換したのだ。

おかげで、いつもとおなじファイトにもかかわらず、いまや観客は浅岸の一挙手一投足をコミカルに捉えている。一度その印象がこびりついてしまったら、容易には引き剝がせない。

強さを拠《よ》りどころにする男が、強さを奪われてしまう――それは死だ。

巨人は死神に葬られたのだ。

昏い墓穴の底へと放りこまれたのだ。

「ご愁傷さま」

肩で息をする浅岸の背後で、多摩川がねっとりとささやく。

「棺桶《かんおけ》の蓋は閉じられましたぜ」

直後――閉めたばかりの蓋が、弾き飛ばされた。

「おおおおおッ！」

錯乱した浅岸が両腕をやみくもに振りまわす。吐く言葉はすでに意味をなしていない。

どこか滑稽な獣が、鳴きながら泣いていた。

暴れる拳が多摩川の顎を掠る。不意打ちのアッパーカットを食らい、ピンクタイツが後ろ向きにぐらりと倒れた。マットの振動で我に還った浅岸が、あおむけの〈怪魚〉を見つめてから、その足首をむんずと摑んで両脇に抱え——勢いよくまわりはじめた。

ジャイアント・スイング——直接的なダメージこそ与えられないが、見映えは唯一無二の技。浅岸が冷静であれば選択しなかったであろう、強さと対極に位置する技。

荒れ狂うハリケーンと化した鬼瓦が、リングのなかで回転している。等身大パネルが〈本物〉の多摩川に激突し、次々と弾き飛ばされていった。

「ヤバいよ、カジちゃん」

突風から身を守るように、須原が身を縮こませている。

「なにがヤバいんですか」

「なにがって……わからないの？　浅岸くんの身長だよ」

「あ」

「普通の選手なら相手を両脇に抱えても、せいぜいマットから一メートル半くらいの高さをまわるだけでしょ。でも浅岸くんの身長だと……」

リングへと視線を戻すなり、戦慄した。

多摩川の身体は、いちばん上のロープとほぼおなじ高さを回転していた。おまけに浅岸はわずかに上体を反らしている。もし、あの勢いのまま投げ捨てたら——。

直後、悪い予感は的中してしまった。

「これで、どないやあッ！」

浅岸が回転を加速させてから、その手を離す。

多摩川の身体が水平に飛び、ロープを易々と越えて場外へ落下した。リングサイドと客席を隔てる鉄柵が派手に鳴り、最前列から悲鳴があがった。レフェリーが多摩川の様子をたしかめ、両手で大きくバツ印を作る。

「サーモン多摩川選手、試合続行不可能につき、アトラス浅岸選手の勝利です！」

リングアナが絶叫し、半分ほどの観客が椅子から立ちあがった。

「おもしれえぞ、アトラス！」

「デカいだけじゃなかったな、見なおしたぜ！」

浅岸はマットに手をつき、肩を上下させている。満場の声援は耳に届いていない。

いっぽうの多摩川は、岸にうちあげられた鮭さながらに身体を痙攣《けいれん》させていた。

誰が勝ったのか、誰が負けたのか——俺には判断がつかなかった。

7

静まりかえった控え室。

いつもどおり、俺たちのほかには誰も居ない。

多摩川はベンチに深々と座り、荒々しく息を吐き続けていた。俺も口を噤《つぐ》んでいる。互いに黙したまま、すでに五分以上が過ぎていた。

長い静寂は、手負いの象が暴れるような足音で破られた。

「……おい、ピンクのオッさん。やってくれたのう」

アトラス浅岸が出入り口を塞ぐように立ち尽くしている。その表情には、諦めとも絶望ともつかぬ色が滲んでいた。

「最悪や。リングであんな醜態を晒《さら》したら、観客はもうワシを〈お笑い要員のピエロ〉としか見てくれへん」

「いやあ、道化としては一流でしたよ。お客さんも大喜びで……」

浅岸が壁を思いきり殴りつけ、多摩川の言葉を遮った。

小刻みに震える肩。強く握った拳が、ぎりり、と軋《きし》む。

「ふざけんなッ、おかげでレスラーとしての価値がゼロになってもうたわ」

「泣く子も黙る鬼瓦は、粉々に砕けたわけだ。なかなか良い〈葬儀〉でしたよ」

合掌する多摩川を目にして、浅岸がはっとした表情になった。

「なるほど。ようやくワシの足りひんオツムでも理解できたわ。あんた……〈葬儀屋〉っちゅうヤツやな」

〈怪魚〉は瞑目《めいもく》したまま、なにも答えない。

「無用になったレスラーをリングで殺す選手……噂を聞いたときは〝そんなアホな〟と思ったけど、まさか本当におるとは。殺すっちゅうのは、こういう意味やったんやな」

浅岸が床にどかんと座り、大儀そうに胡坐《あぐら》をかいた。

「つまり……ワシはもう要らん選手ちゅうこっちゃ。やれやれ、会社もまわりくどい真似せんと、直《じか》に通告してくれたらええのに」

丸めた背中からは覇気がまるで感じられない。ひとまわり小さくなった気さえする。天に枝葉を伸ばす大樹は、いまや乾涸《ひから》びた枯木にしか見えなかった。

と──多摩川が、おだやかな口調で、ゆっくり目を開けて言った。

「その噂、あっしが聞いたものとは少しばかり違いますね。そいつはたしかに対戦相手を葬る。けれども実際に殺すわけじゃない。葬るのは、その人の生きざまです」

「前も言うたやろ、ワシはまわりくどい話が嫌いやねん。簡単に説明してくれや」

「簡単な話ですよ。葬儀屋はね……レスラーが抱いている葛藤を墓の下に埋め、苦悩を骨になるまで焼くんですよ」

葛藤、苦悩──なにかを察した鬼瓦が、表情を一変させる。

「すると……オッさん、これに気づいとったんか」

浅岸が惚《ほう》けた顔でロッカーへ近づき、扉を乱暴に開ける。

手にしているのは、以前も目にしたボストンバッグだった。俺たちが無言で見守るなか、こちらに背を向けてバッグのなかを漁《あさ》っていた浅岸が——振りむく。

「ぶ」

そこに居たのは、眼鏡姿の鬼瓦だった。

ただの眼鏡ではない。「牛乳瓶の底」と揶揄《やゆ》される分厚いレンズの、映画やドラマでガリ勉を形容する代物だ。いかめしい顔が逆に作用し、可笑《おか》しみが拭えない。

いつもであれば茶々を入れるはずの多摩川が、にこりともせずに訊ねた。

「いまの視力はどのくらいですか」

「左が、かろうじて〇・一。右は〇・〇一もない。これをはずしたら、お前らは肌色のかたまりにしか見えへん」

納得の表情を浮かべ、多摩川がベンチを離れる。

「前回、控え室で睨みあいになった際、お前さんは梶本の存在に最後まで気がつきませんでした。おなじ部屋に居るにもかかわらず……です。それですべてが繋《つな》がった。もしや、見えてないんじゃないかとね」

単語に反応したのか、巨人が目を大きく見開いた。

「お前さんが常に仏頂面だったのも、なにかにつけてにじり寄ってくるのも、試合前に握手を拒んだのも、リングで不動の佇まいを崩さないのも、そしてパネルと本人の区別がつかなかったのも……すべては極端に悪い視力が理由なんでしょう」

観念したように、もしくは安堵したように、浅岸が長々と息を吐く。

力強いのに弱々しい、不思議なため息だった。

「……最初はロープが二重にブレる程度やった。そのうちどんどん視界がぼやけはじめて、しまいには自分の掌もはっきりせんようになったわ」

「原因は、持病ですね」

「……なんでもお見通しかい。かなわんなあ」

浅岸が力なく首を振る。

「下垂体腺腫《かすいたいせんしゅ》が視神経交叉部《ししんけいこうさぶ》を圧迫したことによる視力低下。はは、医者がなんべんも言うもんやから、ソラで憶《おぼ》えてしもたわ」

「かすい……せん……しゅ？」

単語が把握できず戸惑う俺に、多摩川が「下垂体腺腫ですよ」と告げた。

「名前のとおり、脳近くの下垂体という部位にできる良性の腫瘍です。成長ホルモンが過剰に分泌された結果、極端な長身になるケースが多い。浅岸さんのようにね。そして、肥大した腫瘍はときおり視神経に悪さをするんです」

「オッさん、ほんまに詳しいのう」

感心の声を合図に、浅岸が説明のバトンを受け取った。

「その下垂体腺腫のおかげでアホみたいに大きくなった結果、ワシはプロレスの世界に入ることができた。それやのに、今度はそいつが原因でリングに立てへんようになるとはな。皮肉なもんやで」

「あの、それは治らないんですか」

おそるおそる訊く。

「医者によると開頭手術で治るらしいわ。ただ、いっぺんメスを入れたらトップ戦線には二度と戻られへん」

「激しい攻撃を受けたら、なにがあるか保証できませんからね」

多摩川が補足する。浅岸が無言で頷いた。

「相手が見えへんのは、こっちが動かんことでなんとか対処できた。でも、勝負の分かれ目になると怯んでまうねん。ここで勝ったら、このまま闘い続けなあかん。強くあり続けなあかん。でも、それは目にダメージを与えるということや。おのれの望まない形でリングをおりるかもしれへん……そう考えた瞬間」

「怖くなって、無意識に負けを選んでしまう。違いますか」

多摩川が浅岸に問う。

今度は頷かない。それが返事だった。

「……このあいだな、新弟子に〝咬ませ犬〟と言われたんや。うわべは怒ってみたものの、内心では否定できひんかった。自分で自分を信じられへんかった」

司藤の顔が脳裏に浮かぶ。不敵なネズミと唸る犬。けれども犬はネズミを噛み殺さなかった。あれは慈悲ではなかったのだ。

「自分を誤魔化すのはキツい……わかっていても、ワシはそれを止められへんかった。けれど、そんな葛藤も今日でおしまいや。アトラス浅岸は今日で終わ……」

「残念ながら」

多摩川が掌を突きだし、浅岸の独白を遮る。

「その意見には賛成しかねます。最後のジャイアント・スイングを食らってしまった身としては、とても終わったなんて言えませんよ」

「あんなん……とっさに出ただけの単なるブンまわしや。ワシはああいう派手なだけの技、あんまり好かんねん」

「本気で言っているんですか」

ことさらにオーバーなリアクションで、多摩川が驚いて見せた。

「どこに場外まで相手を放り投げられる選手が居るんですか。あんな真似はあなたにしかできません。観客は、あの技めあてに会場へ足を運びますよ」

「客が、ワシを観に……」

厚底の眼鏡をゆっくりとはずし、浅岸が呆然と呟く。

堪らず、俺は口を挟んだ。

「あの、本当にすごいジャイアント・スイングでした。力まかせで、めちゃくちゃで……けれども見ていて楽しくなる、声をあげたくなる。そんな必殺技でした」

「……カジ、ほんまか」

「ほ、本当です」

「ほんまにほんまか。ワシに気ぃ使ったら承知せんで」

「本当ですってば。信じてくださいよ」

食い下がる俺を手で脇に追いやり、多摩川が口を開く。

「そのとおりです、信じてくださいよ浅岸さん。お前さんはさっき、自分を信じられないと言いましたね。それは嘘です。お前さんが信じていなかったのは、プロレスそのものです。対戦相手を、観客を、そしてリングを信じていなかったんですよ」

「信じる……」

「たしかに手術を受ければ、二度とトップを獲《と》れないかもしれない。強さをよりどころにしていたころの自分には戻れないかもしれない。けれど、それでもリングはお前さんを待っているんです。観客を笑わせ、驚かせ、楽しませる〈プロ〉のレスラーを待っているんです。ちゃんと、居場所はあるんです」

長広舌を聞き終え、浅岸は一拍置いてから相好を崩した。

「……なんやねん、そのセリフ。長い、クサい、サブいの三重苦や」

「最悪でしたか」

「……最高や」

鬼瓦がはじめて声をあげ、心から嬉しそうに笑った。

俺も多摩川もその声につられて、しばらくのあいだ笑い続けた。


ホールへ足を踏み入れる。

数日前と同様に、裏方がリングを解体している最中だった。例によって先輩選手は誰も居ない。多摩川に同伴する俺など仲間とは認めない――陰湿ながらも強固な意志が、会場に漂う残滓《ざんし》からありありと感じられる。不思議と、怒りは湧かなかった。

構わないさ。それでも居座ってやる。ここを居場所にしてやる。

居場所――浅岸の晴れ晴れとした表情を思いだす。続いて、どこか陰りのある多摩川の顔が浮かぶ。

巨人を見送ってふたりきりになった途端、多摩川がぽつりと漏らした。

居場所は、どこにあるんだろうな――。

こちらの返事を待たずに多摩川は立ち去ってしまったため、発言の真意はわからない。

ただ、寂しげな横顔がひどく印象に残った。

なにが彼をそんな面持ちにさせるのか。辛い過去か、それとも暗い現在か。

あるいは重い未来か。

いずれにせよ、あの憂いの奥に〈葬儀屋〉の真相が隠されているのは間違いない。

絶対に突きとめてやる。いつの日か、かならず——。

そんな決意は、会場を出た直後に一瞬で消え失せた。

街灯の真下、あの場所に人影を見つけてしまったからだ。

「……あなたは」

最前列の女性だった。

先日に続いて待ちをするとは、よほど熱烈なファンなのだろうか。

「……すいません。選手はもう全員帰っちゃったんですけど」

近づきながら反応をうかがう。けれども、女は無言のままだった。

若い——のだろう。十代の終わり、それとも二十代か。黄色い花がプリントされたTシャツにジーンズというありふれた格好のせいで、年齢がいまいち判然としない。

端整な目鼻立ちには、そこはかとなく異国の雰囲気が感じられる。もしかしたら、両親のいずれかが外国人なのかもしれない。

なんだか、スポットライトを浴びている女優みたいだな——そんなことをぼんやり考えていた矢先、女がふいに声を発した。

「気をつけて」

細くて鋭い——刃先に指で触れたような、ちくりとした声だった。

思ってもみなかった科白に戸惑い、その場に固まる。

女が深く息を吸ってから、

「彼はレスラーじゃない。人殺しです」

言い終わるや背を向けて、彼方へと走り去っていった。

呆然と見送る。

すぐに駆けだせば追いつけたはずだ。逃げる肩を摑み、強引に事情を問いただすことも不可能ではなかったと思う。

だが、直感がそれを拒んでいた。

これ以上踏みこんではいけないと訴えていた。

ぞくりとする。もう手遅れなのではないか。すでに踏みこんでいるのではないか。

目の前に続く闇を、じっと見つめる。

どこまでも広がる夜が、今日はいつもより深く昏い色に思えてならなかった。

8

「……真っ暗やんけ。どこや、ここは」

灯《あか》りのない街角を闊歩《かっぽ》する自分に気づいて、浅岸は苦笑した。

三軒目の居酒屋を出たのが、たしか三十分ほど前。いい加減タクシーを拾って帰ろうと放浪するうち、いつのまにか歓楽街からはずれていたらしい。

久々のはしご酒だった。

試合の興奮を鎮めるつもりが、つい飲み過ぎてしまった。すっかり酔いが回ったはずなのに、気持ちの底はまだざわついている。

勝ったはずなのに悔しく、けれども——なんだか心地よい。

とにかく、次の試合が楽しみで仕方がなかった。新しい自分がどんなファイトを見せるのか、考えただけで叫びたくなる。前倒しで祝杯をあげたくなってしまう。

やっぱり、もう一杯くらい飲みたいのう。

後ろ髪を引かれて振りむいたものの、酒場のネオンからは思いのほか遠ざかっていた。

「こんなに歩いたんか。どんだけテンションあがっとんねん、ワシは」

四軒目を諦め、再びタクシーを探して歩きはじめた——その直後。

後頭部に重い衝撃が走り、視界が上下に揺れた。

呻くよりも早く、今度は腰を激痛が襲う。反射的に身体を丸めて防御の姿勢をとりながら、めまぐるしく頭を回転させた。

いま、自分は背後から何者かに襲われている。

拳にしては痛みの範囲が広い。蹴りならば後頭部へ攻撃できるはずがない。だとしたら武器か。金属バット——否、この感触はゴルフクラブの類だ。攻撃の間隔から察するに相手は複数ではない。おまけに急所もはずれている。

つまり、素人の仕業だ。

プロレスラーと知っての闇討ち、それともチンピラか強盗の類だろうか。

いずれにせよ、やられっぱなしではいられない。いかに強靭《きょうじん》なプロレスラーでも、これ以上無防備で食らえば無傷では済まない。幸い相手は〈闘いのアマチュア〉だ。武器さえ封じてしまえば、あとはなんとでもできる。

そのためには、反撃のチャンスを作らなくては。

「……どこのアホじゃ、おんどれぇッ！」

威嚇を兼ねて大声で叫びながら、ラリアットの要領で両腕を振りまわす。けれども、闇のなかにまっすぐ伸ばした両手は空を切るばかりで、なにも摑めなかった。

逃げたのか。それとも間合いを空けたのか。あるいは器用に豪腕を躱《かわ》して——。

酒のせいで思考が鈍り、ほんの一瞬だけ動きが止まる。

次の瞬間、太い胴に後ろから腕がぬるりと絡まって——ようやく浅岸は悟った。

こいつは素人じゃない。

同業者だ。

あえて凶器を使い、素人だろうと油断させたのだ。

振りほどこうとした直後、足が地面から離れた。視界がぐるりと回転する。風圧のなか、繁華街のネオンが上下逆さまに見えた。

不味《まず》い——ジャーマン・スープレックス。これが狙いか。

相手の意図を察したと同時に、振動と激痛が首すじから全身へと広がった。

胴体を摑まえていた腕の感触が消える。

とっさに立ちあがろうとしたものの、ダメージが強く起きあがれない。なんとか意識だけは失うまいと仰向《あおむ》けのまま歯を食いしばり、定まらない視線で襲撃者を探す。

背後にはいない。両脇にも姿はない。ならば足元——いた。

パーカーのフードを目深に被った人影が、浅岸の太腿《ふともも》に自身の足を絡めている。

影は、浅岸の踵《かかと》をがっちりと脇に挟み、ボディビルダーのポージングを思わせる体勢で足首を固定していた。

血の気が引く。酔いが一気に醒《さ》める。

まさか、ヒールホールド。

タップする余裕もなく膝を破壊するため、プロレスはもとより格闘技全般で禁じ手となっているサブミッション。筋肉も剛力も太刀打ちできない〈死の関節技〉。

「ちょッ、やめ……」

言い終えるより早く、楽器の弦をはじくような音が身体の内側から聞こえた。

へえ――靭帯がちぎれると、こんなに綺麗《きれい》な音がするんや。

他人事じみた感慨は、激痛ですぐに吹き飛ばされた。

意思とは無関係に、長い悲鳴が口から漏れる。悪寒が一気に全身を包み、吐き気がこみあげてくる。足を壊されたはずなのに、脳天から指先まですべてが痛い。

暴れるにまかせていた爪先が、なにかに搦《から》めとられて――止まる。

影が〈生き残った〉もう片方の脚を、先ほどとおなじ姿勢で捉えていた。

二度目は、やめろと言う余裕すらなかった。

陶器を全体重で踏み割ったような音が、膝のあたりで鳴る。先ほどよりさらに細い叫び声が数秒続いて、ふいに途切れた。

ショック症状を起こして海老《えび》反《ぞ》りで痙攣する浅岸をよそに、影がゆっくりと立ちあがり、衣服の土埃《つちぼこり》を手ではたく。

「靭帯はズタズタ、半月板は粉々。咬ませ犬がネズミに食い殺されちゃったね」

唇の脇から泡を吹いていた巨人の目に、わずかな光が戻る。

「その声……お前か」

それが最後の言葉だった。

脂汗を流しながら睨みつける顔面めがけて、ゴルフクラブが振りおろされる。

泥を叩くような音が響き――あたりに静寂が戻った。

浅岸は大の字になったまま、もうぴくりとも動かない。影もその場に立ち尽くしている。すべてが止まった夜の底で、赤黒い血がひとすじ、アスファルトの路面をゆっくり流れ続けていた。

「まったく……身のほど知らずな説教なんぞ垂れるから、必要以上に痛めつけちまったじゃん」

今夜、二度目の葬式だね。

静かに吐き捨ててから、影――司藤武士は心から嬉しそうに嗤った。

第三話

諜報
<ruby>ア<rt></rt></ruby>ンダーカバー

1

子供のころ、『蜘蛛《くも》の糸』という絵本を読んだ記憶がある。

地獄に落ちた男が、お釈迦《しゃか》さまの垂らす蜘蛛の糸にすがりつき極楽まで登っていく、そんな物語だった——はずだ。なにせ幼い時分のこと、なぜお釈迦さまが蜘蛛の糸など持っていたのかも、男が最後にどうなったのかも憶《おぼ》えていない。

筋書きどころか、その存在自体すっかり忘れていた話。それを唐突に思いだしたのは、自分がいま〈蜘蛛の糸〉を登っているからだ。

もっとも——俺がすがっている糸の先には極楽などないのだが。

倉庫を改装した道場。その天井から垂れ下がる長さ十メートルほどのロープを、俺は懸命に登っている。もちろん遊んでいるわけではない。国内屈指のプロレス団体《ネオ・ジパング》で昔から受け継がれているトレーニング、格好になぞらえて〈ターザン〉と呼ばれるメニューだ。太く編みこまれた縄を腕の力だけで登りきり、天井まで辿《たど》りついたら再び腕力のみでゆっくり降下してくる。そんな上下運動を往復でワンセット、合計五十セットおこなう。これによって背筋と上腕筋が鍛えられ、リングで相手と組みあった際に引きこむ力が養われる。きわめて効果的な鍛錬だが、そのぶん代償も大きい。

当然ながら〈ターザン〉をおこなう際に手袋をつけることなど許されていない。結果、俺のような新弟子は掌《てのひら》の皮がずるりと剝《む》け、ワンセットを終えるころにはピンク色の肉が露出してしまう。それでも痛みに耐えながら続けていると、やがて滲《にじ》む血がロープを濡《ぬ》らし、握った手がぬるぬると滑りはじめる。十メートルほど真下には冷たいコンクリート、うっかり落ちようものなら大怪我《おおけが》をしかねない。

現に真下の床には〈なにか〉を拭いた痕跡がうっすらと見える。力尽きてコンクリに叩《たた》きつけられた人間が居るのか──その瞬間を想像し、思わず上腕に力がこもった。痛みを堪《こら》えながら歯を食いしばり、縄の目に爪を立てて必死でしがみつく。不様な姿だが、誰にも笑われる心配がないのだけは幸いだった。

ほかの選手がとうに帰った午前一時の道場で、俺はひとり黙々とトレーニングに勤《いそ》しんでいた。いまなお練習生の身に留《とど》まっている自分を鼓舞し、一日も早くデビューするための修練である。

おい、嘘《うそ》をつくなよ梶本誠──。

心のなかで、もうひとりの俺が嗤《わら》う。思わず「うるせえな」と呟《つぶや》いた。

殊勝な気持ちからの自己鍛錬ではないことなど、自分がいちばんよくわかっている。

ひたすら蜘蛛の糸を登っているのは、迷いを吹き飛ばしたいからだ。悩みを打ち消したいからだ。これほどまでに迷い、悩み、気持ちが沈んでいる理由——明白だった。〈レスラー襲撃事件〉が、心に暗い影を落としているのだ。

事件が起こったのは、ひと月ほど前。

その日の早朝、ネオ所属のレスラー、アトラス浅岸が血まみれで路上に倒れているところを近所の住人によって発見された。前夜、歓楽街からの帰り道で何者かに襲われたのである。

幸い命に別状はなかったものの、傷の状態はひどいものだった。右靭帯《じんたい》断裂に左膝の半月板破砕。加えて複数箇所の剝離骨折と脊椎損傷、とどめは無数の打撲と擦過傷。医者の診断では全治七ヶ月らしいが、治ったとしてもなんらかの後遺症が残る可能性は否定できず、リングに復帰できるかどうかも未知数だという。

信じられなかった。

どれだけ酩酊《めいてい》していようが不意をつかれようが、浅岸は身の丈二メートル超の現役プロレスラーなのだ。油断で擦り傷をこしらえるような失敗こそすれ、選手生命が危ぶまれるような怪我を負うとは考えにくい。仮に相手が〈同業者〉だったとしても、ここまで叩きのめすのは容易ではないだろう。

だとすれば——おのずと疑問は明白になる。

それほどの重傷を負わせたのは誰なのか。

単独犯なのか、複数犯なのか。どのように襲ったのか。

本人が頑《かたく》なに口を閉ざしているため、犯人の目星はついていない。もちろん対外的には「練習中の怪我」と広報している。当然だ、レスラーが襲われたなどと知られたら、そして相手が素人だったとしたら——ネオ・ジパングは終わる。

浅岸が青二才の新人や引退間近のロートルであれば「あいつは半人前だから」「あの人は下り坂だったから」と、かろうじて弁解する余地もある。けれども脂の乗った現役選手とあっては、そのような言いわけなど効かない。つまり——。

レスラーは真剣勝負に対応できない。

つまり、プロレスそのものが真剣勝負ではない。

世間はそのような結論に至るだろう。

それだけは避けなくてはならない——かくしてマスコミより先に襲撃犯を捕まえようと、選手たちは一ヶ月にわたり現場周辺をうろついていた。鬼コーチの小沢堂鉄にいたっては、浅岸のコスチュームのにおいを嗅がせた愛犬とともに歓楽街へ通いつめているらしい。むろん、にわかじこみの警察犬は成果をひとつも挙げられていないようだが。

そんな先輩連中を横目に、俺はどこか——醒《さ》めていた。

犯人の顔さえ知らぬまま捜索したところで、手がかりなど得られるはずがない。そこまで血眼になるなら、いっそのこと本物の探偵に依頼したほうがよほど効率的ではないか——そのように思えてならなかったのだ。

そもそも犯人を見つけたとして、その後はどうするのだろう。犯人同様に闇討ちを果たす気なのか、それともリングに引きずりあげて仇討《あだう》ちでもするつもりか。闇だろうが仇《かたき》だろうが、そんなものは無意味だ。前者ならネオの関係者が溜飲《りゅういん》を下げるだけだし、後者であれば観客に事件のあらましを説明しなくてはいけない。だが、素人相手に勝利をおさめたレスラーへ喝采を送るファンなどいないのは、自明の理だった。

そんなことは百も承知のうえで、今日も先輩たちは刑事ごっこに奔走している。つまり、彼らの行動は単なる自己満足なのだ。プライドを傷つけられた、面子《メンツ》を潰された、看板に泥を塗られた。そんな建前のもと、かりそめのアクションを続けているだけなのだ。まるで「プロレスは真剣勝負ではないんですか」「プロレスラーは強くないんですか」という真正面からの問いを避けるかのように。

どうなんだ。本当はどうなんだ。

プロレスラーよ。プロレスよ。

胸のうちで燻《くすぶ》っていた疑問が再び赤く燃えはじめる。だが、いまだリングにあがれぬ新弟子の自分に答えなどない。いまはそれが、もどかしくてならなかった。

もどかしい——ふいに浮かんだ言葉が〈もうひとつの事件〉を心の底から引きずりだ

す。どれだけ「考えるな、思いだすな」と制しても、いったん浮上しはじめた記憶は止まらない。

そう――俺の心が揺らいでいるのは、浅岸だけが原因ではなかった。ともにデビューをめざしていた同期、司藤武士が夜逃げしたのである。

襲撃事件の翌週、司藤は荷物もそのままに道場から姿を消した。厳しいしごきに耐えきれなかったのか、あるいは浅岸の事件でプロレスに見切りをつけたのか。書き置きひとつ残されていないため、理由は誰も知らなかった。

もっとも、先輩連中は司藤の失踪にほとんど関心をしめさなかった。この世界では夜逃げなど珍しくもなんともないからだ。とりわけ浅岸の一件を前にしては、新弟子の遁《とん》走《そう》など取るに足らぬ些事《さじ》なのだろう。

だが、俺にとっては浅岸の件以上に受け入れがたい出来事だった。

あの司藤が――俺よりはるかに素質に恵まれ、デビューにも貪欲な姿勢を見せていた男が、そう簡単に輝かしい未来を諦めるとは思えなかった。ならば、司藤にどのような心境の変化があったのか。希望、それとも絶望。強さ、もしくは弱さ。

訊《たず》ねたい。問い詰めたい。けれども本人は――もう居ない。もどかしかった。歯がゆかった。焦《じ》れったかった。

ふと、考える。

もしも司藤が本当に未来を諦めたのだとしたら、あいつは別のどんな未来へ向かったのだろう。いまごろは何処《どこ》へ向かっているのだろう。何処を登っているのだろう。

否——逆なのだろうか。登ったのではなく、堕《お》ちたのだろうか。

俺も、いつかは堕ちるのだろうか。

何処へ。

唐突に、『蜘蛛の糸』のラストシーンを思いだす。登っていた蜘蛛の糸がぷつりと切れ、主人公の男は地獄へ真っさかさまに落下していったのだ。

ぞくりとしてロープを握りなおし、真下を確かめる。

冷たいコンクリの床は、いつのまにか消えていた。

見えているのは、夜の暗闇。どこまでも黒く深い穴が口をぽっかりと開けて、俺が堕ちるのを待っていた。

手が滑る。身体《からだ》が浮遊する。落ちる。どこまでも堕ちる——。

2

「カジちゃん……カジちゃんってば」

激しく肩を揺さぶられ、我に還《かえ》った。

視界の先には三本の太いロープ。その向こう側では半裸の男たちが組みあっている。眩《くら》むようなカクテルライト。空間いっぱいに轟《とどろ》く歓声。

これは――リングか。

そうだった、自分はいまリングサイドに待機しているのだ。ネオ・ジパングの地方大会で、セコンド役として試合を見守っていたのだ。

すべてを思いだし、慌てて姿勢を正す。

「どうしちゃったのカジちゃん。急に脱力したと思ったら〝オチる、オチる〟なんて言いだすんだもの。ビックリしちゃったよ」

真横の須原正次が怪訝《けげん》な顔で問いかけてくる。

『超刊プロレス』のベテラン記者、人好きのする性格を武器にセコンド近くまで侵入する老獪《ろうかい》な敏腕だ。なぜか最近は俺の傍らを定位置にしており、即席の実況コンビを組む機会が多い。

「すいません……ちょっと、ぼんやりして」

浅岸と司藤のことを考えていた――とはさすがに言えず、適当にお茶を濁す。そんな俺をしげしげと眺めてから、須原が声をあげて笑いだした。

「セコンドで瞑想《めいそう》とは大物だねえ。その肝っ玉なら大丈夫、デビューも秒読みだ」

褒められた――のだろうか。

人によっては嫌味にしか聞こえない発言も、須原が口にすると素直に受けとめてしまう。この人懐っこさが業界で長く活躍できる所以《ゆえん》なのだろう。

と、返答に窮して曖昧に会釈する俺の背中を、ベテラン記者が勢いよく叩いた。

「とはいえ、惚《ぼ》けてるヒマはないよ。ほら」

促されるままリングへ視線を戻すなり、自然にため息がこぼれる。

「おえッ、おえええッ」

毒々しいピンクタイツを穿《は》いた男が、派手な空嘔吐《からえず》きを繰りかえしていた。

奇怪な男の正体は、サーモン多摩川。ネオ・ジパングに数ヶ月前から参戦しているフリーランスのレスラーだ。年齢不詳、前歴不明。すべてが謎に包まれた一匹狼《おおかみ》——といったミステリアスな紹介文は、なんの意味もなさない。その実態はふざけたファイトで客と選手の双方から反感を買う、団体きっての鼻つまみ者である。

しかし——そんな異形の道化に別の顔があることを、俺は知っていた。

葬儀屋。

リング上で対戦相手を手玉に取り、選手のキャラクターや必殺技、ときには誇りやプライドまでも葬り去ってレスラーとしての存在価値を殺す。そんな裏稼業を多摩川は請け負っていた。もっとも——その依頼主が誰なのか、いかなる理由で〈葬儀〉に手を染めているのかは謎のまま。付き人になるよう命じられて四ヶ月が過ぎたいまも、俺のなかの疑問はなにひとつ解決していない。

とはいえ、その卓越した〈強さ〉だけは認めざるを得なかった。

単純な腕力や技術の話ではない。試合を主導する賢さ、あるいは観客を扇動する巧みさ、もしくは相手の特性を見抜く狡猾《こうかつ》さ――多摩川はリング上で起こるすべてを掌握し、コントロールしてしまう強さを持っているのだ。

おかげで、わずか二試合の〈葬儀〉を目撃しただけにもかかわらず、俺の価値観は大きく揺さぶられている。プロレスラーにとっての〈強さ〉とは、単なる勝った負けたを超えたところにあるのではないか――そんな思いを抱きはじめていた。

と、褒めて終わりたいのは、やまやまなのだが。

「試合を見ると、そんな気持ちも揺らぐんだよなあ……」

思わず、ぼやきが漏れる。

リング上では今日の対戦相手、柔道着姿のオランダ人選手がレフェリーに助けを求めていた。単なる日本かぶれのコスチュームかと思っていたが、先輩いわく本物の柔道家で、なんでも国際大会の常連らしい。最近は、彼のように他競技から参入する人間がとみに増えている。理由は判然としないが、もしかすると「プロレスラーが〈本物〉に敵《かな》うはずがない」と踏んで、売名の足がかりに使われているのかもしれない。そんな邪推をしてしまうのは、俺のなかでくすぶり続けている疑問――プロレスは真剣勝負なのか否か——のせいだろうか。

もっとも相手はあのサーモン多摩川である。オランダ人が持つ〈本物のノウハウ〉など、まるで通用しない模様だった。無理もない、「いまにも吐きもどしそうな相手との闘い方」は、どんなルールブックにも掲載されていないのだから。

「いや、どうもすいませんね。昨日ちょいと飲みすぎまして……お、おえぇッ」

ふらつきながら頭を下げていた多摩川が、いきなり頰をぱんぱんに膨らませて相手へ歩み寄った。言葉はわからずとも意味は察したのだろう、青い目の柔道家がスラングとおぼしき言葉を叫びながら後ずさりする。そこに多摩川が近づいていく。レフェリーが場外へ逃亡し、オランダ人が小走りで逃げる——大人ふたりによる、世界一まぬけな鬼ごっこ。すっかり呆《あき》れかえったのか、会場からは野次ひとつ飛ばなかった。

客も相手も散々からかい、嘲り、小馬鹿にする。多摩川の常套《じようとう》手段だ。鍛えあげた肉体をぶつけあうファイトとは対極に位置する、けれども敵の特性を見定めた狡猾な闘い。今回とて相手が柔道の有段者でなければ、このような戦法は選ばなかったに違いない。

投げ技を仕掛けるにせよ寝技へ持ちこむにせよ、柔道家はいったん相手に組みつく必要が生じる。〈怪魚〉はその瞬間を狙って、勢いよく吐瀉物《としやぶつ》を浴びせるつもりなのだろう。オランダ人もそれを承知しているため迂闊《うかつ》には近づけない。結果、多摩川の土俵に引きこまれざるを得なくなるというわけだ。

そこまで相手の出方を熟知しているなら素直にぶつかりあえばいいと思うのだが、多摩川にそのような願いは通じない。せめて、これ以上品のない戦法を繰りださず早々に負けてくれるよう祈るしか、俺にはできなかった。

「頼むぜ、今日はなんの事件もなく終わってくれよ」

心のなかで呟く。

その直後——会場の最後列あたりでどよめきが起こった。

驚嘆とも悲鳴ともつかぬ声が波のようにリングサイドへ押し寄せてくる。なにごとかと訝《いぶか》しみつつ振りむいた次の瞬間、目の前に靴底が迫り、続けて顔面に激痛が走った。

昏倒《こんとう》する俺の脇で、ずん、とマットが重い音を響かせる。誰かがリングサイドに飛び乗ったのだ——そう気づくと同時に打撃音が聞こえ、場内のざわめきがいっそう大きくなった。

激痛を堪えつつ、現状を必死に整理する。俺は蹴られたのか。キックをかました人物は、そのままの勢いでリングへと乱入したのか。

いったい何者だ。もしや——浅岸を襲った男か。

朦朧《もうろう》としていた意識が正気に戻る。まだ痛む顔を押さえながら手探りでなんとかロープを掴《つか》み、エプロンによじのぼった。よろめきながらリングへと視線を移し——俺はその場に固まってしまった。

「……嘘だろ」

ひとりの男がリング中央で仁王立ちになり、悠々と客席を眺めている。その傍らには奇襲を食らったのか、多摩川が大の字で伸びていた。

無数の鋲《びょう》がついた革ジャン。ワックスで海胆《うに》よろしく突き立てられた短い金髪。間違いない、あの男だ。この場に居るはずのない男。この場に居てはいけない男。

根津達彦《ねづたつひこ》――プロレス団体《ブラッド・バトル・ビースト》、通称《BBB》の代表を務める人物。苗字《みようじ》と髪型になぞらえ〈針鼠《はりねずみ》〉のニックネームで呼ばれているレスラー。

その〈針鼠〉が、ネオ・ジパングのリングに立っている。

大事件だった。

3

「なにしに来やがった、二流のインディー野郎が！」

「引っこめ、インディーが偉そうにするんじゃねえ！」

客席から次々に罵声が飛ぶ。どれも試合を盛りあげようとする粋な野次ではない。憎悪と侮蔑が入り混じった心からの叫びだ。いま会場を席巻している怒号に比べれば、多摩川に対するブーイングなど小鳥の囀《さえず》りのようなものだろう。

これほどまでにみなが驚き、激怒する理由はたったひとつ。

根津がインディーだからだ。

日本のプロレス界は、黎明期《れいめいき》を担った《朝日《あさひ》プロレス》が解散して以降、激しいファイトが売りの《ネオ・ジパング》と、ダイナミックな大技で人気を博す《大和《やまと》プロレス》の二団体が長らくしのぎを削っていた。ところが数年前、選手数名の小規模団体が続々と旗揚げを表明。彼らは自分たちを「大手メジャーに属さない独立組織、すなわちインディペンデントである」と表明し、二団体にはない持ち味を武器に業界へ殴りこみをかけてきたのである——などと言えば、まるで革命でも起きたかのように思えるが、現実はそれほど美しいものではない。

インディーに所属する選手はメジャー二団体に入門できなかった、もしくは最初から狭き門を回避した人間が大半を占めている。そのためレベルはお世辞にも高いとは言えず、見るに耐えない出来の試合も珍しくなかった。

俺自身、一度だけ近所にやってきたインディー団体の興行を観戦しているが、たるんだ腹を波打たせてロープへ走る姿に失笑し、メインの試合を待たずに帰ってしまった。

あれに喝采を送るのはよほど擦れっからしのファンか、反対にプロレスをよく知らない一見《いちげん》の客だろう。インディーの多くは、そんな両極端の観衆を掻《か》き集め細々と運営しているのが実情だった。

そんななかにあって、根津の《BBB》だけは旗揚げ当初から他と一線を画していた。火のついた角材や有刺鉄線を巻いたバットなどといった、凶器の使用が公認された試合——いわゆるデスマッチを団体の共通ルールに取り入れたのである。

通常のプロレスにも凶器攻撃は存在する。畳んだパイプ椅子で頭部を打ち抜き、靴に隠していたフォークを額に突き刺す悪役は少なくない。もっとも、それはレフェリーの目をかいくぐっての反則行為で花形レスラーを引き立てる、いわば香辛料のようなものだ。しかし根津たちは、最初から凶器というスパイスのみをメインディッシュの大皿へ山盛りにしたのである。誰もが思いつきそうで思いつかなかった、斬新なコロンブスの卵。その殻を割って覗《のぞ》きこんだ先には、前代未聞の試合が待っていた。

流血や負傷は日常茶飯事。試合ごとに皮膚が裂け、肌が切れ、肉が削《そ》げるため、メイン終了後のマットは真っ赤に染まっているのが当たり前——あまりにも過激で、刺激的で、血腥《ちなまぐさ》いそのスタイルは、またたくまに業界の内外で賛否両論を巻き起こした。

一部の観客が喝采を送るいっぽう、多くの関係者や良識的なプロレスファンは嫌悪感をあらわにした。とりわけ《強く・激しく・逞《たくま》しく》をスローガンに掲げるネオ・ジパングは、選手もファンもエリート意識が強い。そんな彼らにとって、生身の肉体以外を武器にするデスマッチなど、自分たちとは永遠に交わることのない悪趣味なゲテモノとしか思っていなかった。ところが——いま、そんな唾棄すべきゲテモノの〈親玉〉が土足で乱入したのである。聖域を踏み荒らしたのである。

やはりこれは、大事件だった。

いっかな止まらぬ喧騒《けんそう》のなか、状況が飲みこめず狼狽《ろうばい》しているオランダ人を手で払い、根津がマイクをリングアナから引ったくった。

「……二流団体が好きな二流ファンども、自己紹介をしてやろう。オレさまこそが超のつく一流レスラー、根津達彦だ！」

とんでもない自画自賛にブーイングが容赦なく浴びせられる。当の〈超一流レスラー〉は臆する様子もなく、愉快そうに言葉を続けた。

「まあまあ、落ちつけや。今日はな、お前らの親分に挑戦状を叩きつけに来てやったんだよ……おい、カイザー牙井ッ、オレさまと勝負しろ！」

一瞬、場内が静まり——先ほどよりもさらに激しい罵声が空気を震わせる。

「格が違うんだよ、格が！」

「まともな試合が出来るようになってから出なおしてこい！」

空き缶や紙くずが次々にリングへ投げこまれていく。リングアナの制止を促す声も、怒号にかき消されてほとんど聞こえなかった。当然の反応だろう。いまなおカリスマとして君臨するネオ・ジパング創設者の名を、〈皇帝〉と崇《あが》められる男の名を、軽々しく呼び捨てにしたのだ。しかも、対戦相手に指名して。

非難囂々《ひなんごうごう》の大合唱は収まる気配がない。それでも〈針鼠〉は、あいかわらず愉《たの》しげな表情で四方を眺めている。度胸があるのか無神経なのかわからない。

あまりの喧《やかま》しさに耳を塞ぎながら、俺は頭の片隅で考えていた。

この乱入騒動は、誰が、どうやって鎮めるのだろう。

なにせ——カイザー牙井はこの場に居ないのだ。

根津が対戦を表明した牙井は、数年前にセミリタイアを表明している。ビッグマッチでの挨拶やエキシビションでリングにあがる機会こそあるものの、正式な試合はここ二、三年おこなっていない。ましてや今日は地方の小さな大会である。〈皇帝〉が来るはずなどないのだ。つまり、根津の乱入は完全な空振りに終わったことになる。

だが、仮に牙井が不在だとしても、残りの選手たちが素直に根津を帰すとは考えにくい。このままでは自分たちの面子《こけ》が丸潰れになるからだ。ましてや、最近は浅岸の件で誰も彼も頭に血がのぼっている。虚仮《こけ》にされたと憤っている。外様《とざま》の舐《な》めた真似《まね》をやすやすと放置するわけがなかった。

リングへなだれこんでの乱闘か、それともバックヤードで私刑《リンチ》を敢行するつもりか。いずれにせよ、正視に耐えない結果が待っているのは明白だった。

そんなものは、見たくない。

〈弱さ〉を誤魔化すための〈強さ〉なんて、視《み》たくない。

けれども——数秒後、そんな俺の予想は裏切られる。

俺の想像とおなじ展開を危惧したのだろう、オランダ人選手がそろそろとロープをくぐってリングからおりかけた直後——爆発したかと思われるような歓声がこだました。

なんだ。いったいなにがあった。

戸惑いにまかせて振りかえった先に、もうひとりの〈この場に居るはずのない男〉が立っていた。

「しゃ、社長ッ」

いつのまにリングへあがったのか、当のカイザー牙井がロープに背を預けながら、悠々とこちらを眺めている。

驚くべきことに〈皇帝〉は半ば臨戦態勢だった。

試合用のポマードでぴっちり撫《な》でつけた髪が、カクテルライトにぎらぎらと光っている。面長の顔は数ヶ月前に会ったときよりさらに鋭く、全盛期のフェイスラインに近い。猛禽類《もうきんるい》を想起させる眼光も一文字に結ばれた唇も、現役時の表情そのままだ。素人目にも高級品とわかる深紫のシルクシャツは、胸元のボタンがきりきりと小さく音を立てていた。いまにも弾《はじ》ける寸前、トレーニングを怠っていない証拠だろう。

もしや――本当に闘う気なのか。いま、この場で。

と、興奮する俺の脇をすり抜け、牙井が破顔して根津に近づくなり、マイクをもぎ取った。

「……根津選手、二流団体のネオ・ジパングへようこそ！」

会場の空気が一気に変わる。根津の煽《あお》りに対する反発が岸壁の荒波だとすれば、牙井へのリアクションは黄金色《こがねいろ》に輝く大海原だ。格どころか、スケールが違う。

「対戦表明、しっかりとこの耳で聞かせてもらいました。ただ……」

そこで言葉をぴたりと止め、〈皇帝〉が大きく息を吸った。マイクが呼吸音を拾う。潮騒《しおさい》のような堂々たる息遣いだった。

「一流選手の根津選手に、私みたいなロートルが相手をするのも憚《はばか》られる。そこで、まずはあなたに相応《ふさわ》しい選手と闘っていただきたい。どうですかッ」

牙井への返答代わりに、根津が無言のまま革ジャンを脱ぎ捨てる。途端、客席のあちこちから叫び声があがった。胸板といわず背中といわず、いたるところに無数の傷が刻まれている。山脈よろしく隆起した裂傷の痕。えぐり取られて陥没したままの肉。皮膚が癒着している箇所は、火炎攻撃を食らった名残だろうか。まさしく死戦で得た勲章が

「俺に相応しい相手をよこせ」と訴えているかのようだった。

牙井は、文字どおり満身創痍《まんしんそうい》の身体を興味深そうにしばらく眺めていたが、おもむろに足を進めるや、いまだ失神している多摩川の前で歩みを止めた。

「……二週間後のホール大会で、根津達彦対サーモン多摩川の特別デスマッチをおこなう。勝者には、カイザー牙井との試合を検討しよう！」

リングアナ顔負けの獣じみた咆哮《ほうこう》。その叫びに負けじとばかり、万雷の拍手が鳴り響く。耳をつんざくほどの喝采に慄《おのの》きつつ、俺はカイザー牙井というレスラーのしたたかさに舌を巻いていた。

まさか、ここにきて多摩川を指名するとは——巧《うま》い。小狡《こずる》い。えげつない。

外様ながらもネオを主戦場にしている多摩川であれば、観客からも文句は出ない。だが、その勝敗は所属選手が闘ったときよりもはるかにリスクが低い。ふだんの多摩川を知る者なら、負けたとしてもすんなり納得してくれる。まんがいち勝利した場合は、これまで多摩川を倒した選手たちの株があがる。どんな結果だろうが、ネオにいっさいの損失はない。異分子の闖入《ちんにゅう》を、勝敗など無関係なゲテモノ尽くしのディナーに一瞬で換えてしまったのである。

けれども、観客は知らない。事件を見世物に変えてしまったのである。多摩川は単なるゲテモノではないのだ。

葬儀屋なのだ。

これは、もしかしたら凄《すさ》まじいものを見られるかもしれない——そんな俺の興奮は当人を目にした瞬間、吹き飛んでしまった。

「ちょっとぉ、なんであっしなんですか！　死んじゃいますってば！」

いつのまにか覚醒した多摩川が牙井のズボンにすがりつき、鼻水と涙にまみれた顔をこっそり裾になすりつけながら、発表の撤回を懇願していた。かりそめの姿とはいえ、ここまで情けないとこちらまで悲しくなってくる。

「やってみろよ、サーモン！」

「凶器で三枚におろされちまえ！」

飛び交う無責任な野次を無視して、根津が牙井の鼻先まで顔を近づける。

途端、まるで透明の巨大なケースで覆われたかのようにリングの内圧が増した。睨《にら》みあったふたりの闘気が、静電気よろしく空気をささくれ立たせている——そんな感覚をおぼえた。

「本当に、このオヤジを倒したら闘ってくれるんだな」

「勝ったほうとの試合を検討する……そう言ったはずだがね」

「よし……わかった。おい、ピンクオヤジ。オレさまと勝負だ！」

多摩川へ呼びかけながらも、根津は牙井から目を逸《そ》らそうとしない。皇帝はうっすらと不敵な笑みを浮かべている。そこに、半泣きの多摩川が割って入った。

「ちょっと、考えなおしてくださいよ！　ねえ、ねえってば！」

自分を置き去りに視殺戦を繰りひろげる二匹の怪物へ、抗議の声をあげている。

否――間違いだ。怪物は、三匹居る。

俺は見逃さなかった。哀願するそぶりを見せながら、多摩川が嗤っているのを。ようやく宝物を見つけた悦《よろこ》びを隠しきれず、恍惚《こうこつ》の表情を浮かべているのを。

確信した。事件はこれからだ。

なにかが――動くのだ。

4

「ちょっと、動かないで！」

金切り声で叱られ、俺は身を強張《こわば》らせた。

すいません――と謝るべきか迷ったが、すぐに賢明な判断ではないと気づく。わずかな身の震えですら激しく叱責されるのだ、もし頭でも下げようものならどれほどの雷が落ちるかわかったものではない。ここはおとなしく我慢し続けるしかあるまい。

俺は覚悟を決めて、十数名の若者に見守られながら――全裸でポーズを取った。

話は数日前に遡る。

根津が乱入した翌々日、道場でトレーニングに勤しんでいた俺のもとに多摩川から、たったひとこと「特訓につきあってください」との連絡が入ったのである。

来るだろうな、と予想はしていた。

これまでにも〈葬儀〉をおこなう際、多摩川は特訓と称して得体の知れない行動を取っている。あるときはヨガやダンス教室に通い、またあるときはフォトスタジオで自身のグラビアを撮影し、等身大パネルに加工した。

俺はそのたびに「なんの意味もない、不毛な自己満足だ」と失笑していたのだが――意外にもそれらの特訓は試合で活用され、きちんと〈葬儀〉にひと役買ったのである。

さて、今回はなにをする気だ。

歌うのか、それとも映画でも撮るのか。

もうなにが起きても驚くまいと思いながら指定された場所に向かってみれば、そこは芸術予備校なる施設だった。なんでも、美術系大学を志望する生徒の多くはこのような私塾に通ってデッサンや造形などを学び、実技試験にそなえるのだという。

「なるほど、ひと口に予備校といっても多種多様なのだな」などと感心しているうちに、なぜか俺は――脱がされていた。なにがなにやらわからぬままシャツやズボンはおろか下着まですべて剝ぎ取られ、一糸まとわぬ姿で教室の真ん中に立たされたあげく「動くな」と厳命された。それが、一時間ほど前の話である。

どうやら自分は、ヌードデッサン用のモデルとして今日この場に招かれたらしい。丸椅子に座っている生徒たちはまるで恥じらう様子もなく、自身のキャンバスと全裸の俺を交互に見つめながら、懸命に鉛筆や絵筆を走らせている。

みな、真剣なまなざしをしていた。男性も、女性も、多摩川も。

「ほらほら梶本くん、動かないでくださいまし！」

ベレー帽を被《かぶ》った〈怪魚〉が、キャンバスの脇から顔を覗かせて俺を窘《たしな》めた。そうなのだ。この男は俺を生贄《いけにえ》に捧《ささ》げて、自分はちゃっかりデッサン会に参加しているのだ。

「みなさん真面目に描いているんですの、迷惑をかけないでくださいましね」

エレガントを気取った口ぶりが、なおのこと頭にくる。いまこの場に根津が居たならば、俺は躊躇《ちゆうちよ》せずにチェーンソーでもマシンガンでも差しだしたはずだ。

「あらまあ多摩川さん。そんなひどい言いかた、なさらないでくださいまし」

予備校講師だという中年女性が、増長するアホ鮭《さけ》を静かに諭す。「多摩川はあなたの口調を真似ているんですよ、小馬鹿にしているんですよ」と教えてやりたい気持ちを必死で堪えた。

「梶本さんのお申し出は、本当に助かりましたのよ。彼のように彫刻然とした肉体の男性は、なかなか居ないものですから」

「ウチの梶本がお役に立てて光栄ですわ。やはり、筆さばきというのは実践でしか身につきませんものね。おほほ」

「あらまあ、さすがよくおわかりで。やはり絵を見る目がおありなのね。道理で、こちらも上手に描けてるわ」

デッサンの出来を賞賛され、多摩川が少女漫画よろしく目を輝かせた。

「本当ですか、先生ッ。あっし……ときどき自分の才能が怖くなるんですの」

ポーズを崩さぬよう神経を使いながら、そっとため息をつく。

意味がわからないのは毎度のことだが、さすがに今回の特訓はひどすぎる。

絵を描いているだけではないか。あきらかに趣味ではないか。どれほど好意的に解釈しても、これがデスマッチ対策だとは思えない。

強さの向こうにあるものを教えてくれると思っていたのだが——それは俺の買いかぶりだったのだろうか。根津が乱入した際に浮かべた、ぞっとするような笑みは見間違いだったのだろうか。

虚《むな》しさに息が漏れ、肩がわずかに震える。

「ほら、また動いてる！　ちゃんとしてくださいましまし！」

多摩川が身をよじらせて叫ぶ。

俺は心のなかで、そっと根津の勝利を祈った。

致命傷を負わせてやってくれと、強く願った。

多摩川を駅の改札まで見送り、夜更けの道を道場へ向かって歩く。慣れない姿勢を保ち続けたおかげで、身体のあちこちが軋《きし》んでいた。いつもなら就寝前に秘密のトレーニングをおこなうのだが、今日はどうにもやる気が出ない。否——トレーニングだけではなかった。このまま鍛えて、リングにあがって、勝って、負けて——それにどんな意味があるのか、正直わからなくなっていた。

あの浅岸ですら倒されるのに。

あの司藤ですら逃げだすのに。

俺のような才能のない人間が努力したところで結果など知れている。登りつめたロープの先には天井が待っているだけだ。

あとは降りるだけだ。堕ちるだけだ。

地獄に垂れた蜘蛛の糸は、切れる運命なのだ。

やるせなさに息を吐いた直後——気がついた。

数十メートル先に見える道場の窓。そこから光が漏れている。

誰かが練習をしているのか。もしや、司藤が帰ってきたのか。自然と足が速くなる。

近づくにつれて、船のマストが軋むような音がはっきりと耳に届いた。

これは〈ターザン〉だ。

やはり司藤に違いない。リングに立つ夢が諦めきれず、戻ってきたのだ。

小走りで道場に駆け寄り、勢いよく扉を開ける。

「……おう、遅かったな」

天井から吊《つ》るされたロープを――カイザー牙井がよじ登っていた。

「しゃ、社長ッ。どうしてここに」

ぽかんと口を開けている俺に、牙井が「なにがだよ」と問う。

「レスラーが道場で練習するのは当然じゃねえか。おまけにここは俺の会社だぞ」

「それは、そうですけど……」

呆然《ぼうぜん》とする俺を置き去りに〈皇帝〉は黙々と綱登りを続けている。

単なる〈ターザン〉ではなかった。牙井はひと登りするごとに、膝を折り曲げて腹部に密着させ、再びゆっくりと伸ばしていた。腕と背筋のみならず、腹筋や大臀筋《だいでんきん》にも強烈な負荷がかかる、あまりにも激しい動作。少なくともセミリタイアを表明した人間がおこなう代物ではない。信じがたい光景を、俺はしばらく口をぽかんと開けたまま見守っていた。

それから五分ほども続いただろうか。ふいに牙井が、

「ま、今日はこんなもんかな」

呟いて動きを止めるや、ロープの最上部から地面へと一気に飛び降り、そのまま俺の前まで歩いてきた。

どんな足腰をしているのか——呆気《あっけ》にとられる俺へ、

「まだ疑ってんのかい」

「え」

「お前、プロレスが真剣勝負だとは信じきれないんだろ」

あまりにストレートな言葉に絶句してしまう。

「最初に会ったとき、お前の目がそう訴えていた。人を信じきれない野良犬の目だ。だからこそ、シャケの付き人にしたんだ」

シャケ——前回も、多摩川をそのように呼んでいたことを思いだす。あだ名で呼ぶほど親しいのだろうか。昔からの顔馴染《かおなじ》みなのだろうか。

「なあ、シャケみたいな野郎を見ていると、ますます疑わしくなるだろ。答えがわからなくなるだろ」

はいと言うべきか、いいえと答えるべきか。

逡巡《しゅんじゅん》する俺の肩を、牙井が軽く叩いた。

「それでいいんだ。じっくり迷え。ただし、見逃すなよ」

「見逃すなって……多摩川さんの試合をですか」

「全部だよ。シャケの闘いも、プロレス界の流れも、勝ち負けを謳《うた》う連中のことも」

「勝ち負けを……謳う、連中ですか」

次の言葉を待つ。けれども〈皇帝〉は遠くを見つめたきり、沈黙していた。

一分、二分——いきなり牙井が大きく伸びをして「帰るぜ」と告げた。

「ジジイは寝る時間だ。明日のラジオ体操に寝坊しちまう」

本気なのか冗談なのかわからず返答に困る俺を置き去り、牙井は出口へ向かった。と、
扉を半分ほど開けた手が止まる。

「梶本」

「は、はい」

「シャケに伝えとけ……あの言葉は嘘じゃねえってな」

それだけ言い残して、牙井は闇のなかへ走り去っていった。

あの言葉——はっとする。

勝利した選手と、カイザー牙井の試合を検討する。

もし、多摩川が根津に勝ったら。

牙井とリングで対峙《たいじ》したら——どう闘うのだろうか。どう挑むのだろうか。

勝つのだろうか、負けるのだろうか。

登るのだろうか、堕ちるのだろうか。

なにを見逃してはいけないというのか。

牙井はさっき、なにを見つめていたのだろうか。

散らばった問いの答えを探すように、俺は視線のはるか先——底なしの穴に似た暗闇を、しばらくのあいだ眺め続けていた。

5

派手なギターのイントロが会場に響くなり、野太い怒号が地を割るように轟いた。

「根津の大将ぉ！　オトコ見せたってくださいやぁ！」

「ワシらは何処《どこ》までもついていきますぜ！」

おそろいの法被《はっぴ》を着た、見るからにガラの悪い一団が客席の半分ほどを占拠している。なかには、団体名の和訳らしき〈血闘獣〉と書かれた旗を振りまわす輩《やから》の姿もあった。

どうやら《BBB》の熱狂的な応援団らしい。ネオの常連客らは普段とあきらかに異なる雰囲気を感じ、一様に怯《おび》えている。

入場曲がボリュームをあげたと同時に、花道から根津が姿をあらわした。

トレードマークの金髪は先日よりもさらに鋭く尖《とが》っており、革ジャンに飾りつけられた鋲も増えている。まさしく〈針鼠〉だ。

おまけに首から数珠つなぎにした裸電球をぶら下げ、手には五寸釘《ごすんくぎ》が無数に打ちこまれた木製のバットを握っていた。禍々《まがまが》しい異装に、ぞくりと寒気をおぼえてしまう。

否——震えている場合ではない。

根津が手にしているのは、多摩川へ牙を剥く凶器なのだ。

根津達彦対サーモン多摩川の〈スペシャル・デスマッチ〉が、まもなく始まろうとしていた。凶器類は持ちこみ自由、もちろんお咎《とが》めはいっさいなし。流血必至の一戦は、ネオ・ジパング史上例のない試合になるだろう。

試合形式もさることながら、試合順もまた異例中の異例だった。

〈スペシャル・デスマッチ〉はメインイベント後、つまり今日の興行がすべて終わったあとに組まれていた。ネオの所属選手全員が「血に汚れたマットの上で試合などしたくない」と、自身の試合前に組まれることを反対した結果、全試合終了後に〈第ゼロ試合〉として設定されたのである。

すでに選手たちは会場をあとにしている。公式にカウントされない試合など見る価値もない——という意思表示なのだろう。客のなかにも席を立つ者がちらほらと居た。インディー、そしてデスマッチに対するアレルギーは俺が思っていた以上に根深いらしい。

あきらかに普段とは違う空気。なんとか呑《の》まれまいと気を張ってみるものの、ざわつく胸のうちはおさまらない。異様な雰囲気だけが原因ではない。多摩川の準備した〈凶器〉に、どうしても不安がぬぐえなかったのである。

「あの……本当に、これでいいんですか」

すがるように訊ねた俺へ、コーナーポストの多摩川が「もちろん」と頷《うなず》いてから、

「あっしの大切な〈飛び道具〉です。そのへんに置いといてください」

白い歯を見せ、力強く親指を立てた。

思わず目眩《めまい》をおぼえる。これが──飛び道具なのか。

〈怪魚〉が選んだ凶器は、両手ですっぽり抱えられる大きさの缶、ひとつきりだった。

本当になんの変哲もないバケツのような金属缶である。そこそこ持ち重りがするものの、蓋がしっかり閉まっているために中身はわからない。入っているものがなんであろうが、電球やバットに立ち向かえる代物でないことだけは確かだった。

「そんなもんで釘バットと闘おうってのかよ！」

「コミックマッチじゃねえぞ、デスマッチだぞ！」

いっせいに応援団が囃《はや》したてる。

首がもげるほど頷きたい気分だった。

ゴングが場内にこだまする。

反響の余韻が残るなか、根津が裸電球をゆっくりと首からはずし──突如、鞭《むち》をしな

らせるかのごとく足元に叩《たた》きつけた。軽い破裂音とともに電球が破裂し、マットに散った細かい破片が白く烟《けむ》る。後退して間合いをはかろうとする多摩川の前で、根津が錯乱したように何度も何度も電球の数珠をマットに打ちあてていった。たちまち、リング上が散乱したガラス片で覆われていく。

せっかくの凶器を壊すとは――いったいなんの真似だ。

訝しむ俺の横で、腕組みをしながら須原が「巧《うま》いねえ」と唸《うな》った。

「さすが根津くん。こりゃ今回は多摩川さんも苦戦するかな」

「え……でも、凶器がなくなっちゃいましたよ」

「逆だよ。リング全部を凶器にしたんだよ」

「あ」

ようやく俺は〈針鼠〉の恐るべき意図に気がついた。

いたるところに鋭利なガラス片が散らばった状態では、うかつに寝技を仕掛けるわけにもいかない。寝技だけではない。ドロップキックやバックドロップなど、自身をマットに叩きつける技も、スリーカウントを奪う技さえも不可能になってしまう。

すなわち――根津はプロレスを殺したのだ。葬ったのだ。

デスマッチとはそういう意味なのだ。根津は、インディーの〈葬儀屋〉なのだ。

「いいぞ大将！　エリートなんかぶっ潰しちまえ」

「インディーだからって舐めんじゃねえぞ！」

《BBB》の親衛隊が応援歌らしきメロディーをいっせいに合唱する。よほど根津を信奉しているらしい。だがいまは、彼らがここまで得意になるのも納得できた。どう考えても不利だ。勝ち目がない。

どうする〈怪魚〉。どう立ち向かう、サーモン──。

「え」

いつのまにか、根津と向きあっていたはずの多摩川が目の前のコーナーポストに寄りかかっていた。意外にも焦りの色はない。異貌に微《かす》かな笑みをたたえ、まるでプラネタリウムでも鑑賞するかのようにガラス片で輝くマットを眺めている。

「もうすこし遊びたかったんですが……それが通用する相手ではなさそうですね」

言うなり、多摩川は足元に置いた金属缶を抱えるや蓋の隙間へ指を差し入れて、一気にこじ開けた。かぱんっ、と軽い音を立てて蓋が飛ぶ。俺の立つリングサイドからは、缶の中身がなんであるのか窺《うかが》えない。隣の須原も気になっているようで、しきりに背伸びをして正体を確かめていた。

「なにをゴチャゴチャやってんだ、オラ！」

痺《しび》れをきらした根津が、自軍のコーナーポストに立てかけていた釘バットを掴み、威嚇するように頭の上で振りまわしながらこちらへ近づいてくる。

「ちょっと、多摩川さんッ。来ますよ、来ますってばッ」

エプロンを叩いて必死で知らせるも多摩川はまるで意に介さず、タイツのなかへ手を突っこみ、なにやらごそごそと弄《いじ》っている。

まさか――こんなときまで下ネタをかますつもりなのか。これまでの相手とはわけが違うんだぞ。プロレス殺しの猛者なんだぞ。

焦る俺の眼前で、根津が釘バットを多摩川めがけてスイングする。

軌道を読んで凶器をすばやく躱《かわ》すと、多摩川は缶を小脇に抱えたまま、空いているほうの手で大ぶりのパンチを見舞った。

一閃《いっせん》――根津の上半身へ、赤い筋が袈裟《けさ》斬りに刻まれる。

「嘘だろ」

思わず声が漏れた。まさか、刃物で斬ったのか。

俺とおなじことを考えたとおぼしき数名の客が、口を両手で覆いながら叫んでいる。

本当にあの傷が刃物によるものだとすれば、それはもはやプロレスではない。単なる刃《にん》傷沙汰《じょうざた》の殺しあいだ。必要なのはレフェリーでもセコンドでもなく、警察だ。

多摩川が、プロレスを葬った。

だが、次の瞬間――俺は妙なことに気がつく。

斬られたはずの根津が釘バットを手に多摩川を狙っている。苦悶《くもん》するどころか、痛がる様子さえ微塵《みじん》もない。

どうなっているんだ――。

首を捻《ひね》っていた矢先、根津が再び剣道よろしく釘バットを縦に降りおろした。多摩川がするりと後退する。はずみで缶が大きく揺れ、中身が跳ねた。

マットにこぼれたのは、やや粘り気のある赤い液体。

あれは――塗料か。ペンキの類か。

驚愕《きょうがく》のままに視線を移した多摩川の右手には、大ぶりの刷毛《はけ》が握られている。

その直後、俺はすべてを悟った。斬ったのではない。

塗ったのだ。

手にした刷毛で、赤い塗料を根津に塗りつけたのだ。

「これは、もしかして……」

俺が考えを巡らせるあいだにも、多摩川は釘バットをボクサー顔負けのフットワークで巧みに避けながら、手首のスナップを利かせ、刷毛で根津を撫でていた。

真紅に染まっていく身体。人体のキャンバス。スピーディーな筆さばき――。

散らばっていた思考の断片が、一箇所に集まる。

嗚呼《ああ》、そうか。

デッサンを習いに赴いたのは〈針鼠〉を塗るためだったのだ。

速く、ムラなく、美しく、赤色に染めあげるためだったのだ。

だが——なおも疑問は残る。

この行為に、なんの意味があるというのか。

根津を塗りつぶして、そこからどう反撃する気なのか。

どのような〈葬儀〉を執りおこなうつもりなのか。

ジグソーパズルの最後の一ピースが見つからないもどかしさ。観衆も俺とおなじく多摩川の意図が読めないようで、隣の客と顔を見合わせている。

「そうか、〝木を隠すなら森〟か!」

突然、須原が立ちあがって大きな声をあげた。

「ど、どうしたんですか突然」

「多摩川さんの意図がわかったんだよ。いやあ凄《すご》いなあ。そう来たか」

「ちょっと、どういうことです。ちゃんと説明してくださいよ」

憮然《ぶぜん》とする俺に、須原が苛立《いらだ》った口調で「よく見てごらんよ」と答えた。

「カジちゃん、全身真っ赤になっていちばん目立たなくなるものはなんだと思う」

その言葉を聞いた瞬間、脳天に稲妻が走った。

血だ——。

根津は、流血してなお闘い続けるおのれを見せることで、ファンの心を揺さぶり、扇動する。姑息《こそく》な手段も未熟な技も、赤い血潮で強引に肯定させる。

しかし——この状態では流れた血がひとしずくも見えない。

どれほど傷つこうとも、どれほど身体を傷めようとも伝わらない。

根津がプロレスを殺したように、多摩川はデスマッチを葬ったのだ。

ふいに——。

根津が釘バットをおろし、自分の身体をしげしげと眺めた。

「なるほど、こういう手があったとはな……」

ぽつりと呟いたその顔からは、先ほどまでの狂気が失《う》せている。無法者のメイクが剝げ落ちている。

「ご愁傷さま。棺桶《かんおけ》の蓋は閉じられましたぜ」

「そうらしいな」

多摩川の微笑《ほほえ》みに、根津も笑顔で応えた。

「ネオのお坊ちゃん連中は、さぞかし戸惑うだろうなあ。キャラクターを剝ぎとられ、価値を帳消しにされるんだもんなあ」

だがな——。

根津の目に、一瞬で光が戻った。先ほどまでとは別種の強烈なまなざし。手負いの獣の眼光。針鼠がいつのまにか、濡れ血で体毛を逆立てた狼へと変わっている。

「こちとら、最初から価値なんざ守る気はねえんだよ」

言いながら、ゆっくりと右手をあげ、掌をかまえた。

手四つの体勢――プロレスでは王道の力比べ。それを、邪道が披露している。

数秒、多摩川が根津を凝視してから――一気に組みあった。

根津がするりと背後にまわって〈怪魚〉の背中をとらえる。多摩川が腰にまわった根津の手を捻って背後を取りかえした。根津がポジションを入れ替える。そうはさせじと多摩川がさらに体勢を取り戻す――。

呆れるほど正統派なチェーンレスリングの応酬。おまけに、速い。ネオでもこれほど巧みに対応できる選手は数えるほどしかいないはずだ。

息を止めて攻防を見守りながら、俺はようやく理解した。

いままで自分は、インディーに属するレスラー全般を「二流の選手」だとばかり思っていた。肉体も技術もプロを名乗れない連中だと信じて疑わなかった。

だが――そうではなかった。誤解だった。

名乗れないのではない。名乗らないのだ。

二流と揶揄《やゆ》される闘いをあえて選び、頑なに守っている選手も存在するのだ。少なくとも、根津はそういうレスラーだったのだ。

組みついた背中越しに、根津が多摩川へと囁《ささや》く。

「どうだ、ビビったかい」

「正直、予想以上の〈凶器〉で驚きましたね。どうしていままで隠していたんですか」

「花屋で値札のつく花ばかりが偉いわけじゃねえ。土手に咲く泥つきの一輪が好きって変わり者も居るんだよ」

「なるほど、プロのアマチュアですか」

「一流の二流と呼んでくれや」

その科白《せりふ》を合図に、再びふたりが独楽《こま》のように回転をはじめる。マットを鳴らすシューズの音だけが、静まりかえったホールに轟いている。

静寂──そう、観客は戸惑いを隠せぬままリングをじっと見守っていた。とりわけ、根津の応援団はあきらかに動揺している。

無理もない。根性、流血、涙──そんな言葉で語られる泥くさい要素が、目の前の試合からは微塵も感じられないのだから。つい数分前まで反発していた、エリートのいけすかない試合が繰り広げられているのだから。その事実にどう反応していいものか、理解が追いつかないのだろう。

「最高ですねえ」

多摩川が漏らす。

「最悪だよ」

根津がひとこと呟き、全力で〈怪魚〉にぶつかっていく。

肉体の激突する音が、まるで拍手のように会場を包んでいた——。

6

リングを撤収する工具の音と、ガラス片を掃く音がホールから聞こえている。

〈第ゼロ試合〉の余韻を感じさせるメロディー。その響きに耳を傾けつつ、俺は控え室の静かな緊張感に身をすくませていた。いつもなら多摩川とふたりきりで占有しているこの空間に、今日は招かれざるゲストが居座っていたからだ。

「……ッたく、信じられねえ団体だぜ」

つい数分前まで争っていた根津が、塗料だらけの赤い身体で立ち尽くしている。自慢の髪は汗ですっかりと萎《しお》れ、折り鶴の羽よろしくひん曲がっていた。

「フツーはよ、敵対する抗争相手とは部屋をきっちり分けるもんだろうが。メジャーのクセにどれだけ常識がねえんだ」

〈針鼠〉の正論に、多摩川が苦笑する。

「ネオにとっちゃお前さんもあっしもおなじ〝嫌われ者軍団〟の枠なんでしょうよ」

「ヘッ、まあいいや。まずは、部屋よりもテメエに文句を言いてえんだ」

「あっしですか。それはまたどうして」

「トボけんじゃねえよ、この野郎！」

嘯《うそぶ》く多摩川めがけ、根津がパイプ椅子を蹴り飛ばす。バランスを崩した椅子がぐらりと傾《かし》いで、床の上で派手な音を立てた。

「ウチのファンはな、オレさまの泥くせえファイトに賛辞を送ってるんだ。つんのめって水たまりに頭から突っこんで、それでも立ちあがって吠《ほ》える生きざまに共感してくれるんだよ。それがどうだ、今日はお前に乗せられて丁寧なレスリングをやっちまった。これじゃネオのエリート小僧と大差ねえ。ウチの親衛隊は、いまごろさぞや幻滅してるコトだろうよ。おまけに……負けちまうしな」

そう――〈スペシャル・デスマッチ〉は、多摩川の勝利で幕をおろした。

あの後、外連味《けれんみ》も反則も皆無のせめぎあいが延々と十分ほど続き、最後は多摩川が一瞬の隙をついてガラス片のないマットの隅で根津を押さえこみ、あっけなくスリーカウントを奪ったのである。

「ッたく、いまどき前座の坊主だってもうすこし派手な試合をするぞ。おかげでオレさまの評判はダダ下がりだ」

「さしずめ、針を折られた針鼠ですね。いやあ、すばらしい葬儀でした」

「エラそうに……クソッたれの墓掘りモグラめ」

「葬儀屋です。そして鮭です。お間違えなきよう」

「どっちでもいいよ、食えねえピンクオヤジだ」

茶飲み話のようなトーンで、さらりと出された単語に驚愕する。

「そ、葬儀屋だと気づいていたんですか」

思わず訊ねた俺を気怠《けだる》そうに一瞥《いちべつ》し、根津が床に唾を吐いた。

「インディーの地獄耳をナメんなよ、噂《うわさ》はとっくに聞いてたさ。ま、こんなフザケた野郎だとは思わなかったけどな……さて」

自分で蹴り倒したパイプ椅子を起こし、根津がどっかりと腰を下ろした。

「ピンクオヤジに聞きてえことがある。俺がグラウンドもそれなりにこなせるって、なんでわかったんだ。どこで気づいたんだ」

「乱入の際には、とっくに察していましたよ」

「乱入だァ？　あんときは投げのひとつも出しちゃいねえぞ」

「花道をダッシュしながら梶本くんに蹴りをぶちかまし、すばやくリングへあがるやスピードも落とさずこちらを殴りつける。あれを二流レスラーが試みたとしても、十中八九バランスを崩してまともな攻撃になりません。どんな体勢でも攻撃できるよう鍛えている……つまり気が遠くなるほど、まさしく血が滲むほど練習を重ねた選手にしかできない芸当なんです」

「へッ、探偵気取りかよ。ムカつくぜ」

「なかなかの名推理と自負していますが、外れましたか」

「当たってるからムカつくんだろうがッ」

椅子から立ちあがろうとした根津が、途中で動きを止める。

「ま……久々にあの手の試合ができて、ほんのすこしだけ面白かったけどな」

「……同感です」

多摩川の言葉に、根津がはじめて笑った。多摩川も嬉《うれ》しげな表情を隠そうとしない。

そんな緩んだ空気につられ、俺はつい口を開いてしまった。

「あの……いつも、ああいうファイトじゃ駄目なんですか」

「あン？」

根津がすぐに表情を険しくさせて、こちらを睨みつけた。怯《ひる》みそうになるところをぐっと堪え、一歩踏みだす。

「凶器なんかなくても、流血なんかしなくても……普通に闘えばいいじゃないですか。純粋に強さを競えばいいじゃないですか」

「強さを競うねえ……。なあ兄ちゃん、リングで血を流したことはあるかい」

「……まだ、リングにさえあがれていません。練習生なんで」

〈針鼠〉が鼻で嗤う。

「じゃあ、デビュー前の小僧へ特別に教えといてやる。強さなんてものを競おうとするから、弱さが許せなくなるんだ。勝とうなんて思うから負けるんだ。わかったかい」

「……わかんねえよッ！　そんな禅問答みたいな話はたくさんだ！」

思わず、傍らのロッカーを殴りつけていた。

「きちんと説明してくれよ。どうして誰も強さをまっすぐに求めないんだよ。真剣勝負に正面から挑もうとしないんだよ。適当に笑って、軽く受け流して、曖昧な言葉で誤魔化すんだよッ」

ひと息に吐き捨てて、その場に立ち尽くす。

「おい、ずいぶんと口の減らねえ坊主だな」

不味《まず》い——我に還ったものの、すでに手遅れだった。根津がのっそりと立ちあがり、こちらへとにじり寄ってくる。多摩川が助けに入る気配はない。

覚悟して——目を瞑《つむ》る。

「……そういう生意気なゴタク……嫌いじゃねえよ」

呆気にとられる俺の頭を軽く叩いてから、根津がベンチにどっかりと寝そべった。

「あのな、ウチみたいなインディーに集まるのは、選手もファンも、負けっぱなしのヤツばかりなんだ。夢に負けて未来に負けて、自分に負けて人生に負けて……すべてに連敗した連中の吹き溜《ふだ》まりだ。じゃあ聞くけどよ、才能のない人間には価値がねえのか。

勝った者しか意味のある人生は送れねえのか。そんな世の中、オレさまは息苦しくてゴメンだね。弱かろうが狡《ずる》かろうが、凡庸だろうが不様だろうが、今日を生き延びたヤツが最後は勝ちなんだよ。それを伝えるには太陽みてえなメジャーの光じゃ眩《まぶ》しすぎるんだ。だから、月光ほどの鈍い明るさしか持たないインディーが必要なんだよ。勝者にも敗者にも等しくかよってる、血を流してみせなくちゃいけねえんだよ……今度こそ、わかったかい」

根津が返事を待っている。

けれども俺は唇をきつく結び、沈黙していた。

この場を丸くおさめて「はい」と言うのは簡単だ。けれども——まだ納得できなかった。どこかで強さを求めてしまう、自分の心に嘘はつけなかった。

悩んで、悩んで悩んで悩んで——ようやく言葉を絞りだした。

「もし、デビューすることができたなら……根津さん、いつか自分と闘ってください。リングの上で答えを教えてください。お願いします」

「……本ッ当にここのレスラーはクソばかりだな。クソ社長、クソ葬儀屋……クソ真面目なクソ新人。全員ぶっ潰してやる。待ってろよ」

〈針鼠〉の刺々《とげとげ》しい言葉に深々と頭を下げる。そこへ〈怪魚〉が割りこんできた。

「残念ながら……あっしとの再戦が先ですよ」

「おい勘弁してくれ、あんな面倒くせえ試合をもっぺん闘《や》れってのかよ」

「ええ、もちろん。先ほどの発言を聞くかぎり、お前さんの魂は死んでいない様子ですからね。葬りそこねては沽券《こけん》にかかわります。次はきっちり仕留めますよ」

「……ヘッ、返り討ちにあっても泣くなよ。こちとらデスマッチの達人なんだ。〈死〉はテメエだけの専売特許じゃねえからな」

根津が笑う。けれども——今度は多摩川の顔に、微笑みはなかった。

「さて、そろそろ本題に入りますかね……教えてもらえますか。ネオのリングにあがった本当の理由を」

7

声色が変わった。道化のおどけた口ぶりではない。葬儀屋の静かな息遣い、墓場に吹く風のような冷たい声。

「そりゃオメエ……売名だよ。カイザー牙井と闘えば、オレさまの知名度も」

「有り得ないんですよ」

根津の軽口を多摩川が遮る。リングでの攻防がそのまま続いているような、隙のない口ぶりだった。

「乱入や対抗戦というのは、ジリ貧の団体が背水の陣で決行するんです。ところが、お前さんのところはすこぶる好調、右肩あがりときている。下手に対抗戦なんか仕掛けた日には、却《かえ》って団体の価値を落としかねない。それを承知のうえでお前さんはやってきた。つまり、単なる売名であるはずがないんですよ」

根津はしばらくのあいだ視線を宙に漂わせていたが、やがて覚悟を決めたのか――〈怪魚〉を見据え、ゆっくりと口を開いた。

「数ヶ月前、オレさまの仲間が〈地下プロレス〉で大怪我を負わされてな」

「地下……なんですか、それ」

我慢できずに口を挟む俺を、ふたりが揃《そろ》って睨んだ。

「秘密のカジノや場末の倉庫で〝プロレスごっこ〟を見せる催しだよ。ルールも独特でな、スリーカウントはなし、ギブアップか負傷によるレフェリーストップのみで決着をつけるのさ」

「……どうして、わざわざ隠れ家みたいなところでそんな真似をするんですか」

「金ですよ。賭けの対象にするんです」

俺の疑問に多摩川が答える。知っているのか――地下プロレスとやらを。

「ピンクオヤジの言うとおり、裏の連中が金持ちからゼニを巻きあげようとはじめたのさ。単なる殴りあいじゃ身体のデカさですぐに勝敗が決まっちまう。その点、プロレスなら予想がつきにくい。ゼニを効率よく回収するには、うってつけの競技ってわけだ。ま、レスラーといっても大半は喧嘩《けんか》自慢のチンピラか、生半可に格闘技をかじったセミプロだ。インディーとはいえそれなりに鍛えた選手なら、簡単にヤラれるはずがねえ」

「ところが……負けてしまった」

〈怪魚〉の言葉に、根津が無言で頷く。

「小遣い稼ぎに出張った連中が、腕を折られ、踵《かかと》を砕かれて泣きながら帰ってくる。最初は〝慣れねえ場の空気に緊張しちまったんだろ〟と笑っていたんだが……話を聞くとそうじゃなかった。全員、風魔《ふうま》と名乗るおなじ選手に壊されていたんだよ。しかも」

真っ当なプロレス技でな。

搾りだすように〈針鼠〉が囁く。

「つまり……あきらかなプロ、それもトップクラスの選手が裏の世界にかかわっているってことになる。なんでも風魔ってのは、数ヶ月前に先代のチャンピオンと引き分けた一試合を除いて、無敗をほこっているんだとさ」

「それほど強いなら、とっくに面は割れているでしょう」

「マスクマンなんだよ」

塗料まみれの獣が忌々《いまいま》しげに吐き捨てる。

「なるほど、そこでお前さんは〝素顔を隠しているということは、メジャーに属する有名選手かもしれない〞と踏んで、諜報《ちょうほう》活動に乗りだしたわけですね」

根津が「ご名答」とばかりに、ばちん、と指を鳴らす。

「闘ったヤツらの話によれば、風魔はそれほどタッパのある人間じゃねえらしい。ってコトは大柄がウリの大和プロレスじゃねえ」

「だから、ウチに乱入したと……で、そのマスクマン候補は見つかったんですか」

萎れた針を震わせて、根津が首を横に振った。

「今日も花道の脇で全部の試合を確認したが、それらしい身体つきのヤツは見つけられなかった。ま、ウチの連中が隠し撮りした写真が頼りだから、心許《こころもと》ないんだけどよ」

そう言いながら根津が足元の鞄《かばん》をまさぐり、数枚の写真を取りだして多摩川へと手渡した。好奇心を抑えきれず、背中ごしに覗きこむ。

薄暗いリングのまんなかに——半裸の男が立っていた。

この男が、風魔。

根津が言ったとおり顔は豹柄《ひょうがら》のマスクに覆われており、素性はまるでわからない。長い手足と胸板にうっすら乗った筋肉は、レスラーよりもアスリートのそれに近く見える。ほかにはマスクとおなじ柄のボクサーパンツ、そして見慣れない薄手のグローブが写っていた。

「このグローブ……なんですか」

「専用の指ぬきグローブらしい。ボクシング用だと相手を摑むことができないだろ。どれほど殴っても拳を痛めず、組み技にも対応してるんだとさ」

どれほど殴っても——プロレスでは聞かない言葉に、ぞっとした。マスクマンという華やかな容姿とのギャップが、いっそう不気味さを醸しだしている。

この男が、プロレスラーを次々に葬っている——。

金のために。強さだけを武器に。

絶句する俺を横目で見てから、根津が拳を握りしめた。

「俺たちがド底辺のゲテモノだとしたら、地下プロレスは〈人肉食〉だ。選手を駒にして小銭を稼ぐ、闘犬まがいの見世物だ。そんなものがこれ以上幅を利かせるようになったら、いずれはこっちも十把《じっぱ》一絡《ひとから》げにされちまう。いや、プロレス自体が殺されちまう。頼む、墓掘りモグラとクソ新人。手を貸してくれ。こいつの正体をつきとめてくれ」

「……約束はしかねますが、できるかぎりはお手伝いしましょう」

多摩川が静かに頷く。俺は——首を縦に振れなかった。

たしかに、地下プロレスはおぞましい。話を聞くだけで嫌悪感が湧きあがってくる。

しかし、デビューすら果たせていない小僧になにができるというのか。

そもそも、めざす場所にすら到達できていないのだ。登りつめる力すらない人間が、地の底へ堕ちてしまえば——二度と這《は》いあがれなくなる。

かかわるな、梶本。お前には無関係な話だ。

ここは多摩川たちに任せて、さっさと忘れてしまえ。

もうひとりの自分が囁く甘い声は——その写真を見た瞬間、掻き消えた。

風魔なるマスクマンをとらえた写真群に交じって、ぽつんと置かれた一枚。

試合中のショットだろうか。東洋人らしき男が黒人選手へ馬乗りになって、顔面に拳を打ちつけている。目を背けてしまいたくなるほど、凄惨な試合の記録。けれども俺は、その写真から目を逸らすことができなかった。

床の感触がおぼつかない。身体が浮遊する。風圧が肌を叩く。抗《あらが》う気持ちを嘲笑《あざわら》うように、すべてがどこまでも堕ちていく——。

こちらの異変に気づいた根津が、椅子から腰を浮かせて写真を覗きこんだ。

「ああ、そいつは前のチャンピオンだ。たしか……シドとか呼ばれてたな」

「……どういうことだよ」

握りしめた写真には、血飛沫《ちしぶき》にまみれて嗤う——司藤武士が写っていた。

第四話

アンダーグラウンド

地下

1

闇を切り裂くように、全力で疾《はし》っている。

夜いっぱいに満ちた冷気のほかはなにも感じない。前後に振っているはずの腕も、大地を蹴っているはずの足も、いつのまにか黒い空間に溶けてしまった。身体《からだ》と外界の境目が消失したかのようだ。鼓動さえ、胸のうちで鳴っているのか夜が脈打っているのか判断がつかなかった。頬を濡《ぬ》らしているのは汗なのだろうか、雨なのだろうか。

なにも見えぬまま、聞こえぬまま、わからぬまま——俺は疾走している。

どうにも寝つけず、寮を飛びだしてランニングを開始したのが二時間ほど前。まもなく路傍の街灯が失《う》せ、靴底に伝わる感触がアスファルトから砂利に変わった。どうやら住宅街を経て、郊外の山道あたりにでも辿《たど》りついたらしい。

これほど長いあいだ、無我夢中で走り続けたことなど一度もなかった気がする。明日は筋肉痛に悲鳴をあげるだろうか。それとも〈究極の特訓〉をこなした達成感に震えているだろうか。

究極の特訓──数週間前、十キロのランニングをなんとか終えるなり嘔吐《おうと》した俺を嘲《あざ》笑《わら》いながら《鬼喰《おにく》い》こと小沢堂鉄が口にした言葉だ。

「ヒンズースクワット、腹筋、腕立て、ロープ登りにベンチプレス。プロレスラーのトレーニングは多々あるが、究極の特訓はランニングだ。肺活量を増やしてスタミナを強化する。おまけに膝の調子や体幹のずれなどコンディションとも向きあえる。だが、なによりも重要なのは無心になれることだ。集中力が欠かせない他のトレーニングと違い、ランニングは足にまかせて放心できる。アタマを空っぽにして雑念を振りはらい、悩みや迷いをリセットできる。ま、お前みたいにゲロを吐いてるようじゃそれも難しいがな」

侮蔑を隠そうともしない声色が脳内で再生され、動揺に息が乱れる。

堂鉄の科白《せりふ》が事実だとすれば、今夜のランニングは失敗だ。

悩みや迷いを整理しようと走りはじめたはずなのに、考えはいっこうにまとまらず、答えも見つからない。ひと足ごとに疑問が噴出し、頭のなかで糸が絡まっていく。

落ちつけ梶本。呼吸を整えて無心になれ、梶本誠。

そんな調子だから、お前はリングデビューもままならないんだ。

なにがわからないのか、なにを知りたいのか。

まずは過去を振りかえれ。冷静に事実を整理して、不安の正体を見つけろ。

自分に言い聞かせ、再び闇に身を投じる——。

八ヶ月ほど前、俺はプロレス団体《ネオ・ジパング》の新弟子となった。しかし、念願の入門こそ果たしたもののいつまで経《た》っても半人前、とうとう堂鉄から退団を促されてしまう。そこに訪れた助け舟こそ、ひとりの男だった。

サーモン多摩川。素性がいっさい明かされていない流れ者レスラー。彼の付き人を命じられることで、俺はなんとか首の皮一枚つながったのである。

多摩川は、本当に不思議な選手だった。

ふざけた容姿と舐《な》めきったファイトで客からも選手からも顰蹙《ひんしゆく》を買いつつ、もうひとつの顔である〈葬儀屋〉で試合に臨んだ際は、対戦相手を無慈悲に葬り去ってしまう。もちろん、実際に殺人を犯すわけではない。得意技やキャラクターを封じ、レスラーとしての価値を暴落させ、再起不能にしてしまうのだ。

だが、いくつかの〈葬儀〉を目のあたりにするうち、俺のなかでは多摩川の評価が変わりつつあった。人気抜群のエース、巨漢のパワーファイター、凶器攻撃の達人……彼に葬られたレスラーはみな、自身の新たな可能性を見つけていた。怪我《けが》や持病などの秘密を暴かれながらも、それらを抱えて前へ進む道を提示されていた。

もしかして多摩川は〈葬儀〉ではなく〈蘇生《そせい》〉を試みているのではないか。レスラーを〈再生〉させているのではないか。

　そんな疑念を抱きはじめた矢先、ふたつの事件が起きる。

　先輩レスラー、アトラス浅岸の負傷。そして同期である司藤武士の夜逃げだ。浅岸は何者かに襲われて現役続行も危ぶまれるほどの大怪我を負い、ともに夢を追いかけていた司藤は、ある日突然寮から姿を消した。

　中堅選手の負傷と、新弟子の遁走《とんそう》。団体から見れば天と地ほどの差があるふたつの出来事だが、俺にとってはどちらも衝撃だった。浅岸ほどの猛者をいともたやすく倒した人物は誰なのか。司藤ほどの素質を持った男が、なぜレスラーの道を捨ててしまったのか。どれほど考えても答えは見つからなかった――。

　答え、答え――。

　ふいに、浅岸の笑顔が浮かぶ。面映《おもは》ゆそうな微笑が脳裏にフラッシュバックする。直後、視界の片隅で赤いものが瞬いた。あれはもしや解決の糸口、迷宮の出口だろうか。もしかして、不安の正体に近づいているのだろうか。

　はやる心を抑え、俺は再び闇を走りはじめた――。

　襲撃犯の手がかりすら見つからぬなか、新たなハプニングが発生する。

　インディー団体《BBB》で活躍するデスマッチファイター、根津達彦が試合に乱入、ネオ・ジパングの創設者であるカイザー牙井に宣戦布告したのだ。前代未聞の要求は、さらに異例の展開を見せる。牙井本人が予告もなしに登場、対戦の条件として「多摩川に勝利しろ」とぶちあげたのである。結果的に、根津は多摩川の〈葬儀〉によって倒され、ネオ・ジパングの威厳は守られたわけだが――沸き立つ観客をよそに俺はまったく喜べなかった。むしろ、ますます疑問が膨らむばかりだった。

セミリタイア状態のカリスマが、どうして地方会場などに姿を見せたのか。もしや根津の乱入を事前に知っていたのではないか。だとすれば、その情報はいったい誰から得たのか。いくら考えても、わからなかった。

わからない、わからない――再び視界に閃光《せんこう》が走り、今度は牙井の顔がよみがえる。深夜の道場で目にした、〈皇帝〉と崇《あが》められる男の真摯な表情。それが消えると同時に、闇のかなたで赤い光が点滅した。赤色が、あの日の根津と二重写しになる。多摩川に塗料を浴びせられ、全身を真紅に染めた〈針鼠《はりねずみ》〉の姿が浮かぶ。

根津の言葉を思いだし、出口が近いと確信する。

そう――あの日の試合後、彼は乱入の理由を告白した。

地下プロレス。名前のとおり、アンダーグラウンドにおこなわれているプロレス興行。決着はギブアップかノックアウト、もしくはレフェリーストップのみ。文字どおりの血闘を鑑賞しながら、観客は金を賭けるのだという。

そんな秘密のリングでは現在、風魔と名乗るマスクマンが連勝街道をひた走っていた。

単に強いだけではない。喧嘩《けんか》まがいのファイトが横行するなか、風魔は純然たるプロレス技で勝利をおさめていた。根津はそれを知り「風魔の正体はネオ・ジパングの選手ではないか」と推理し、真偽を確かめようと乱入したのである。

もっとも、俺にとっていちばんの衝撃は告白ではなかった。

根津が見せてくれた、彼の仲間が地下プロレスを隠し撮りした写真。その一枚に写っていた男の姿に、俺は目を奪われてしまったのだ。

シド――かつて地下プロレスを席巻していた若き王者。

俺は、彼の顔を知っていた。

おなじ釜の飯を食い、ともに鍛え、しごかれ、励ましあっていた。

司藤武士。

逃げたはずの同期。レスラーを夢見ていた青年。

なぜだ。どういうことだ――ふいに、眩《まぶ》しさで現実へと引き戻される。気づけば視界の先、数メートル前方に巨大な赤光がせまっていた。

血の色そっくりな輝き。俺はようやく自身の誤解を悟った。あの光は迷宮の出口などではない。地獄への入口だ。灼熱《しやくねつ》の溶岩が流れる火口だ。

自然と足が止まる。これ以上進むなと本能が告げている。

けれども俺は知っていた。もう戻れない。引き返せない。

嗚呼《ああ》、なぜこんな場所に行き着いてしまったのか。

俺はただ、強くなりたかっただけなのに。

リングに立って闘いたかっただけなのに。

プロレスラーになりたかっただけなのに。

呆然《ぼうぜん》とするうち——ひどい冷たさで我に還《かえ》った。

雨が降っている。濡れた身体から細い湯気が立ちのぼっている。目の前では、赤信号の明滅が水たまりに反射していた。

もしかして——いままで追いかけていたのは、この光か。

慌てて周囲をたしかめる。見なれた住宅街。道場からほど近い馴染《なじ》みの街角。

脱力する。

はるか遠くまで駆けぬけたつもりが、近所を迷走していただけなのか。結局、何処《どこ》にも辿りついていなかったのか。

いかにも自分らしいひとり相撲。あまりのおかしさに思わずかつての口癖が漏れた。

「くだらねえ」

途端、一気に身体の内側から疲労があふれだす。腿《もも》が痙攣《けいれん》し、膝が笑う。耐えきれず、道路へ大の字に倒れこんだ。篠突《しのつ》く雨が顔を打つ。水びたしのアスファルトは不快だったが、いまは指先ひとつ動かしたくなかった。

疑問。不安。どうだっていい。なにも考えず、追いかけず、このまますべてを忘れてしまえば。雨に流してしまえば――。

「ねえ」

かぼそい声が耳に届き、俺は一瞬で現実に引き戻された。目だけを動かしてあたりを探るものの、視界にそれらしき人影は見あたらない。

だとしたら、幻聴か。そこまで俺はくたびれているのか――自嘲した直後、

「どうして、そんなところで寝ているの」

明瞭な声が頭上から聞こえた。

慌てて立ちあがり、とっさにファイティングポーズを取った。拳を胸の前で構え、爪先に体重を乗せる。すっかり水を含んだスニーカーが、じゅぶり、と鳴った。

「君は……」

声の主をみとめて、自然と構えを解く。

立っていたのは――あの娘だった。

2

「信じられない。あなた、この土砂降りのなかを延々と走ってたの」

彼女――ミチと名乗る若い女性はそう言って、まん丸の目を大きく見開いた。

最前列で多摩川の試合をじっと睨《にら》みつけていた女。

「彼はレスラーじゃない。人殺しです」との言葉を残し、走り去った女。

そんな奇妙きわまる人物と偶然の再会を果たした結果――俺はいま、商店の軒先で彼女と雨やどりをしている。

「たまたま散歩をしていたら、仰向《あおむ》けに倒れているあなたを発見したの」

自身の名前を告げてから、ミチはあっけらかんとした口調でそのように言った。

にわかには信じがたい説明だった。そんな偶然が本当にあるだろうか。雨の真夜中に、うら若き女性が傘もささず散歩などするだろうか。

もしや、彼女は熱狂的にすぎるファンなのでないか――そんな懸念が頭をよぎる。憧れの選手にひとめ会おうと道場の所在地を調べあげ、人気のない時間帯に周辺をうろついていた――そう考えれば、会場での異様な視線もエキセントリックに思える告白も、すべて合点がゆく。

だとしたら、このまま道場に戻るのは得策ではない気がした。うかつに場所を知られてしまったら、練習中に乱入してくる可能性も否めない。思いが募ったあげく刃物でも振りまわされた日には、大騒ぎになってしまう。

さて、どうやって惨劇を回避しようか――懸命に考えたすえ、俺はとっさに軒を借りようと提案した。かくして、雨が止《や》むか、あるいは彼女が帰路につくのをじっと待つ羽目になってしまったというわけだ。

正直、困っていた。

苦肉の策が功を奏したとはいえ、なにを話せばいいのかまるでわからない。ミチという名前以外にはなにも知らず、かといってこちらから安易に情報提供もできない。やむなく俺は名前と新弟子である旨だけを伝え、沈黙した。彼女も俺のランニングに驚いて以降は、いっさい口を開こうとしなかった。二分、三分。無言の時間が続く。空を見あげたものの、雨足はいっこうに弱まる気配がない。

いよいよ間が持たなくなり「好きな食べ物でも訊《たず》ねようか」と思った矢先――。

「ねえ」

ミチが細い声を発した。

長い髪の先から滴が垂れ、白いシャツを濡らしている。水を吸った布地がぴたりと上半身に張りつき、黄色い花のプリントだけが夜に浮かびあがっていた。どこか艶やかな姿にどぎまぎする俺を一瞥《いちべつ》して、彼女が言葉を続ける。

「どうしてプロレスラーになりたいの」

「どうして……って、子供のころから憧れていたからだよ」

苦しまぎれに、無難な返事をする。

ミチは納得できなかったらしく、子供のように頰を膨らませた。

「ほかのスポーツじゃ駄目なの。野球やサッカーのほうがお客さんも多いし、誰かと闘いたければ、ボクシングだって柔道だってあるでしょ。それなのに、どうしてプロレスを選んだの。プロレスはなにが違うの。なにがそんなに魅力なの」

言葉に詰まる。どんな答えを述べても、嘘《うそ》になるような気がした。

否――それすらも嘘だ。自分は最初から答えなど持っていない。

だから今夜も走り続けていたのだ。探して、求めて、彷徨《さまよ》っていたのだ。

プロレスの魅力とはなにか。強さとはなにか。真剣勝負とはなにか。

脳裏に浮かぶ誰かにすがりたくて、目を瞑《つむ》る。

けれども、瞼《まぶた》の裏に映ったのは無人のリングだった。がらんとした四角い空間が、こちらを嘲笑うようにぽっかりと広がっていた。

「……本当に変な人ね」

だしぬけに、ミチが笑った。

「プロレスラーになりたいのに理由が説明できないなんて。もしかして……自分でもわからないんじゃないの」

心のうちを見透かされたような科白。どきりとする。

なんと返せばよいものか迷って口ごもる俺を、ミチは愉《たの》しそうに眺めていた。

腹が立つ。沈黙したかと思えば赤児のように拗《す》ね、次の瞬間には笑いだしている。翻弄されっぱなしだ。そもそも、たまさか会っただけの人間になぜここまで振りまわされなくてはいけないのか。彼女の態度と自分の不甲斐《ふがい》なさがどうにも癪《しやく》にさわり、俺は自棄《やけ》っぱちで反論した。

「き、君だってプロレスを観《み》にきているじゃないか。会場で何度も見かけたぞ。だったらプロレスの魅力とか面白さとか、自分がいちばんわかっているだろ」

「わからないから見てるのよ」

ミチが呟《つぶや》く。冬の刃物を思わせる、ひやりとした声。

虚空を見つめる横顔からは、先ほどの快活な表情が消えていた。彼女の視線のかなたで遠雷が轟《とどろ》き、雨がいちだんと激しさを増していく。

「どうしてあの男がプロレスなんかしているのか……それがわからないから、ずっと見ているのよ」

あの男。人殺しと糾弾した人物。

詳細を訊ねたい。その男が、自分の知る人間なのかどうかを問《と》い質《ただ》したい。

けれども、聞いてしまったら二度と戻れない。

戻る——どこに。

戻る場所などあるのか。そもそも俺の居場所など存在するのか。

思考が絡まる。自問する。再び雨音が遠ざかっていく。

「ねえ、どうしたの」

怪訝《けげん》な顔でミチが問う。答えようとしたものの、うまく声にならない。全身水びたしにもかかわらず、ひどく喉が渇いていた。

ミチはしばらくこちらを見ていたが、やがて諦めたのか、

「さっきの質問……もし答えがでたら、教えてね」

それだけ言うと軒先から頭だけを覗《のぞ》かせ、空模様を確認しはじめた。あいかわらずの土砂降り。けれども彼女は躊躇《ちゅうちょ》なく路地へと足を踏みだした。

「ちょっと、濡れるってば」

なんとか絞りだした言葉に、彼女が半身だけを振りむかせる。

「濡れるのが好きなの。涙が目立たないでしょ」

消え入りそうな声でそれだけ言って、ミチが烟《けぶ》る雨の向こうへ消えていく。

追えなかった。軒下に立ち尽くしていた。たっぷり水を吸ったシャツ以上に、またひとつ謎を抱えた胸の奥が、ずしりと重かった。

3

歓楽街の小径《こみち》をいくつか曲がったどん詰まりに、その雑居ビルはあった。

くすんだモルタルの外壁には袖看板がいくつも突きだしている。煌々《こうこう》と輝く居酒屋の店名、古い電球が明滅しているバーのロゴ。潰れて借り手がつかぬままとおぼしきスナックは、無数のガムテープで名前が塞がれていた。

レスラーと一緒だ。スポットライトを浴びる者、日向《ひなた》と日陰を行き来する者、人知れず消え、存在すら忘れ去られる者。

俺は、どの看板になるのだろうか。

そもそも、看板になれるのだろうか。

と——ぼんやりビルを見つめる俺の尻を、背後から根津達彦が蹴り飛ばした。

「おい新入り小僧、なにボケッとしてんだ」

「す、すいません」

頭を下げる俺に、多摩川が背後から顔を寄せて囁《ささや》いた。

「梶本さん……もしや、看板と我が身を重ねていたんですか」

「ち、違いますよッ。〝いよいよだな〟と気合いを入れているんです」

「おやおや、そうでしたか。これは失礼」

慌てて否定したものの、〈怪魚〉に納得した様子はない。平静を装いつつ内心で舌を巻く。道化の仮面をかぶった墓堀り人め、まったく油断がならない。

と、俺たちの遣《や》り取《と》りに痺《しび》れを切らして根津が吠《ほ》えた。

「おい、遊びじゃねえんだぞ。お前らに風魔の正体を突きとめてもらうために大枚をはたいたんだからな。しっかり仕事してくれよ」

根津の言うとおり、俺と多摩川は今夜、彼の手引きで敵情視察に赴いていた。敵とはもちろん地下プロレスである。〈針鼠〉によれば、この冴《さ》えないビルに秘密の闘技場があるのだという。根津の伝手《つて》を頼って高値の招待券を手に入れた俺たちは、これから謎のマスクマン、風魔の一戦を観る段取りになっていた。

「ほら、急ぐぞ。ボヤボヤしてると肝心の試合が終わっちまう」

根津に急《せ》かされるままビル内へ歩みを進め、エレベーターに乗りこむ。

普通の体格でも四、五人で満員になりそうな函《はこ》が、レスラーふたりと新弟子ひとりの重みで、ぎしりと上下に軋《きし》んだ。

「……じゃあ、覚悟はいいな」

根津の問いに、俺も多摩川も答えない。それを返事と受けとって、〈針鼠〉が六階のボタンを押した。のろのろとした動きでエレベーターが上昇をはじめる。

「地下プロレスを名乗っているのに、会場は六階なんですね」

緊張に耐えきれず軽口を叩《たた》いたものの、根津は表情ひとつ変えない。

「そりゃ、地下プロレスってのはあくまで俗称、俺が勝手に《ボルト》をそう呼んでいるだけだからな」

「ボルト……それが団体の名前ですか」

「団体というよりも主催組織と考えたほうが正しいだろうな。ボルトに所属選手は居ない。出場する人間は一試合ごとに契約を交わすのさ。勝てば契約続行、負ければあとはない。要するに使い捨ての闘犬なんだよ」

忌々《いまいま》しげな根津をちらりと見て、多摩川が唇だけで笑う。

「闘犬場にしては、ずいぶん小洒落《こじゃれ》た名前ですね」

「英語で納骨堂って意味なんだと。実際、欧米ではその手の場所でおこなわれていたらしい。それが名前の由来になったと聞いてるぜ」

「納骨堂……葬儀屋にはおあつらえの場所というわけだ」

多摩川が独りごちたと同時にエレベーターが止まり、扉が開く。

「うわ」

無意識のうちに声が漏れた。

視界の先は、壁という壁が取りはらわれ、ワンフロアがまるごと巨大なホールになっている。場内が薄暗いためはっきりとはわからないが、天井もかなり高い。上の階までぶち抜いているのだろうか。どれほどの大金を投じて改装したのか想像もつかなかった。

呆然としながら、先頭を歩く根津の背中を追う。フロアの中央ではリングが四方からライトに照らされ、闇に浮かびあがっていた。

見なれた正方形の空間だが、今日はやけに禍々《まがまが》しく見える。かつて白地だったとおぼしきマットは、全体がうっすらと赤黒く滲《にじ》んでいた。もちろん単なる汚れではない。この場所で流された血の残滓《ざんし》、闘士たちが刻んだ傷痕だ。

リングを囲む三本のロープも、異様な雰囲気を漂わせていた。

通常、リングロープは弾力と耐久性を両立させるため、金属のワイヤーを厚いゴムで覆っている。しかし目の前にあるそれにはゴムが巻かれておらず、ワイヤーが剝《む》きだしになっていた。うかつに体重を預けようものなら、おろし金で肌を擦ったよりも悲惨な状況に見舞われるのは間違いない。あまりの禍々しさに思わず身震いする。

いっぽう、リング周辺には別な意味での異世界が広がっていた。等間隔にテーブルが置かれ、タキシードやドレスに身を包んだ人々が座っている。白いクロスが掛けられた卓上には、見るからに上等なランプと噴水のように咲きほこる花々が飾られていた。さながら結婚式場か高級レストランのよそおい、勝手知ったるプロレス会場とはあまりにかけ離れた雰囲気に包まれている。

会場に負けず劣らず、観客もまた異質な面子《メンツ》ばかりだった。指ほどもある葉巻をくわえた車椅子の老紳士。宝石だらけの手でワイングラスを傾ける中年女性。若い女性を両脇に抱いて、下卑た笑い声をあげる男性。これまでリングサイドではお目にかかったことのない人種ばかりが顔をそろえている。

リング、ロープ、そして客席——構成する要素はおなじだが、ネオ・ジパングの会場とは似て非なる空間。改めて凄《すさ》まじいところに来てしまったことを実感せざるを得ない。

と、観察に興じる俺の肩を、根津が肘で小突く。

「おい、あんまりジロジロ見るな。客と揉《も》めたら面倒だろ」

「す、すいません。賭けと聞いたもんで、もっと殺伐としたお客さんかと思って」

「政界のお歴々や大企業の重役、テレビに出ずっぱりの芸能人……こいつらにとっちゃ賭博なんて暇つぶしにすぎないのさ。俺が一年かけて稼ぐゼニをたったひと晩で使いきる。まったく、血を流して闘うのが厭《いや》になるぜ」

デスマッチの猛者とは思えぬまっとうな物言いが妙におかしかった。もしかしたら、予想以上にまっすぐな性格なのかもしれない。

「おや、ここのようですね」

多摩川が、テーブルに置かれた番号札と招待券のナンバーを交互に確認してから、椅子へ腰を下ろす。続けて根津、最後に俺が座った。リングの上では、蝶《ちょう》ネクタイを締めたリングアナが英語でなにやらまくしたてている。

「ナイスタイミング。ちょうど、奴《やっこ》さんの試合が始まるようだな」

そのひとことが合図であったかのように、花道から外国人選手が姿をあらわした。

大型冷蔵庫を彷彿《ほうふつ》とさせる巨体、白い二の腕に刻まれた髑髏《どくろ》のタトゥー。赤茶色の髭《ひげ》をたくわえた相貌に、泥だらけのシャツと膝が擦りきれたジーンズ。外国映画で目にする酒場の暴れん坊そのままのいでたちをしている。

根津が外国人選手の顔を見るなり「うわ、白犀《しろさい》かよ」と眉をひそめた。

「ライノス・バートン。〈白犀〉のニックネームで知られる業界の問題児だ。とにかく金に汚いやつでな、ギャラで揉めたあげくプロモーターを殴って干されたと聞いている。おおかた一攫千金《いっかくせんきん》を狙って参戦したんだろう」

リングにあがるや、バートンが四方にポージングを披露する。すこしでも目立って自分に賭けさせようという魂胆なのだろうが、客席の反応はいまいち薄かった。やはりプロレスに興味がないのだろうか。

それとも――もうひとりの選手を待ち焦がれているのだろうか。

と、バートンの紹介を終えたリングアナが、わざとらしく一拍置いてから「フゥマ！」と叫ぶや、一気に場内の空気が変わった。拍手、口笛、足踏み。あきらかに全員が高揚している。

つまり、先ほどの答えは――後者か。

喝采のなか、バートンとは反対側の花道にスポットライトがあたる。数秒後、光のなかをこちらへ一直線に駆けてくる人影が見えた。

あの男が――。

影がエプロンに立つや、トップロープを軽々と飛び越えてリングにあがる。風を受けて地面へ落ちるシーツのような、ふわりとした動きだった。

あの男が――対戦相手を葬り続けている地下闘技場の覇者。

素性さえ知れない〈プロ〉のレスラー。

あの男が――風魔。

4

意外だった。

荒々しく、猛々《たけだけ》しく、闇をまとった人物なのだろうと勝手に思っていた。

しかし、いま目の前に立っている男は華やかで、艶《あで》やかで、光のオーラをはなっていた。たたずまいだけで確信する――風魔はメジャー団体出身の選手だ。賞賛を浴びることを疑いもしない、陽《ひ》のあたる場所を歩いてきたレスラーだ。

そんな人間が、なぜここに。闇の奥底に。

敵情視察という目的を思いだし、俺は改めてリングを凝視する。

写真で見たとおり、風魔はメキシコのルチャ・レスラーを彷彿とさせるマスクを被《かぶ》っていた。オレンジ色に斑点模様、いわゆる豹柄《ひょうがら》の布地が目と口以外を覆っているため、顔はわからない。

ならばと肉体に視線を移す。百八十センチほどのボディには、厚すぎも薄すぎもしない均衡のとれた筋肉が乗っている。全体的なフォルムはジュニアヘビー級に近いが、バンプアップされた腕や胸を見るかぎり、ヘビー級とも互角に渡りあえそうな気がした。俊敏で、剛強で、獰猛《どうもう》な戦士。ネオに思いあたる人物はいなかった。強いて挙げるなら、カイザー牙井がもっとも近いだろうか。

「でも……まさか、有り得ないよなあ」

俺が独り悩むなか、レフェリーが中央へふたりを呼び寄せた。

近づくと、双方の体格差がいっそうあらわになる。〈白犀〉の体軀《たいく》は、風魔より優にふたまわりほども大きかった。チャンピオンがいかに鍛えていようとも、さすがに分が悪い。当のバートンもおなじ感想を抱いたのか、小馬鹿にした口調で誰にともなく呼びかけた。

「いい時代になったもんだぜ。痩せっぽちの背骨を折るだけで、たんまりゼニがもらえるんだからな」

いかにもレスラーらしいアピール——けれども風魔はそんな戯言《ざれごと》など耳に入らないといった様子で、軽いストレッチに興じている。その態度がよほど気に障ったのか、バートンが髭でマスクを擦《こす》らんばかりの距離へ顔を近づけた。

「なあ……いまのうちにタップしろや、ルチャドール。バートン一家は、ひい爺《じい》さんの代からこの世界でオマンマを食ってきたんだ。年季が違うんだよ」

と、風魔が首の柔軟体操を止め、おもむろに呟いた。

「遺言なら紙に書いときな、木偶《でく》の坊《ぼう》」

日本語がわからなくとも侮辱のニュアンスは感じ取ったのだろう、バートンが鼻息を荒くさせてマスクに摑《つか》みかかろうとする。その手をするりと躱《かわ》して風魔が自軍コーナーへ戻った。挑発の応酬に、歓声がいちだんと大きくなる。

「……勝てますかね」

俺の問いに、根津が「どうかなあ」と腕組みをした。

「殴りあいってのはウェイトが明確に勝敗を左右する世界だからな。体重九十キロのトップランカーでも百五十キロの喧嘩自慢に苦戦しちまうのが常識だ。それを考えると、あの体格差じゃ風魔はキビしいかもな」

「殴る蹴るの戦いだったら、そうでしょうね」

多摩川が静かに呟く。

「プロレスは戦いじゃありませんから」

「え、それはどういう……」

問いを遮るように、不穏な音色のホーンが鳴った。ゴング代わりの合図だと気づいた直後、バートンが一気に仕掛けた。風魔めがけてダンプカーよろしく突進するや、大ぶりのパンチを振るう。だが、豹柄のマスクマンは軌道を読んで、巧みに鉄拳を躱していった。二発、三発、四発——どれもあたらない。お世辞にも品が良いとはいえない指笛が、客席のあちこちから聞こえている。

「うまく避《よ》けるもんだなあ。スタミナ切れを狙う作戦ですかね」

思わず感嘆の声を漏らす。しかし、根津と多摩川は俺に同意しなかった。

「わざとですよ。あれは見せかけのテレフォンパンチだ」

「ああ。バートンは最低の守銭奴だが、残念ながら馬鹿じゃねえ」

数秒後、はからずも根津の言葉を証明する展開が起こった。

六発目の鉄拳が空を切り、風魔がすかさず相手の懐へと飛びこむ。次の瞬間、〈白犀〉が笑みを浮かべながら勢いよく前のめりに倒れこんだ。マットが地響きを立て、風が巻き起こる。下敷きになった風魔が脱出を試みるも、バートンは素早くポジションを移動させてそれを許さない。あっというまに、マスクマンの全身は巨大な肉塊ですっぽりと覆われてしまった。

「出やがった。ライノスの十八番、ガブリエルのラッパだ」

根津が握りこぶしでテーブルを叩く。

「ラッパって……楽器のラッパですか」

「巨体で顔面を押さえこみ、呼吸できなくしちまうのさ。必死で息継ぎしようとする、ぶうぶうという音がラッパそっくりなんだ。あの野郎、ハナから狙ってやがったな」

風魔はかろうじて圧殺をまぬがれた右腕を伸ばし、脱出の糸口を探っている。だが、バートンがそれを見逃すはずもない。マスクマンの手首は、たちまちソーセージを思わせる巨大な指に捕獲されてしまった。風魔も文字どおり手探りで抵抗するものの、どう考えても状況を打開できる突破口は見あたらない。

「ちょっと、マズいじゃないですか」

「ああ……勝ったな」

根津の言葉に、多摩川が頷《うなず》く。

「ええ、風魔選手の勝利ですね」

「は」

予想外の科白に短く叫んだ矢先、バートンが巨体を仰《の》け反《ぞ》らせて起きあがった。見れば、風魔の手首を捕まえていたはずの右手が真っ赤に染まっている。

なにが起こったのか——俺の驚きを察した多摩川が、にやりと笑う。

「指の股を摑んで、思いきり捻《ねじ》り切《き》ったんですよ」

微笑《ほほえ》む〈怪魚〉の隣で、根津が愉快そうに手を叩いた。

「鍛えようのない部位の肉をちぎられたんだ、そりゃ泣き叫ぶわな。いやあ、なかなかエグい技だぜ。今度のデスマッチで試してみるか」

いまだに状況が飲みこめないのか、バートンは血まみれの手を押さえたまま呻《うめ》いている。そんな半泣きの〈白犀〉をちらりと一瞥するや、今度は風魔が動いた。勢いをつけて空中へ身を踊らせ、まっすぐ伸ばした両足を髭面めがけて突き刺す。

ドロップキック——ため息が漏れるほど鮮やかなフォルムだった。急角度で顎を打ちぬいているため攻撃力も高い。これほど美しく、これほど過激な一撃はネオでもなかなかお目にかかれないはずだ。

哀れなバートンは、無傷の左手で顔面を押さえたまま両膝をついている。昏倒《こんとう》こそまぬがれたものの、予想以上のダメージで戦意を喪失しているのはあきらかだった。

「か、勘弁してくれ、ルチャドール。俺にはガキがいるんだ」

血だらけの掌《てのひら》を胸の前に突きだしながら、〈白犀〉が慈悲を懇願する。ゆっくりと近づいていた風魔の足が、ぴたりと止まった。

「十五歳になる可愛《かわい》いヤツでよ、最近は〝親父《おやじ》みたいなレスラーになるんだ〟って息巻いてやがる。もし、俺がボロボロで帰ってくるところなんか見ちまったら……」

言葉半ばで、バートンが顔を覆い嗚咽《おえつ》を漏らしはじめる。あまりにも惨めな姿にほだされたのか、風魔がファイティングポーズを解き、ロープ際まで後退した。

「バカ、罠《わな》だ！」

根津の絶叫とほぼ同時に、バートンがゴム毬《まり》のように弾《はじ》けた。

隙をついてのタックル——まさしく犀を想起させる突撃だった。反応が遅れたのか、風魔に動く様子はない。背後にはワイヤーが剝きだしのロープ、巨体と鉄の綱に挟まれればダメージは計りしれない。

と——〈豹仮面〉が、その場で垂直にふわりと跳んだ。

二度目のドロップキック——ではなかった。空中で大きく開いた両足をバートンの首へすばやく巻きつけ、ロープ越しに逆立ちの姿勢でぶら下がる。はちきれんばかりに張った腿で頸動脈《けいどうみやく》を絞められ、バートンの顔がみるまに〈白犀〉から〈赤犀〉へと変わっていった。

「変形式の首四の字とは……考えましたねえ」

唸《うな》る多摩川に、根津が「ああ、理にかなった攻撃だ」と同調する。

「きっちり極《き》めればどんな巨人でも失神する。おまけに場所が場所だしな」

「え、場所ですか」

「どれほど逃げたくともロープが邪魔で脱出もままならない。あのドラ猫仮面、かなりえげつない野郎だぜ」

ご名答と言わんばかりにワイヤーが不快な金属音を軋ませる。倒立したまま、風魔が静かに口を開いた。

「おい木偶の坊、可愛い息子に伝えとけ。〝お前ェ《め》の一家はプロレスの才能がねェから、さっさと諦めろ〟ってな」

言い終わらぬうちにバートンが白目をむき、ロープに弾かれてマットへ大の字に倒れこんだ。すぐさまレフェリーが首を横に振り、両手で大きくバツ印を作る。

勝利を告げるホーンが鳴り響くなか、風魔は器用にリング下へ着地すると、群がる観客を無視して花道の奥に去っていった。

「なんだよ、勝ったってのに愛想のねえ野郎だな」

根津が口を尖《とが》らせる。アジテーションを得意とする〈針鼠〉にとっては、風魔の威風堂々としたふるまいが鼻について仕方ないのだろう。

不満げな根津を無視して、多摩川が俺に訊ねる。

「それで、どうですか梶本さん。思いあたる選手は居ましたか」

無言で首を振る。事実、風魔はネオの誰とも似ていなかった。

「同意見ですね。あっしも該当する人間は思い浮かびませんでした」

芳しくない〈調査結果〉に、根津が渋い表情をする。

「じゃあ……やっぱり闘ってみるしかねえな」

「た、闘うって、また乱入するつもりですか」

「んなわけねえだろ。さすがのボルトでも凶器はご法度だ。釘《くぎ》バットを使えない俺に勝ち目なんざねえよ」

「じゃあ、誰が」

「そりゃ、決まってんだろ……」

根津の視線がゆっくりと動き、〈怪魚〉の前で止まる。

「えっ、多摩川さんが。ふ、風魔と闘《や》るんですか」

「ああ、ボルトには了解をもらってる。大歓迎だとよ」

「どど、どうやって申しこんだんですか」

矢継ぎ早の質問に、根津が「うるせえなあ」と顔をしかめた。

「参戦してる仲間からボルトの連絡先を聞いて、〃風魔と試合させろ〃と電話したに決まってんだろ。こういうのは正面からドアを蹴破るのがいちばん早いんだ。牙井のときと一緒だよ」

予想だにしない科白。思わず椅子から立ちあがる。

「まさか……ネオに乱入したときも、事前に知らせたんですか」

根津はきょとんとした顔で「当然だろ」と答えた。

「電話帳で番号を調べて〃来週、あの会場に殴りこむから来てくれ〃と連絡したんだよ。ま、ナマで牙井の姿を見たときはさすがに驚いたけどな」

驚くのはこっちだ。素直というか無謀というか——あまりにも裏表がなさすぎる。呆《あき》れると同時に、この男がなぜ多くのファンを虜《とりこ》にしているのか、すこしだけ理解できたような気がした。

唖然《あぜん》とするこちらをよそに、当事者の多摩川がため息をつく。

「やれやれ、あっしに丸投げですか」

「気が乗らねえなら辞退しとくぜ」

「まさか」

ぼそりと言うなり、〈怪魚〉が唇の端を歪《ゆが》めた。

「目の前にぶら下げたオモチャを取りあげないでくださいよ」

その科白に、いまの表情が笑みであったと知る。

意外な反応だった。いつもならば醜態を晒《さら》すのも厭《いと》わず泣き叫び、全身全霊で試合を拒否する多摩川が、強敵の相手を宣告されて嗤《わら》うとは。窮状を訴える観客が不在なのだから当然といえば当然だが、それにしてもここまで露骨に喜ぶとは思わなかった。

それほど、怪覆面の正体を探るのが嬉《うれ》しいのか。

それとも、風魔との試合を愉しみにしているのか。

あるいは、この血腥《ちなまぐさ》い余興が面白くてたまらないのか。

底知れぬ不気味さに俺が鳥肌を立てるなか、根津が椅子から立ちあがった。

「じゃ、話はまとまったな。頼んだぜ、ピンクオヤジ」

多摩川の肩を叩いてから出口へと向かう。目的を果たせば長居は無用ということか。本当にさばけた性格だ。もっとも、自分たちにもこれ以上とどまる理由はなかった。ただでさえ場違いな空間、一秒でも早く離れるに越したことはない。

「あの、そろそろ」

「梶本さん」

退席を促そうとした直後、多摩川がこちらをまっすぐ見つめた。反射的に「はい」と答える。

「ひとつ、お願いしたいのですが」

来た——特訓だ。

これまでも多摩川は重要な試合のたびに、ダンスを習ったり絵画講座に参加してみたりと謎の特訓に興じている。無関係としか思えないそれらの行為は、意外にもみな〈葬儀〉にひと役買っていた。どうやら今回も、そんな特訓をおこなうつもりらしい。

さて、なにをするつもりだ。俳句でも作るか、それともテレビゲームでもするか。なにを請われても驚かないよう心を鎮めてから、「なんでしょうか」と訊《き》く。

「グローブとヘッドギアを調達してもらえませんか」

「グローブって……ボクシングのですか」

「ええ、それぞれ二組あると助かります」

「わ、わかりました」

平静をよそおいつつも、俺は武者震いを抑えきれなかった。

これだ。自分が求めていたのは、こういう至極まともな特訓なのだ。

相手を倒すために汗を流し、自分に打ち勝つために血ヘドを吐く。そのようなトレーニングをやる気になったということは、さすがの〈怪魚〉も冗談めいたお遊びでは勝てないと踏んだのだろう。つまり、風魔はそれほどの強敵なのだ。

「多摩川さん……とうとう本気を見せるんですね」

興奮を隠そうともせず告げる俺に、多摩川がやさしく微笑んだ。

「あっしはいつも本気ですよ。殴るときも、殴られるときもね」

その言いまわしに、すこしばかり引っかかるものがあった。言いようのない不安が鎌首をもたげたものの、いまは多摩川を信じようと思いなおす。

大丈夫だ梶本、杞憂《きゆう》だ。考えすぎだ。

そう、本当に自分は――甘かった。

5

「……殴られ屋、いかがですかぁ！」

俺の大声に驚き、行き交う人々がいっせいに振りむく。好奇の視線に目を伏せたものの、いまさら止めるわけにもいかない。覚悟を決めて大きく息を吸う。

「殴られ屋〈ぴくぴくピンク〉でぇす！　一分間、好きなだけ殴られまぁす！」

声が嗄《か》れんばかりに叫んだものの、通行人の反応は芳しくなかった。大半は顔を見合わせ、苦笑いしながら立ち去っていく。無理もない。夜の繁華街で楽しく過ごしていたところに意味不明な男があらわれ、不気味な屋号を名乗るや「殴らせるから金を払え」と言ってきたのだ。俺が通行人なら、一秒でも早くこの場から逃げるだろう。

ところが――そんな俺の予想を裏切り、飲み会帰りとおぼしきサラリーマンの一団が物珍しそうに近づいてきた。

「なんだ、ぴくぴくピンクって。エロいサービスかよ」

「殴られ屋って書いてるぞ、はじめて聞いたな」

それぞれが思い思いに話すなか、とりわけ身体の大きなひとりが酒くさい息を吐きながら、俺の手から《一分間千円／殴り放題》と書かれたボール紙をひったくった。

「へえ、ゼニを払えば兄ちゃんを殴らせてくれるのか」

たくましい肩幅から察するに、学生時代はラグビーでも嗜《たしな》んでいたのだろうか。そんな人間に早合点で一発食らってはかなわない。慌てて首を振り「あ、あの、殴られ役はあっちです」と真横を指す。

示した先では——多摩川がこちらに投げキッスを送っていた。

両手に嵌《は》めたピンク色のグローブが毒々しく光っている。数日前に預けたときは青色だったはずだが、どうやら自分で塗りなおしたらしい。装着したヘッドギアからは顔の肉がはみだし、狛犬《こまいぬ》そっくりの様相になっていた。

どういう特訓なんだ——異様ないでたちの多摩川を横目に、ため息をつく。

グローブとヘッドギアを調達しろと言うから、てっきりジムでスパーリングでもすると思っていたのに、まさか路上でのパフォーマンスじみた商売とは。なにを考えているのか、まるで理解できない。

そんな俺の憂鬱などつゆ知らず、多摩川は人々にウインクを飛ばし続けている。本能で危機を察した群衆が二、三歩後退し、俺たちを囲む人の輪がすこしだけ大きくなった。

「あっしがボコボコにされまぁす。よろぴくぴく」

「そ、そうか。よろしく」

肝心のサラリーマンはピンクの狛犬に若干ひるみつつも、酔いもあってか乗り気の姿勢を崩さない。仲間に上着を預けるとシャツの袖をまくり、こちらに千円を渡してグローブを受けとった。

「おい、一分間はどれだけ殴ってもいいんだな」

荒い鼻息、まるで闘牛だ。いつ殴りかかってきてもおかしくない。慌ててポケットからストップウォッチを取りだして目の前に掲げ、ルールを説明する。

「ええと、こちらがスタートと言ってこれを押したら……」

完全な不意打ちだが、話の途中でサラリーマンが奇声をあげ、おもむろに右ストレートをはなった。完全な不意打ちだが、幸いにも酔っているせいでスピードは遅く、軌道もおぼつかない。素人でも躱せそうなパンチ——のはずなのに、グローブは多摩川の顔面へ鮮やかに命中した。

「えっ」

殴った本人はもちろん、その場に居た全員があんぐりと口を開ける。

いや、避けろよ。何人が、心のなかで俺とおなじ感想を抱いただろうか。

サラリーマンは一瞬ぎょっとしたものの、すぐさま赤い顔をさらに紅潮させ「なるほど……俺のパンチなんて効かねえとバカにしてんだな」と地べたに唾を吐いた。目が据わっている。どう考えても、あまりよろしくない展開だ。

「いえいえ、別にそういうわけじゃ……」

多摩川が言い終わるより早く、狛犬の鼻っ柱にグローブがめりこむ。今度は腰の入った良い一撃だった。よろめく多摩川へ、サラリーマンが続けざまに二発、三発と打ちこんでいく。顎、脇腹、みぞおち。グローブがぼすぼすと小気味好《こぎみよ》い音を立てた。多摩川も巧みに急所をずらしているものの、あまりに食らいすぎている。どうしようかと戸惑っていた矢先、ストップウォッチが電子音を鳴らした。

「いっ、一分です！　一分経ちました！」

ふたりのあいだに割りこんで無理やり引き離す。〈怪魚〉の顔面は赤く染まっていた。最初の一発で鼻から流れた血がグローブに付着し、判子よろしく顔いちめんに刻印されたらしい。

「最後のラッシュはなかなか強烈でしたよ。またご贔屓《ひいき》に。よろぴく」

したたる鼻血で顔の下半分を染めながら、多摩川がにたりと笑った。こちらにグローブを渡していたサラリーマンの身体が、びくりと跳ねる。

「あのさ……もうちょっと避けてよ。なんか、怖いってば」

そう言い残すと、すっかり酔いの醒《さ》めた様子でサラリーマンたちは去っていった。

やれやれ、なんとか一分を乗りきったか――安堵《あんど》に息を吐いた直後、今度は金髪の青年が人混みを掻《か》きわけ、中央に進みでてくる。

「じゃあ、次はオレがお願いしようかな」

男は返事を待たずにグローブをもぎとり、感触を確認しはじめた。

「へえ、レイジェスの十六オンスか」

意味不明の単語に手なれた動作。素人でないのは一目瞭然だった。

グローブのままで器用に鼻血を拭き終えた多摩川が、おそるおそる問う。

「ええと……念のためお伺いしますけど、過去にスポーツの経験は」

「ああ、ボクシングをちょっとだけな」

「や、やっぱり。さぞかし強かったんでしょうね」

「とんでもない。インターハイに一度出場しただけの半端者だよ」

「ははは……どうぞお手柔らかに。よ、よろぴくぴく」

凍りついた笑みを浮かべる多摩川へ、返事代わりに金髪男がシャドーボクシングを披露する。拳が風を切り、夜の街に不吉な音を響かせた。


「いでででッ……さすがに、ボクシング経験者の彼はなかなか強烈でしたね」

痛みに呻きながら、駅前の花壇に腰掛けた多摩川が千円札の束を数えている。

意外なことに、ボクサー崩れと対戦したあとも、「殴りたい」という客は定期的に訪れた。そのたびに〈怪魚〉は打たれ、殴られ、ときおり羽目をはずした客に蹴りとばされながら、なんと合計で三十二分を耐えしのいだのである。

おかげで普段から厳しい面相はますます異貌の度合いを強め、いまや下手な彫り師が手がけた仁王のようなありさまになっていた。まともに開かないほど腫れた両瞼、べろりと皮が擦りきれた唇。鼻の下は血が凝り固まって粉を吹いている。

「しめて三万二千円。いやあ、なかなかの儲《もう》けですね」

臨時収入に微笑む傷だらけの顔を見て、俺はたまらずに多摩川を詰問した。

「これ、なんの意味があるんですか」

「はて……意味とはどういうことでしょう」

「今日の特訓ですよ。風魔選手との大事な試合の前に、要らないダメージを負う意味なんてないでしょう」

「意味なんてない。そのことを確認したかったんですよ」

「……また、そうやって煙に巻くんですね。試合と一緒だ」

いつもの手口にうんざりする。

プロレスが真剣勝負か否かも、プロレスにおける強さとはいったいなんなのかも、多摩川は毎回はぐらかすばかりでまともに答えたためしがない。あまりに腹立たしくて嫌味をぶつけたが、〈怪魚〉に動じるそぶりは微塵《みじん》も感じられなかった。

「逆に、梶本さんはどう思いました」

「……なにがですか」

「あっしを殴った人たちは強そうでしたか」

「冗談はやめてください。全員、強さと無縁の素人ばかりじゃないですか」

「でも、現にあっしはボコボコにされていますよ。人を殴り飛ばし、ぶちのめす。じゅうぶんに強いじゃないですか」

　愉快そうな声音――ようやく発言の意図を察する。俺は誘導尋問に引っかかったのだ。挑発にまんまと乗っかり、本心を吐露させられているのだ。

なんとも腹立たしいが、いまさら口を噤《つぐ》むわけにはいかなかった。胸の奥でふつふつと湧きあがった反論は、すでに喉元までせりあがっている。

「そんなもの……本当の強さじゃありませんよ」

「では、本当の強さとはなんですか」

　多摩川が傷だらけの顔をこちらに向ける。

　一瞬、あの日のミチの表情が重なった。戸惑いながらも、俺は言葉を止められない。

「……強さとは、非日常です。超人めいた体力、神がかった腕力、並の鍛錬では得られぬ技術力、容赦なくとどめをさせる精神力。それらすべてを総合した力を強さと呼ぶんだ。それを備えている選ばれし者こそが、本当に強いプロレスラーなんだ……そう思っていました」

　この前までは。

「ほう」

　多摩川が腫れた瞼を大きく開けて、俺をまっすぐに見つめる。

「でも、それは間違いでした。逆なんです。強さとは、非日常を日常に変える力なんです。憂鬱を蹴りあげ、不安を殴りつけ、悲劇のマスクを剝ぎ取って喜劇の素顔を晒す。その力こそが強さなんです」

自分でもどこに着地するのかわからぬ熱弁をふるいながら、俺は無意識にミチの姿を探していた。この言葉が彼女に届いてほしいと、心のなかで願っていた。

「テレビで見たプロレスの華やかさに憧れ、俺はネオに入団しました。けれども喜びはすぐに後悔へと変わってしまった。リングにあがれるのは、才能に恵まれたエリートか、もしくはプロレス以外に選択肢がなかったはぐれ者だけだ……そう感じたんです。俺みたいになんの取り柄もない、半端で平凡な人間が立てる場所ではないと思ってしまったんです」

レッド尾崎、アトラス浅岸、根津達彦——そして、カイザー牙井。これまで出会ったエリートとはぐれ者の顔が浮かんでは消えていく。

「でも、そうじゃなかった。誰もが強さと弱さを抱えている。卑怯《ひきょう》と誠実を背負い、嘘と真実を両手に握りしめている。それをすべて包み隠さず見せるのがプロレスラーなんだ。すべてをぶっとばし、弾きとばし、笑いとばす。それがプロレスラーの強さなんだ。いまは……そう考えています」

あなたのおかげで——というひとことは仕舞っておいた。

言葉ではなく、いつの日かリングで証明すればよい。

多摩川は瞑目《めいもく》して膝の上で手を組んだまま、じっと動かなかった。祈っているようにも、なにかを堪《こら》えているようにも見えた。

「……ちょっと、なんか言ってくださいよ」

静寂に耐えきれず、冗談めかして感想を求める。

「意味なんてないことを確認したかった……あっしがそう口にしたのを憶《おぼ》えてますか」

静かな口ぶりにつられて、そっと頷く。

「あの言葉の意味を……そして、お前さんの問いに対する答えを、風魔との試合で証明します。よく見ていてください」

言い終わるより早く立ちあがり、そのまま多摩川は雑踏に消えていった。

ちいさくなっていく背中を見送りながら、決意する。

もし、再びミチに会う機会があったら今度こそしっかりと告げよう。

強さとはなにかを。なぜ自分はプロレスラーになりたいのかを。

6

「レディース、アンド、ジェントルメン！」

蝶ネクタイのリングアナが、マイクを手にお仕着せの口上をがなりたてた。

一ヶ月ほど前に見たときより愛想笑いが鼻につく。声がひどく耳障りに感じる。もしかしたら距離のせいかもしれない。前回の俺はテーブル席からリングを眺めていたが、今日はさらに近場——リングサイドに陣取っている。

「うっせえなあ。もうすこし控えめに話せよ」

隣の根津がおなじ意見をぼやいた。今日は珍しくハンチング帽を目深にかぶり、自慢の金髪を押しこめている。「小僧だけじゃ不安だ」と多摩川のセコンド役に名乗りをあげたものの、さすがの〈針鼠〉も地下プロレスで顔を晒すのは躊躇《ためら》われるらしい。

ひと月ぶりに訪れた雑居ビル。ボルトの秘密めいた闘技場。

二度目とあって多少は慣れたが、やはり好きにはなれない雰囲気だ。やけに陰気なリング、いやに陽気な客層。自分の知るプロレス会場とは大きくかけ離れている。

陰々滅々としたリングの上では、多摩川が静かに出番を待っていた。いつもと変わらぬサーモンピンクのタイツ姿だが、今日はその鮮やかな色がいっそう不気味に思える。

いっぽう、対角線のコーナーポストには今日の対戦相手、風魔が寄りかかっていた。こちらも落ちつきはらった様子で、じっとリングの中央を見つめている。

リングアナが声を張りあげ、多摩川の名前を叫んだ。観客の反応は薄い。仕方あるまい、表の世界ですらほぼ無名の多摩川である。プロレスファンでもない彼らの目には、突然やってきた珍客程度にしか映っていないのだろう。

見てろよ、その評価を引っくりかえしてやるからな——独り、唇を噛《か》みしめる。

レフェリーがふたりをリング中央へ招き、ルールの説明をはじめた。その言葉を受け流して、風魔が低い声で呟く。

「悪いが、手加減は期待すんなよ」

「ええ、手加減なしの攻撃を期待してますよ」

両者がコーナーへ退《さ》がる。一拍置いて、死神のいななきを思わせる不穏なホーンが轟いた。

ふたりとも、すぐに仕掛ける気配はない。間合いをはかりながら相手を見据えている。

一分ほどがすぎたころ、ようやく多摩川が時計まわりにリングをゆっくり歩きはじめた。その動きを追いかけて、風魔が軽やかなステップを踏む。

一見すると凪《なぎ》のようでありながら、水面下では刃先がわずかに触れあっている——そんな印象の、ぞくりとする立ちあいだった。

だが、ひそかに鳥肌を立てる俺とは対照的に、会場の空気はどこか醒めていた。あまりの静けさ。不安に勝てず、振りかえって客席をたしかめる。

隣とお喋《しゃべ》りに興《じ》じる者や大あくびを披露している者、「つまんねえなあ」と声に出す輩《やから》の姿も見える。焦れたひとりが、露骨に手を叩いて試合を急かしはじめた。

なるほど、改めて理解する。彼らが見たいのは大金を失ってもなお満足できる〈非合法で非常識で非日常の見世物〉なのだろう。つまり、達人の攻防など一銭の価値もないのだ。

虚《むな》しさに息を吐いてから、リングへ視線を戻す。

「え」

状況は一変していた。多摩川が顔面を押さえ、マットに片膝をついている。

「ちょっと、なにがあったんです」

わけがわからず、隣の根津に問いかける。

「訊きたいのはこっちだぜ。組みつこうと風魔が手を伸ばしたところに、ピンクオヤジが強引に顔を滑りこませたんだよ。おかげで不意のビンタを食らって、勝手にダウンしちまいやがった」

説明を受けてなお、さっぱり意味がわからない。それは風魔もおなじであったらしく、その目には明らかな戸惑いの色が浮かんでいた。

「なんの真似《まね》だ」

「いやいや、すいませんね。どうにも噛みあわなかったようで」

「そうかい……じゃあ、無理やりにでも噛みついてやらあッ」

風魔が二、三歩足を進め、ロープへ振ろうと多摩川の手首へ指を伸ばす。次の瞬間、〈怪魚〉がすばやく屈《かが》んで、伸ばした風魔の指先とおのれの顔面を衝突させた。ぺちん、という乾いた音に場内から笑いが漏れる。失笑にも怯《ひる》まず、風魔が再び多摩川に摑みかかっていく。しかしその手はまたもや虚しく空を切り、待ちかまえていた多摩川の鼻先を派手に叩く形となった。

多摩川が芝居がかった表情を浮かべ、ことさらに痛がってみせる。その様子を呆然と見守っていた風魔が「なるほどな」とマットに唾を吐いた。

「お前ェ、俺の打撃が効かねえと言いてェんだな。サブミッションや絞め技しか能がねェと馬鹿にしてやがるんだな」

「滅相もない、大ダメージですよ。ほら、デリケートなあっしの肌が真っ赤に」

多摩川が笑みを浮かべ、自身の頰をちょこんと指さした。

「……よし、わかった。後悔すんなよ」

言うなり、マスクマンがおもむろに体勢を変えた。軽く握った拳を胸の前に突きだし、下半身を弛緩《しかん》させている。

これは――打撃主体の選手が取る構えだ。

直後、風魔が身体をわずかに沈めたかと思うや、目にも留まらぬ速さで多摩川の顔へパンチを浴びせた。ブロック肉をまな板に叩きつけたような鈍い音、観客がいっせいに身を竦《すく》ませる。

殴打は一発で終わらなかった。短い息を吐きながら〈豹仮面〉がリズミカルに次々と打撃をはなっていく。ナックル、掌底、水平チョップ。拳の見本市さながらに手の形を使いわけ、風魔は〈怪魚〉を的確に打ち据えていった。その都度、肉と骨のぶつかる音が場内に響く。

「おい、避けろよピンクオヤジ」

根津が苛立《いらだ》った声をあげる。

その懇願もむなしく、多摩川は打撃のラッシュに抵抗するそぶりをいっさい見せなかった。それどころか、すべての打撃を顔で受けている。風魔が攻撃を繰りだすたびにポジションを入れ替え、首を前へと突きだし、あえて顔面を殴るよう仕向けていた。

異様な攻防——否、攻めても防いでもいない。

あれでは、されるがままのサンドバッグだ。自主的なリンチだ。

なぜだ。どうしてそんな無謀な真似をするんだ。

なんの意味があって、わざと殴られに——。

わざと、殴られに。

「わかったぞッ」

反射的に立ちあがる。隣の根津が驚いてその場に尻餅をついた。

殴られ屋を催したのは、このためだ。

あれは、あえて拳を食らう特訓だったのだ。どの角度から、どんな軌道でパンチが飛んできても対応できるよう、多摩川は殴られ屋を演じたのだ。

しかし――特訓の理由は判明したものの、まだ疑問は残っている。

殴られ続けることで、多摩川はなにをしようとしているのか。

もしもこれが〈葬儀〉なのだとしたら、彼はなにを葬ろうとしているのか。

謎を解明しようと、俺は再びリングに視線を移す。

だが、そんな思惑は目の前の光景を見た瞬間、消え失せてしまった。

「さすがにひでえな……」

俺の心を代弁するように、根津が呻き声を漏らす。

やっとのことで起立してる多摩川は、見るも無残な様相に変わり果てていた。

瞼は内出血で巨大な瘤《こぶ》と化し、その隙間からわずかに覗く眼球は筋肉が損傷したのか、出鱈目《でたらめ》な方向を向いている。青紫に変色して直角に折れ曲がった鼻、半端にちぎれてぶら下がった唇。耳朶《じだ》から垂れた血が、長い髪をばりばりに固めていた。

あまりの惨状に絶句したのは俺だけではない。観客もまたすっかりと声を失っていた。

場内はまさしく納骨堂のごとく、ひっそりと静まりかえっている。

あれほど凄惨な試合を求め、野蛮な展開を望み、残虐な結末を欲しがっていたはずの人々が、いまや沈黙という形で抗議していた。無言をもって拒んでいた。

私たちはこんなものが見たいのではない。

俺たちはこんなものを受け入れられない。

こんなもの——闘いとは呼べない。

全員が、そう訴えていた。

俺も同感だった。

これが強さなのだとすれば、自分はやはり——強さなど要らない。そんなものは意味がない。胸のうちで呟いた瞬間、多摩川の言葉を思いだす。

「……もしかして」

ぽつりと漏らす。直後に客席がざわめいた。

何十発目、あるいは何百発目かのパンチを顎に食らった多摩川が、後方によろけてロープに触れる。直後、反対側へ風魔が走った。ワイヤーに背を深く預け、反動で一気に戻ってくるや、宙に舞ってのドロップキック一閃、〈怪魚〉の胸板に両足が突き刺さる。

瞬間——場内がどっと湧いた。

歓声と絶叫が空気をびりびり震わせている。さながら、砂漠をさまよったすえに水滴を舌の上に落とされたような、安堵と興奮の入りまじった喝采だった。

車椅子から立ちあがり手を叩く老紳士。倒れたワイングラスがドレスを汚すのもかまわず叫び続ける女性。若い女をはべらせていた男性は、しきりにハンカチで目尻を拭っている。

嗚呼——俺はようやく悟った。

多摩川が葬ろうとしているのは、風魔ではない。

この場所だ。

地下プロレスそのものを殺す気なのだ。

勝ち負けにしか興味がないと嘯《うそぶ》き、その勝敗さえも賭けの道具としか考えていない連中に、多摩川は選択を突きつけているのだ。

結果のみが求められる無慈悲な争いか、それとも勝敗を超越した闘いか。さあ、飢えた心が求めるのはどちらだ。渇いた心が欲するのはどちらだ——それを問うているのだ。

答えは明白だった。

観客は、闘いを切望していた。渇望していた。

風魔が関節を奪い、傷だらけの多摩川がそれをいなす。寝技へ持ちこもうと試みる〈怪魚〉を、〈豹仮面〉がテクニックで巧妙に躱す——数分前まで蔑まれていたはずの攻防がいま、集まった人々を熱狂させていた。

プロレスが、そこにあった。

と、背後を奪った風魔が、なにかを躊躇うように一瞬動きを止めてから、覚悟を決めた目で多摩川の腰をホールドする。

ジャーマン・スープレックス——否、違う。

羽交い締めにした腕を伸ばし、対戦相手の両目を塞いでいる。

目隠しをしたまま投げるつもりか。それではマットが見えない。受け身のタイミングがわからない。あまりに危険すぎる。

「ちょっと待て。まさか……正体はあいつかよ」

根津がなにかを見定めようと、前のめりになってリングへ顔を突きだした。

続く展開を予測したのか、場内がいっせいに息を呑《の》む。この静寂を待っていたかのように、多摩川が背中の風魔へひとこと語りかけた。

「やってみなよ」

「……ああ、やってやるよ」

言い終えたと同時に、風魔の身体が楕円《だえん》を描いて急角度で反りかえる。風圧、衝撃、振動。耳をつんざく音を響かせ、多摩川の脳天がマットに突き刺さった。

高らかにホーンが鳴る。

試合前とおなじ音色のはずなのに、その音はやけに強く、激しく、逞《たくま》しく聞こえてならなかった。

7

「おい……ピンクオヤジ、大丈夫か。死んでたら返事をしろ」

根津が声をかけたものの、多摩川から答えはない。

雑居ビルから五分ほど歩いた先にある、国道沿いのバス停。そこへ置かれたベンチに俺と根津、そしてぼろ雑巾と化した多摩川は横ならびで座っていた。

バス停の背後には土手が連なっており、その向こうから水音が聞こえている。川でもあるのだろうか、吹きつける夜風がやけに涼しい。その冷たさが、激闘を見守ったあとの火照る身体には心地良く感じられた。

苛立った根津が、再び多摩川へ呼びかける。

「なあ、くたばる前に風魔の正体を知らせろ。それさえ教えてくれたら、いつ死んでもいいからよ」

「ちょ、なんてこと言うんですか」

「仕方ねえだろ。それがオレの目的なんだから」

「……お前さんの見立てで当たってますよ」

多摩川が弱々しい呻き声をあげた。

「ああ、そうか。やっぱりか。いや、だとしたら驚きだぜ」

根津は納得した様子でしきりに頷いている。

「どういうことですか。ちゃんと説明してくださいよ」

「……どうせなら、本人の弁を拝聴しましょうか」

多摩川が力なく呟いた直後、草を踏みしめる靴音が背後の土手から届いた。

根津がとっさに身構える。俺も慌てて立ちあがった。

「勘弁してくれや、アンちゃんたち。今夜はもう誰とも闘《や》る気はねェよ」

そう言いながら、ひとりの男が藪《やぶ》を漕《こ》いで姿を見せた。

精悍《せいかん》な目鼻立ち、襟足を伸ばしたウルフカット。年齢は三十代の半ばといったところだろうか。はちきれそうなシャツ、腿の部分がぱんぱんに張ったジーンズ。衣服の上からでも鍛えあげた肉体がはっきりとわかる。つまりは同業者、プロレスラーに違いない。

待てよ——突然、脳内に稲妻が走った。懸命に記憶の糸をたぐり寄せていく。

そうだ、この顔はデビュー前に『超刊プロレス』で目にした記憶がある。

「あ」

思いだした。ネオ・ジパング期待の星と謳《うた》われた若き選手。次世代のエースと目されながら、人知れず消息を絶った男。

名前は、たしか——ピューマ藤戸《ふじと》。

「……なるほど、風魔はあんただったのか」

根津がハンチング帽をベンチに放り投げる。念のために臨戦態勢を取ったらしい。

「そりゃ正体がわからねえわけだ。メジャー出身とはいえ、若手のうちに退団した人間だもんな。もったいねえ。あんだけの腕がありゃベルトも夢じゃなかっただろうに」

挑発とも賞賛ともつかない科白を口にしながら、根津が〈風魔だった男〉へ近づいていく。だが、当の藤戸は興味なさげに〈針鼠〉を手で追いはらった。

「取り巻きに用はねェ。俺が話したいのはお前ェだよ、この桃色カバ太郎」

多摩川の前までつかつかと進み、勢いよくベンチを蹴りつける。

「何者だ、この野郎。お前ェ、単なるヘボレスラーじゃねェだろ」

「……葬儀屋ですよ。秘密裏に選手を葬るのが役目のヘボレスラーです」

「へえ、そんな稼業があるのかい。じゃあ今日は俺を殺《や》ったってわけか」

「いいえ、葬ったのはボルトです」

「だろうな」

藤戸が長々と息を吐いて、多摩川の隣にどっかりと座った。

「お前ェの大活躍で客は気づいちまった。殴りあいの退屈さと、プロレスの面白さをな。おかげで、この先いくらゼニを賭けようが大金を儲けようが、もう前ほどには興奮できねェ身体になっちまったはずだ。思惑どおりボルトは早々に店じまいするだろうぜ」

その言葉を聞きつけ、根津がベンチの前に立ちはだかった。取り巻き呼ばわりされたのがよほど気に入らなかったのか、こめかみには青筋が浮かんでいる。

「おい、オッさん。そいつはずいぶん楽観的じゃねえか。裏の世界で生きる連中が、そう簡単に金のなる木を諦めるとは思えねえぞ」

「だったら、金のなる木を陽のあたる場所に植えりゃいいんだよ。簡単な理屈だ」

「なあ、オツムの弱い針鼠でもわかるように説明してくれよ。ドラ猫仮面ちゃん」

「ドブネズミが知ってどうなる話じゃねえ、黙ってチーズでも齧《かじ》ってな」

「……悪いけど、この場でもう一戦オレとお願いできねえか」

「構わねェぜ。人間相手ならともかく、ネズミは捻り潰せば終わりだから簡単だ」

「そのへんにしといてください」

一触即発の空気を、多摩川の太い声が破る。

「こっちの話が終わってませんよ。さて、藤戸選手……あっしはボルト云々《うんぬん》よりも、お前さんに興味がありましてね」

話題が強制的に変わったのを察し、根津がしぶしぶ握りこぶしを緩めた。藤戸は藤戸で無関心をよそおい、多摩川から目を逸《そ》らしている。

「なぜ、お前さんほどの選手がこんな稼業に身を染めているんですか」

多摩川の問いに、藤戸がわざとらしいほど軽薄な口ぶりで答えた。

「答えは簡単、あそこはファイトマネーが破格なのさ。俺も賭け事が好きなもんで、ちょいちょいゼニが入り用になっちまってな。とはいえ素性がバレちまうといろいろ面倒だからよ、慣れねえマスクなんざ被って……」

「なるほど。やはりご友人の治療費が目的なんですね」

藤戸の目が一瞬で険しくなる。獣の眼光に変わる。

「お前さんが今日見せた必殺技……あれを食らって以来、病院のベッドで眠ったままの同期がいらっしゃるそうで。聞いた話では入院代も馬鹿にならないとか」

「……そこまで調べてんのかい。まるでハイエナだな」

返す言葉には抑揚が感じられない。なにを抑えているのだろうか。

「事情はお察しします。でもお前さん、本当にあんな場所で〝プロレスごっこ〟を続けるつもりですか。それを、ご友人が望んでいるとお思いですか」

友人──多摩川がその単語を口にしたと同時に、豹が吠えた。

「知ったふうなクチを利くんじゃねえ！」

飛びかかるようにして胸倉を摑む。けれども多摩川は怯まない。襟にかかっている藤戸の手首を握りしめたまま、ゆっくりと一緒に立ちあがった。

「藤戸さん、あの場所に笑う客は居ましたか。涙を流す観客は居ましたか。笑顔で家路につく観客は、寝る前に試合を思いだして心躍らせる客は居ましたか。どれだけお前さんが華麗な技を繰りだそうが、秒殺で勝利をおさめようが、客と闘わないプロレスは、単なる〝ごっこ〟ですよ。そんなものを認める程度の人間なら、お前さんの友人とやらも大したレスラーじゃなかったってことです」

「……好き勝手ぬかしてくれるじゃねェか、この野郎」

一分ほど睨みつけてから、藤戸は両手をあっさりと開き、多摩川の顔に貼られた湿布をすばやく剝ぎとった。

「いでででッ」

「まったく、プロレスラーってのは本当に腹の立つ人種だぜ。狡《ずる》くて小賢《こざか》しくて嘘つきのくせに、熱くて誠実で馬鹿正直ときてやがる。こうなったら、ひとり残らずブチのめしてやるまで気がおさまらねえ」

「そ、そりゃつまり」

「現役復帰する、ってことですか」

興奮に声をうわずらせた俺たちを、藤戸がじろりと睨みつける。

「おい、モヤシっ子とドブネスミ。俺ァいっぺんだって引退なんざ表明してねェよ。たまたま俺の休暇中に、よく似たマスクマンがちょいと暴れたってだけのハナシだ。ま、その風魔とかいう野郎も、墓の下に葬られちまったらしいけどな」

「え」

「は」

平然と言いはなつ藤戸をしばらく見つめてから、多摩川が大声で笑った。

「なるほどなるほど、プロレスラーは狡くて嘘つきですか。たしかに仰《おっしゃ》るとおりだ」

「おう、そういうことだよ」

照れくさそうに鼻の頭を掻いて、藤戸が頷く。

そこに、空気をいっさい読まない〈針鼠〉が割りこんだ。

「なあオッさん、よかったら復帰記念にウチのリングにあがんねえか。デスマッチを一から教えてやるからよ」

藤戸が苦笑しながら手をひらひらと振り、無言で誘いを断る。

「気持ちはありがてえけど、同期にライバル団体へ移籍したバカタヌキが一匹居るんだ。まずはあのアホ風船を頼ってみるぜ」

「……つまんねえな、せっかく血まみれにできると思ったのによ」

「お前ェんとこが人手不足で潰れそうになったら、マスク被って参戦してやるよ……こいつァ、そのときまでの前借りだ」

ベンチに置かれたままのハンチング帽を奪い取り、藤戸が土手をかけのぼる。

「あっ、てめえ！」

根津が叫ぶ。声こそ怒っているものの、追う気配はない。その顔にはうっすらと笑みが浮かんでいる。土手の半ばで藤戸がハンチング帽を被り、満足げに頷いた。

「うん、お前ェより俺の方が似合うな。しばらく預かっといてやるぜ、ドブネズミ」

「うるせえ、ドラ猫仮面が。大事にしろよ」

と、再び土手をのぼろうとした足をふいに止め、藤戸がこちらへ振りかえる。

「なあ、多摩川さんよ。最後にひとつだけ聞かせてくれ。そこまでプロレスを信じてんなァ、どうしてだい」

「……あっしはね、プロレスに救われたんですよ」

それきり多摩川は、なにも言わなかった。

藤戸もわずかに微笑んで、そのまま草むらの向こうへと消えていった。

8

「やれやれ。これでハッピーエンド、一件落着だな」

無人になった土手を眺め、根津が安堵の息を漏らす。「ええ」と俺が答える。

しばし沈黙してから、多摩川が「いいえ」と呟いた。

「なんだよピンクオヤジ。風魔の正体は無事に判明、ボルトの解散もほぼ確定だぞ。なにが不満なんだよ」

「物語は、まだ終わってなんかいませんよ」

そう言いながら、多摩川ははるか彼方《かなた》を見つめている。そのまなざしを追って、俺も根津も視線を移した。

「なんだ、ありゃ」

闇を切り裂くように、数十メートル先からヘッドライトがこちらへ近づいてくる。とうにバスの運行は終了しているはずだ。ならば、あれはいったい——首を傾《かし》げるまもなく、灯《あか》りがバス停の手前で停止した。

あらわれたのは、見るからに高級そうな黒塗りの外国車だった。丁寧に磨かれた車体は夜よりも昏《くら》い。ハザードランプの点滅が、ランニングのときに見た赤光を思い起こさせる。不吉な、どこまでも不吉な闇からの使者。

三人が黙って見守るなか、後部座席のドアが重厚な音を立てて開く。

「ようやく終わったか。ずいぶん遅かったな」

カイザー牙井が、夜の裂け目から姿を見せた。

漆黒のシャツが周囲にどろりと溶けている。

身体と外界の境目が消失している。

暗闇をまとった〈皇帝〉は、唖然とする俺と根津の脇をすり抜け、まっすぐ多摩川へと歩み寄った。

「で、ヒョウは元気だったかい」

ヒョウ——しばらく考えてからピューマ藤戸のあだ名だと気づき、思わず仰け反る。

つまり、牙井はすべてを知っていたのか。訊かれた多摩川は驚く様子もなく、にこやかに佇《たたず》んでいた。

「元気すぎて難儀しましたよ。なかなかどうして頑固者だ」

「あいつは昔から強情でね。退団するときも何度となく引き留めたんだが、それでも頑として首を縦に……」

「ちょっと待てよ、おい！」

話を遮り、再び空気を読まずに根津が割りこんでくる。

「あんた、なんでここに居るんだよ。もしかして全部お見通しだったのか」

鼻白んだ表情を隠そうともせず、牙井が「もちろん」と言った。

「お前が電話をしてきたときからな。ボルトの件、ヒョウの件、そして多摩川との約束。すべてを解決できるよう画策したのさ」

約束──そうだ。牙井は根津が乱入した際、たしかに言っていた。深夜の道場で俺と遭遇したときも、おなじ科白を口にしていた。

「根津と多摩川の試合で、勝った選手と闘う」と。

まさか、本気だったとは。

「そうですか。いよいよですか」

多摩川が一歩前に踏みだし、胸と胸が触れそうなほどの距離で牙井と睨みあった。

「とうとう……あなたと闘《や》れるんですね」

「シャケ、日本語は正しく使いな。とうとうお前を殺せるんだよ」

それきり、ふたりとも口を噤んでいる。いま、ライターを擦れば爆発してしまうのではないか——そんな錯覚をおぼえるほど、ひりひりと張り詰めた空気が二匹の怪物の周囲で渦を巻いていた。

「……おい、野良犬」

唐突に牙井が俺を射すくめた。道場で見た老闘士の目ではない。すべてを見透かす皇帝のまなざしだ。

「いろいろと苦労をかけたからな。プレゼントをくれてやるよ」

意味を判じかねて沈黙する俺を笑うように、まもなく運転席のドアが派手な音を立てて開き、よく知る男が顔を覗かせた。

「ちょっとぉ、早くしてくださいよ。ここは駐停車禁止なんですってば」

信じられなかった。理解が追いつかなかった。

司藤武士。

同期の旧友、そして地下プロレスの覇者。

「お前……」

無意識のうちに俺は駆けだしていた。夜逃げの件、シドと名乗った理由、そして、牙井との関係。なにから訊くべきか決まらぬまま、早足で車に近づく。

と、いきなり腹部に衝撃が走り、俺は後方へ数メートル吹き飛ばされた。なにが起こったのかもわからず、対向車線に倒れたまま苦悶《くもん》する。

司藤が俺を見下ろしながら「驚いたか、前蹴りって言うんだぜ」と笑った。

「プロレスで使うトゥーキックの何百倍も効くだろ」

「司藤……てめぇッ」

怒りの雄叫《おたけ》びをあげると同時に、再び腹部を激痛が見舞った。今度はすぐさま状況を理解する。司藤が、倒れている俺の腹をサッカーボールよろしく蹴り飛ばしたのだ。

「おいおい、レスラー未満の甘ちゃんがシドさまに気安く話しかけるなっての」

話しながらも足は止まらない。爪先が何度も何度も身体にめりこんだ。意思とは無関係に身体が痙攣する。胃液が勝手に口からあふれ、道路へと広がっていく。

「……お前さん、もうそのへんでいいんじゃないですか」

見かねて道路へ踏みだした多摩川を、牙井が呼びとめる。

「シャケ、お前の贈り物はこっちだ」

固まる〈怪魚〉を一瞥してから、〈皇帝〉が助手席の窓をノックする。

「ヒョウと闘っていろいろ感じるものがあっただろう。なにせ、お前とあいつは似たような境遇だからな」

ロックをはずす音に続いて、ドアがゆっくり開いた。

夜のなかにそっと降り立つ、白いスニーカーを履いた足が見える。

風を受けて黄色いワンピースの裾が舞った。髪が踊った。

「君は……」

乗っていたのは、ミチだった。

牙井がそっと彼女の肩を抱いて、多摩川に微笑みかける。

「紹介しよう。お前が殺したあの男の、ひとり娘だ」

第五話

前座

アンダーカード

1

「……おい、カジ」

呼びかけに、腕立て伏せを二千回の目前で止めた。反動で汗が額から落ち、道場の床に染みを作る。

目尻をぬぐって顔をあげると、小沢堂鉄が俺を見おろしていた。仁王像のように厳《いか》めしい顔は普段どおりだが、いつも絶えず握りしめている〈指導用〉の竹刀《しない》が、今日は床へ無造作に転がされている。

「脱げ」

「え」

言葉の意味を判じかねて、立ちあがりながら惚《ぼ》けた声を漏らす。堂鉄があからさまに苛立《いらだ》った表情を浮かべ「こいつだよ」と、みずからが着ているTシャツの襟をつまんで見せた。

シャツを脱げ——ということか。

発言の意図を理解してなお、どんな目的で脱衣を命じているのか把握できない。だからといって質問など許されないのは、自分がいちばんよく理解していた。なにせここは国内屈指のプロレス団体《ネオ・ジパング》の道場であり、堂鉄はコーチ役を務める〈鬼喰《おにく》い〉の異名で知られたレスラーなのだ。いっぽうの俺はトレーニングのたびに「辞めちまえ」と怒鳴られ、いまだデビューすら許されない新弟子ときている。立場は明確、首を縦に振る以外の選択肢はない。

「……はい」

覚悟を決めてシャツの裾を一気にまくりあげ、汗みずくの白い布を床に落とす。堂鉄は唇を硬く結んだまま、半裸の俺を睨《にら》み続けていた。

なるほど──合点がいった。目の前の鬼コーチは、俺の貧相な肉体を揶揄《やゆ》する気に違いない。細い腕を笑い、薄っぺらな胸板を嘲り、「そんな身体《からだ》でプロレスラーになるつもりか」と、暗に退団をうながすつもりなのだろう。これまでにも何度となく味わってきた屈辱的な仕打ちの変化球だ。おまけに、今日は大会遠征で選手はみな不在ときている。邪魔が入らぬこの機に乗じ、無駄飯食いの俺を追いだす腹積もりなのかもしれない。

悔しさに嚙《か》みしめた奥歯が、ぎり、と軋《きし》む。自分では「それなりに逞《たくま》しくなった」とひそかに自負していたが、その考えはどうやら甘かったようだ。

どうする梶本。これ以上辱められる前に自分から辞めるか。ならば、せめて一発だけでも〈鬼喰い〉を殴り倒してから——。

爪が食いこむほどに拳を握る。直後、堂鉄がわずかに表情を緩めた。

「ふむ……大胸筋はそこそこの厚み、腕もいっちょまえの太さになったな。腹筋もきちんと浮いている。うんざりするほど練習してきた賜物《たまもの》だ。ま、これなら来月で問題ねえだろ」

「なにが、ですか」

「そりゃお前、デビューに決まってんだろ」

「デビュー……誰が」

「お前以外に誰が居るんだよ、この野郎」

鼻で笑われ、返事につまる。どんな顔をすればいいのか判断がつかない。ひたすらその日をめざしてきたはずが、にわかには現実を受け止められなかった。

呆然《ぼうぜん》とする俺の胸を、堂鉄が握り拳で、どすん、と小突く。

「おい、カラダが仕上がった程度で安心するなよ。技や受け身はまだ半人前だ。デビューまでみっちり鍛えてやるから、血のションベンを覚悟しとけ」

「は、はい」

慌てて頭を下げた。ようやっと緊張が解けてくる。長々と息を吐くこちらを見ながら、堂鉄が呟《つぶや》いた。

「で……五回ってところか」

「なにが、ですか」

　あいかわらず要領を得ぬ問いに、さっきとおなじ科白《せりふ》をくりかえす。鬼喰う鬼が無骨な顔を歪《ゆが》めて、愉《たの》しそうに笑った。

「堂鉄のクソ野郎を殺してやる……そんな決意を何回したのかって訊《き》いてんだよ。たいていの新弟子は、デビューまでに幾度となく〝あいつの息の根を止めてやろう〟と思うらしいぜ。幸い、まだ一度も殺されたことはないがな」

　冗談のつもりなのだろうが、追従する気にはなれなかった。図星だったからだ。

　堂鉄の言葉どおり、俺は何度も〈鬼喰い〉に殺意を抱いている。たしかに五回ほどだったと思う。数まで見抜かれたのには驚かされるが、だからといって素直に「正解です」と告げるわけにもいかない。やむなく黙秘を貫いていると、堂鉄がこちらへ向きなおった。

「カジ……その殺意を忘れるなよ。プロレスラーは対戦相手を信頼してこそ成りたつ仕事だ。だからといって仲良しこよしの甘ったれた気持ちでリングにあがれば、客はすぐにそれを見抜いちまう。信頼と憎しみ、矛盾するふたつを抱えて闘わなくちゃいけねえ。だから、もしリングで迷ったら俺の顔を思いだしな。頭に血がのぼって目の前の相手をブチのめしたくなる。おすすめだぞ」

力強く言いはなち、堂鉄が得意げに親指を立てた。真剣な表情でとんでもないことを口走るものだと、うっかり吹きだしてしまう。

「わかりました、試してみます。それにしても……そんなに憎まれてるんですか」

「ああ、お前みたいにグッと耐える新弟子は珍しい。大半が一度は本気で殺しにくる。スパーリングで事故を装い首を絞めてくるやつ、角材を手に夜討ちを試みるやつ、いろいろ居るぜ。浅岸のバカなんざ、バレねえと思ってナイフを忍ばせてやがったからな」

唐突な名前の登場に息を呑《の》む。

アトラス浅岸──半人前の俺を気遣ってくれた中堅選手。急襲されていまも入院中の巨漢レスラー。猛々《たけだけ》しくも穏やかなその顔が、ありありと脳裏に浮かぶ。

ふと、浅岸に言われた科白を思いだす。堂鉄は、見こみのある新人しか苛《いじ》めない──あのときは「戯言《ざれごと》にもほどがある」と聞く耳を持たなかったが、いまはなんとなく理解できる。もしかしたら〈鬼喰い〉なるニックネームは、若手の心に棲《す》む鬼を食うところから名づけられたのかもしれない。

と、しみじみと顔を眺める俺を訝《いぶか》しみ、堂鉄が強面《こわもて》を近づけてきた。

「なにジロジロ見てんだ。景気づけに一発殴られてえのか」

「いえ、あの、ええと、デビュー戦はいつなのかなと思って」

慌ててその場を取りつくろう。堂鉄はすぐに表情を柔らかくして「ああ、そういうことか。そりゃ気になるよな」と納得した。

「たぶん……エンペラー・トーナメントの初日あたりが妥当なところだろう」

予想外の答えに、安堵感《あんどかん》が一瞬で吹き飛ぶ。

エンペラー・トーナメント——総勢十六名が二週間にわたってしのぎを削る、一年に一度の目玉シリーズ。過酷な勝ち抜き戦を制した者は、観客からも業界からもネオ・ジパングの新しい顔として認知される。花形選手の尾崎レッドも、このトーナメントを制してスターダムに駆けのぼったひとりだ。

まさか、そんな大舞台が俺の初陣とは——無意識のうちに「マジかよ」とこぼす。堂鉄が慌てて「おいおい、勘違いすんなよ」と窘《たしな》めた。

「言っとくが、トーナメントに参加できるわけじゃねえぞ。第一試合だ」

「あ……な、なるほど」

そうだった。エンペラー・トーナメントの初日と二日目は、〈プロレスの聖地〉と称される都内ホールを週末二日間借りきっておこなわれるのが恒例になっている。トーナメントからあぶれた選手は、公式戦前の試合で客席を温める。俺はその栄えあるトップバッターに選ばれた——などといえば聞こえは良いが、要するに前座をあてがわれたわけだ。

「なんだお前、いきなりトーナメントで優勝するつもりだったのか。大物だねえ」

堂鉄が俺の早合点を笑う。恥ずかしさを誤魔化そうと、俺は言葉を続けた。

「そ、そんなことより対戦相手は誰ですか」

問いかけた途端、堂鉄が顔を曇らせる。

「いや、問題はそこなんだよ。本来ならば新弟子同士のファイトが望ましいんだが……あいにく、あいつは逃げちまったからなあ」

あいつ。そのひとことを聞いた瞬間、視界がすっと冥《くら》くなった。いままでの恍惚《こうこつ》も不安もすべてなぎ倒し、黒い感情がどろりと流れこんでくる。

一ヶ月前の出来事。あの夜の景色。必死で足を踏ん張り、激流に呑まれまいと堪《こら》える。無駄だった。俺はあっさりと、忌まわしい記憶の底へ流されていった——。

2

頰の冷たさで覚醒する。

ぼんやり考えるうち、自分が道路へうつ伏せに倒れていると気づいた。

この感触はアスファルトか。そうだ、俺は闇めがけて蹴り飛ばされたのだ——たしか、あいつに。司藤に。

「司藤ッ！」

反射的に身を起こそうとした瞬間、激痛に襲われてその場へ嘔吐《おうと》した。

「お、意外と早く目を覚ましたなあ。けっこう本気で蹴ったのに」

身体のあちこちが悲鳴をあげるなか、なんとか目だけを動かして声の方角へ視線を送る。あんのじょう、数メートル先の路上には司藤武士が立っていた。

俺を昏倒《こんとう》させた張本人。突然道場から姿を消した同期。そして――地下プロレス《ボルト》を席巻《せっけん》していた男、シド。いったいどれが本当の司藤なのか。それをたしかめたくて、俺は苦悶《くもん》にあえぎながらその顔を凝視する。

答えはすぐに出た。ともに汗を流していたころの真摯な表情はどこにも見られない。目の前にあるのは、いびつに唇を歪ませる醜悪な面がまえの男だった。

「……なぜだ」

声を絞りだす。息を吐くたびに胃液のにおいがせりあがってきた。

「プロレスラーになる気なんて最初からなかったのか。だったら、なぜネオに入門したんだよ」

精いっぱい威圧的にふるまったが、司藤に怯《おび》えた様子は見られない。顎に手をあてて、芝居がかった仕草で考えこんでいる。

「そうだなあ……強いて言えば〝ゴミ箱に捨てる前のつまみ食い〟ってとこかな。プロレスってのがどれほどのものか味見のつもりで入門したんだよ。俺、演技派だったでしょ。どっから見ても真剣にプロレスを愛し、デビューを夢見て奮闘する好青年っぽかったでしょ」

道場での会話と変わらぬ屈託ない口調。それが却《かえ》って恐ろしく、俺は口を挟みこめない。

「でも、結局は失敗だったなあ。だって、どいつもこいつも態度と図体ばかりデカくて。料理で言えば最悪の味つけなんだもの」

図体——その一語を口にしたときだけ、司藤の目を狂気が走り抜けた。

まさか。もしや。おぼろげだった疑念が像を結ぶ。

「……浅岸さんを襲ったのは、お前か」

「へえ、その口ぶりだとあのデカブツは犯人を密告《チク》ってないんだね。そりゃそうか。〝新弟子の小僧に壊されました〟なんて言えないよな」

手を叩《たた》いて笑う司藤を睨みつけながら、よろよろと立ちあがる。

「答えろよ。どうして浅岸さんを襲撃した」

「ムカついたからに決まってんじゃん。弱いくせして俺に説教なんか垂れちゃってさ。しかも思ったより頑丈でなかなか壊れないし。本当につまんない男だよ」

少年のような口ぶりで、さらりと不穏な科白を吐く。それ以上に、浅岸を格下あつかいする不遜さに絶句した。

「浅岸さんが……弱いだと」

「だって弱いじゃん。デカブツだけじゃないよ。女にキャアキャア言われてる若いのも、竹刀をブンまわすしか能のないジジイも、プロレスラーはみんな弱いよ。そのくせにエラそうでさ。だから、うっかり目的を忘れて暴れちゃったわけ」

「目的って……いったいなにを企《たくら》んでるんだ」

無意識のうちに足を踏みだし、一歩近づいた。司藤が道路へ唾を吐いてから「質問ばっかりで鬱陶しいなあ」と呟く。低い響き。冬の風のようだった。

「あのね、俺たちはプロレスを葬るの。いわば葬儀屋なんだよ」

「そう、ぎ、や」

聞き慣れた単語のはずが、まるで異国の挨拶のようにしか思えない。

「イエス、葬儀屋。街場の喧嘩《けんか》に飽きてボルトで暴れていたところを、牙井さんから〝プロレスを葬るからお友達になってよ〟って誘われちゃったわけ」

「お前とダチになったつもりはねえよ」

闇から低い声が届く。

そうだ——この場に司藤以外の人間が居たのを思いだす。

カイザー牙井。〈皇帝〉と畏れられるネオ・ジパングの創設者。漆黒のシャツをまとっているせいで、どこに居るのかまるでわからない。声をかけられた司藤すら居場所を把握していないようで「もう、冷たいなあ」と唇を尖《とが》らせて虚空に抗議していた。

もうひとり――司藤と数メートルの距離では、根津達彦が暗黒と対峙《たいじ》している。流血も辞さないデスマッチを得意とするインディー団体の猛者《もさ》だが、いまはさすがに表情を険しくしていた。無理もない。牙井に挑戦状を叩きつけたものの、掌《てのひら》で転がされていた事実を数分前に知らされている。

そして――ふたりからわずかに離れた街灯の下には、サーモン多摩川がこちらに背中を向けたまま立ち尽くしていた。ネオ・ジパングに参戦しているフリーのレスラー。コミカルな試合で顰蹙《ひんしゆく》を買ういっぽう、選手をリング上で葬る〈葬儀屋〉の顔も持っている。

だが、彼に葬られたレスラーたちはいずれも更生の道を歩んでいた。持病や怪我《けが》、抱えていたジレンマなどを払拭し、選手としての新しい価値を手に入れている。ゆえに俺は彼の〈葬儀〉を心のどこかで尊敬していた。物騒なのは名ばかりで、実際は人助けめいた仕事なのだと信じて疑わなかった。

しかし――司藤の発言が本当だとすれば、多摩川は「プロレスを亡きものにする」という壮大な〈葬儀グループ〉の一員だったことになる。

本当にそうなのか。多摩川も、司藤たちとおなじ裏切り者なのか。

そもそも牙井は、なぜプロレスを葬ろうとしているのか。

わからないことだらけだった。プロレスの真実を知りたかっただけなのに、どうして答えよりも問いが増えていくのか。苛立ちのあまり目眩《めまい》をおぼえる。攻撃の痛みも相まって、平衡感覚がおぼつかない。

「多摩川さんッ、なんでだよ！」

堪《たま》らずに叫んだが、多摩川は振り向くそぶりもない。と、司藤がおどけた調子で俺の視界へ割って入った。

「ねえ、もっと面白い質問しなよ。例えば……あのデカブツは足を壊された瞬間、どんな声で泣きましたか、とかさ」

考えるよりも早く手が動いていた。司藤の横っ面めがけて拳をぶちこむ。まともにパンチを浴びた〈かつての同期〉が、二、三歩よろけて尻餅をついた。

「……高くつくよ、この一発」

頬をさすりながらこちらを睨む。先ほどよりもさらに低い声。獣の唸《うな》りに近い。

飛びかかってくる予感——拳を握りなおし、その瞬間に臨む。

「ねえ」

鈴のような声が膠着《こうちゃく》状態を解いた。瞬間、もうひとりの登場人物を思いだす。牙井が乗ってきた高級車の手前に、細身の人影が立っている。

ミチ——会場の最前列で多摩川を睨んでいた女性。道場近くで俺と遭遇し、「どうしてプロレスラーになりたいの」と問いかけた人物。

そして――牙井いわく、多摩川が殺した男性の娘。

「もう帰ろう」

抑揚のない声でミチが告げる。一緒に雨宿りをしたあの日も、彼女はこんな口調で訊《たず》ねてきた。どうしてプロレスラーになりたいの――と。忘れていた約束がよみがえる。

「あの、俺……」

反射的に口を開く。けれども、言葉は途中で遮られてしまった。

「たしかに、そろそろ潮時だ」

背後から声が聞こえるや、人影が俺の脇をすり抜けた。

牙井――すぐ後ろに居たのに、まるで気配を感じなかった。鳥肌を立てる俺などお構いなしに〈皇帝〉はまっすぐ多摩川のもとへ進み、数歩手前で足を止めた。

「あの娘には驚いたろ、シャケ」

「陽動作戦ですか。どんな手を使っても勝つ……いかにもあなたらしい遣《や》り口《くち》だ」

「それがレスラーだ」

「ええ、存じてますよ」

第三者にはまったくもって理解不能な会話を交わすと、牙井は踵《きびす》をかえして車へと向かった。運転席では司藤が主人の到着を待っている。表情はいつもの爽やかさを取り戻していたが、こちらに向けるまなざしだけは冷たいままだった。

牙井が助手席へ滑りこんでドアを閉める。ミチはいつのまにか後部座席に落ち着いていた。エンジン音を響かせ、ヘッドライトで夜霧を切り裂きながら車が遠ざかっていく。テールランプが見えなくなっても、俺はその場から動けなかった。

澱《おり》のような疑問が、心の底に溜《た》まっていた。牙井の正体、ミチへの返答、司藤の目的、多摩川の真意——そうだ、多摩川。

慌てて振りかえったものの、視線の先には根津が所在なげに立っているばかりだった。

「残念だったな。ピンクオヤジなら、お前が車を見送っているうちに消えちまったぜ」

一気に力が抜け、がっくりと膝をつく。

それほど時間は経《た》っていない。走ればなんとか追いつくはずだ。けれども、俺の足はもう動かなかった。否——足よりも頭が働かなかった。

どうすればいいのか、どうするべきなのか——なにも、わからなかった。


「おい……梶本、どうしたコラ」

だみ声で我に還《かえ》る。堂鉄が、怪訝《けげん》そうに俺の顔を覗《のぞ》きこんでいた。

「なんだお前。いきなり黙りこくったと思ったら、おっかねえツラしやがって」

「……小沢さん」

言いかけた科白が喉につまる。

あの日から一ヶ月、悩んだすえに俺はおのれの為《な》すべきことを見つけていた。なのに、いざとなるとどうしても逡巡《しゅんじゅん》してしまう。本当にできるのか、躊躇《ためら》ってしまう。

怯《ひる》むな、梶本。答えを見つけろ。あの夜の忘れものを取り戻せ。

自分に檄《げき》を飛ばし、俺は再び口を開いた。

「闘いたい人間がいます」

こちらを数秒見つめてから、堂鉄がぽかんと口を開けた。

「あ、あのな……カジ。タイトルマッチならともかく、お前のデビュー戦は前座試合なんだ。対戦相手を指名するなんて無理なんだよ」

「大丈夫です。相手はかならず承諾しますから」

「いや、そうは言ってもよ……」

困り顔で鼻の頭を掻《か》く堂鉄をまっすぐに見つめ、口を開いた。

「牙井社長に伝えてください。〝シドと闘わせてくれ〟と」

3

「……なるほど、それであっしに連絡をよこしたと」

多摩川の言葉に、俺は黙って頷《うなず》いた。

人が失《う》せた深夜の道場。空気はすっかり冷えきっている。

デビューを告げられた翌日、俺はすぐに多摩川へと電話をかけ、夜に道場へ来てほしい旨を告げた。目的は、特訓である。

〈葬儀〉に臨む際、多摩川はかならず特訓をおこなっていた。とはいっても、山籠りや百人組手など「いかにも特訓でございー」という代物はひとつもない。ダンス、ヨガ、ヌードデッサンに等身大パネルの作成――どれも奇想天外で意味不明、それでいて試合では効果を遺憾なく発揮するものばかりだった。

あれを伝授してもらえたなら自分にも勝機が生まれるのではないか――そんな思惑を胸に、俺は一縷《いちる》の望みを託して特訓を懇願したのである。

だが、予想に反して、道場を訪れた多摩川の返事は芳しくなかった。

「……残念ですが、彼はすこぶる強い。海千山千のベテラン選手ですら、ひとつ判断を誤ればあっけなく倒されるでしょう。ましてやお前さんは試合経験ゼロ、天と地ほどの実力差があります。逆立ちしたって勝てる相手じゃない」

ピンクのシャツにすがりつき、俺はもう一度懇願した。

「多摩川さんから見れば、前座試合なんかくだらないかもしれませんが」

俺の発言を遮り〈怪魚〉が「とんでもない」と声を荒らげた。

「プロレス興行というのは、前座こそが重要なんです」

「じゅ……重要ですか」

鸚鵡《おうむ》がえしに訊く。正直、本気にしてはいなかった。適当な言葉でお茶を濁しているとしか思えなかった。

けれども、多摩川は「そうです」とあっさり答えた。

「第一試合というのは、観客に〝今日あなたが見る大会はこの試合が基準値ですよ〟と伝える役目を持っているんです。つまり、前座こそが〈今日のプロレス〉になるんです。重要に決まってるでしょう」

「そ、そんなに重要な試合だったらなおのこと勝ちたいんです。どうか、どうか特訓を」

前のめりで粘る俺を、多摩川が手で制した。

「……あっしを呼んだのは、特訓だけが目的じゃないでしょう」

二の句が継げずに押し黙る。

いずれ見抜かれるとは思っていたが、まさかこんなに早いとは。自分の浅はかさに腹が立ったものの、いまさら嘘《うそ》もつけない。観念して「そうです」と正直に告げた。

「俺は……知りたいんです。〈葬儀〉を依頼しているのは誰なのか。ミチという女性はどんな人物なのか。そもそも、サーモン多摩川は何者なのか」

「そして……いったい誰の味方なのか」

「はい」

深々と頷く。

「やれやれ……お前さんは気になることを放っておけない性格らしい。まあ……だからこそ、プロレスの真実とやらにもこだわり続けるんでしょう」

ため息をひとつ吐《つ》いて立ちあがると、多摩川がリングへと向かった。

「先ほど、逆立ちしても勝てないと言いましたが……ブリッジなら話は別です」

「ブリッジって、両手両足を床につけて背中を大きく反らす、アレですか」

「ええ」

「あんなもの……日課のトレーニングで数えきれないくらいやってますよ」

「そう、ブリッジは基本中の基本です。正しいフォームを会得しているかどうかで、投げ技のダメージが大きく変わってくる。これほど、デビュー戦にふさわしい特訓はないと思いますがね」

「いや、まあそうなんでしょうけど……もっとトリッキーな特訓をですね」

「こうしましょう」

太い指が俺の唇を押さえる。こちらを見る顔に微笑《ほほえ》みはない。本気なのだ。

「お前さんがブリッジを作る。あっしはその橋が崩れるまで質問に答える。これならば特訓と返答を一緒にこなせる……一石二鳥でしょう」

　こちらの返事を待たずに多摩川がリングへあがる。反論できるような雰囲気ではない。しぶしぶ彼を追いかけ、リングへと駆けのぼった。

　マットの中央で仰向《あおむ》けに寝そべり、首に力をこめてから臀部《でんぶ》を突きあげる。天地が引っくりかえり、マットとロープが逆さまに見えた。なるほど、スープレックスをかけるとこんな景色になるのか。感心した直後、マットが揺れた。多摩川が俺の足下に腰をおろしたのだと気づく。こちらの位置からは、その顔を窺《うかが》い知ることはできない。

　じっと耳を澄ます。まもなく、大きく息を吸う音が聞こえた。

「……アントニオ・ジョルジ・タマガワ・ダ・シウバ」

「なんですか、それ。ブリッジが上手《うま》くできるおまじないですか」

「あっしの本名ですよ」

　驚きのあまり、早くも転倒しそうになる。濃い顔つきだとは思っていたが、まさか日本人じゃないとは。

「日本語で言えば、日系三世ということになりますか。ジャポネスの祖父《じい》さんが、家族を引き連れてブラジルの農園へ開拓に来たんです。親父《おやじ》によれば、祖父は侍の家柄であるのを唯一の拠《よ》り所《どころ》にしていたようでね。〈あっし〉だの〈お前さん〉だのと時代がかった言葉を好んで使う人物だったそうです。おかげで、その癖が親父に移り、孫のあっしまで妙な日本語が染みつく羽目になっちまった」

「な、なるほど。そういうことでしたか」

相槌《あいづち》を打ったはずみで、身体が左右にぐらつく。すかさず多摩川が「肩甲骨に意識を集中させて」と口を挟んだ。

慌てて肩に力をこめる。揺れがおさまったのをたしかめ〈怪魚〉が告白を再開した。

「成長した親父は祖父と決別、サンパウロのリベルダージという日本人街で暮らしはじめますが、まもなく地元の若い娘《メニーナ》と結婚。翌年にあっしが生まれました。そんなあっしも十八歳のときに親父との折りあいが悪くなって家を飛びだし、あちこちを彷徨《うろつ》いたあげく、リオのファヴェーラで暮らすようになったんです」

「ファヴェーラ……」

はじめて聞く単語の連発に、頭がくらくらしてくる。ブリッジをしていなくとも倒れかねない。

「いわゆるスラム街ですよ。リオには数えきれないほどのファヴェーラがありますが、それだけ多いと中身もピンキリでしてね。毎朝コーヒーを飲める程度には裕福な地区もあれば、サッカー選手になる以外は貧困から抜けだせない地区もある。あっしが暮らしていた地区は、コーヒーもサッカーボールさえも買えず、欲しいものは人から奪うのが当然というエリアでした。暴力、麻薬、拳銃。人の死なんてペレのゴールシュートよりも珍しくない。朝に笑顔で挨拶した隣人が、夜には死体になっているのがあたりまえの毎日でした。日本語で言えば……毎日が修羅場ってことになりますかね」

多摩川が以前、修羅場という単語に反応したのを思いだす。なるほど、銃撃戦が日常の街で暮らした人間から見れば、苦労話を修羅場と称するレスラーを腹立たしく思うはずだと納得した。

「そんな地区で暮らすうち、あっしも当然のごとく荒《すさ》んでいきました。ギャングの仲間になり、怯える側から怯えさせる側にまわったんです。拳が赤くならない日はなかった。強さがすべて、勝った者が正義だと思っていた。あの日までは、本気で信じていた」

ふいに声の調子が変わる。血のにおいが薄れ、陽《ひ》の光に似たぬくもりが混じる。

「……ある日曜日、近くの町にある広場へ〈プロレス〉が来ると聞きつけましてね。プロレスなんて名前くらいしか知りませんでしたが、祖父とおなじジャポネスが闘うと聞いて、興味半分でギャング仲間と一緒に出かけたんです」

ようやく登場した馴染《なじ》みの言葉に安堵する。もっとも、心とは裏腹に身体は悲鳴をあげていた。まもなく五分といったところか。腿《もも》が痙攣《けいれん》し、弓なりの腹筋は絶えまなく震えている。こちらを一瞥《いちべつ》し、多摩川が言葉を続けた。

「広場にはボクシングそっくりのリングが置かれていて、その上でタイツを穿《は》いた男たちが取っ組みあっていました。あっしは笑った。〝あんなお遊戯は自分でもできる〟と、思わず口に出していた。すると、リングに立っていた男がこちらを指さし〝あがってこい〟と合図した。あっしはシャツを脱いでリングにあがった。仲間の前で良いところを見せたかった」

多摩川の言葉がたどたどしくなっている。まるで――魂だけが海を越え、時間を超えてブラジルに戻ったかのようだった。首と背中の痛みに耐えながら、懸命に耳をそばだてる。目を瞑《つぶ》って、見たこともないリオの広場を想像する。

「ゴングと同時にジャポネスの顔を殴りつけた。鼻血が散り、肉を打つ感触が拳に伝わった。ギャングの喧嘩よりはるかに楽じゃないか。あっしはまた笑った。笑いながら、殴って殴って殴って……勝ったと思った瞬間、気がついた。さっきまで興奮していた客が、誰も騒いでない。なんだこれは、俺のなにが気に入らないんだ。ほんの二、三秒の油断。〝まずい〟と思ったときにはジャポネスに身体を搦《から》めとられていた。コブラツイスト。当時は技の名前も脱出の方法も知らなかった。苦しみ、悶《もだ》え、なんとか抜け出したものの、ジャポネスの反撃は止まらなかった。ドロップキック、バックドロップ、延《えん》髄斬《ずいぎ》り。見たこともない技が決まるたび、観客はカーニバルのように大騒ぎした。その歓声がたまらなく悔しくて、そのくせどこか心地よかった。ふいにジャポネスが隙を見せた。それを見逃さずに頭突きを浴びせた。違う、これじゃないと思いながら何度も何度もお見舞いした。再び我に還ったときには、レフェリーが俺の手をあげていた。自分が勝ったと知っても、まるで喜べなかった。とんでもなく深い穴を覗きこんだ……そんな気分だった」

　踏ん張っているスニーカーがわずかに滑った。歯を食いしばって踏みとどまる。まだ崩れるわけにはいかない。この〈橋〉を歩き、向こう側から俺の知らない多摩川がやってくる。彼が渡りきるまでは、なんとか耐えなければいけない。

「ジャポネスは、日本でプロレス団体をまとめているキバイと名乗った。あっしは再戦を直訴したが、あっさり断られた。〝世界中のプロレスを経験して一人前になったら日本で闘ってやる〟と言われた。ウブだったあっしは、彼の言葉を鵜呑《うの》みにした。メキシコ、ボリビア、イギリス、アメリカ……数えきれないほどの国をサーモン・タマガワのリングネームで渡り歩いた。キバイがつけてくれた名前だった。そのうち、どんな国のどんな選手とでも試合ができるようになり、どんな国のどんな客でも満足させられるようになった。やがて、あっしの腕を買った人間が〈裏の仕事〉を頼んできた。不始末をしでかしたレスラーをリングで痛めつけてくれとの依頼だった」

「葬儀屋……」

　返事はない。それが返事だった。

「単純な制裁。腕を折り、足を壊せばそれでおしまいだった。あまり好きな仕事ではなかった。ファヴェーラでの日々が追いかけてきたような気がした。けれども、いつのまにか〈葬儀屋〉の名前は広く知られるようになっていた。そのためだけに呼ぶ連中もいた。あっしは黙って〈葬儀〉を続けた。有名になれば、キバイの耳にも届く。日本に行ってもう一度闘える。そう信じていた」

多摩川が沈黙する。ブリッジをはじめて十五分、とうに痛みは感じなくなっていた。話の続きを促し、短い息を吐く。応えるように〈怪魚〉がため息を吐いた。

「ある日、いつものように〈葬儀〉を頼まれた。相手はブラジル人だった。アメリカの酒場で用心棒をこなす男……その日は知人の代理として急遽《きゆうきよ》リングにあがったとの話だった。腹が立った。プロレスを舐《な》めている態度も、忘れたいブラジルの記憶を呼びさましたことも、全部が気に入らなかった。リングで向きあうなり、相手は自分も日系三世だと告げてから、知らない村の名前を口にした。その村は彼の故郷で、ちいさな家では娘が自分の帰りを待っているのだと告白し、〝娘もあんたとおなじくらい日本語が得意なんだ〟と笑った。男は、自分が酒場のトラブルに巻きこまれているのに気づいていた。このリングが制裁の場であるのを悟っていた。だから、あっしの憐《あわ》れみを誘い、親しみをおぼえさせる手段に出た。けれどもあっしは許さなかった。徹底的に男をいたぶった。指を砕き、鼻を潰し、肺を傷つける角度で肋骨《ろつこつ》を折った。ギャングの遣り口だった。観客は目に入らなかった。ファヴェーラの風景が見えた。ゴングが鳴るころには、マットは赤い花びらが散ったように赤く染まっていた。男は苦痛にあえぎながら〝ミチ、ミチ〃と娘の名を連呼していた。翌週、男は客とのトラブルで刺されて死んだ。逃げようとしたものの、リングで負った怪我のせいで逃げきれなかったとの話だった」

再び多摩川が口をつぐむ。今度は催促しなかった。できなかった。

「あっしは逃げるように世界を転々とした。〈葬儀屋〉としての腕を磨き、相手を傷つけず、得意技を封じたり人気を暴落させる方法を追求した。さらに何年か経ったころ、キバイから連絡があった。ネオ・ジパングで〈葬儀〉をしてほしい。報酬は、カイザー牙井との試合。あっしはすぐに日本へ飛んだ。男の顔を忘れたくて、あのときの自分を思いだすのが怖くて、コスチュームもファイトスタイルもがらりとチェンジした。これで変われると思った。居場所が得られると思った。けれどもそれは間違いだった。ミチに会った瞬間、あっしはファヴェーラのタマガワに戻っていた。自分がすっかり厭《いや》になった。プロレスは、あっしを救ってなどくれなかった」

「それは、それは違いますッ」

ブリッジをほどいて叫ぶ。

多摩川はいつのまにかリングをおり、道場の入り口に佇《たたず》んでいた。痛む身体を引きずりながら、匍匐《ほふく》前進でマットを進む。ドアに手をかけた多摩川の背中へぶつけるように、俺はもう一度絶叫した。

「あなたがプロレスに救われなかったとしても……俺は、あなたに救われています。尾崎さんも浅岸さんも根津さんも藤戸さんも、たくさんの数えきれない観客も、救われているんです。あなたのプロレスが救ったんです」

「……ブリッジのコツ、身体でおぼえましたね。忘れずにいてください」

それだけを静かに告げて、多摩川は振りかえらずに闇へと姿を消していった。

4

客席のざわめきが、徐々に大きくなっていく。

エンペラー・トーナメント初日、会場となっている都内のホールは八割がたが埋まっていた。入場開始からおよそ三十分、まもなくリングアナがマイクを手に客席へ挨拶をするはずだ。それが終われば——いよいよ第一試合がはじまる。俺のデビュー戦。そして、司藤との最初で最後のシングルマッチ。

堂鉄への懇願から数日後、初戦の対戦カードが発表された。

第一試合には〈梶本誠VS《バーサス》司藤武士〉の文字。思惑どおりだった。

団体内には「なんで夜逃げした新弟子がリングに立ててるんだ」と不満を漏らす選手も居たようだが、トーナメントの期日が迫ってくるにつれ、そうした声も自然と小さくなっていった。みな、新弟子にかまっている暇などなくなったのだろう。だから、この試合にどんな意味があるのかは誰も気づいていない。

俺と司藤、そして牙井――もうひとり、多摩川を除いては。

半月ほど前の〈特訓〉が多摩川と会った最後になる。このシリーズで彼の試合はひとつも組まれていない。しばらく再会できないような気がした。否――もしかしたら二度と会えないのではないかとすら思える。考えたくはなかったが、そんな予感が拭えない。

本当は、多摩川にこそ見てほしかったのだが。

花道の奥で呼びこみのコールを待ちながら、短く息を吐いた。

途端、背中を軽く殴りつけられる。痛みに振りかえった先では、根津達彦が拳を握りしめながら頬を膨らませていた。

「なんだよ、そのため息。オレがセコンドじゃ不満だってのか」

〈針鼠《はりねずみ》〉の異名をほしいままにするデスマッチの達人も、今日は自慢の尖った金髪をニット帽に押しこめ、極力目立たないように努めている。やはり他団体でセコンドにつくのはそれなりに気を使うらしい。もっとも、昨日いきなり電話をよこして「お前の初勝利を手伝ってやる」と言ってきたのは根津のほうなのだが。

「ちったあ感謝しろよ、こんな頼もしい援軍はなかなかいねえぞ」

あえて押しつけがましい態度で気遣うあたりが、いかにもこの男らしい。おかげでいつのまにか緊張がほぐれていた。礼を言おうと口を開きかけた直後、今度は楽屋裏から松葉杖《まつばづえ》をつきながらアトラス浅岸が近づいてきた。

「梶本、そこのニイちゃんが言うとおりや。せっかくのデビュー戦で、なにショボくれたツラしとんねん」

団体きっての巨漢レスラーのはずだが、長らくの入院生活ですっかり痩せてしまい、いまはモデルかと見まがうほどスマートな体型になっている。聞けば、今日は「どうしても見守らなあかん試合があるんや」と、医者を半ば脅すようにして一時帰宅の許可を取りつけてきたらしい。それでも自力で歩くのはまだ難しいのか、松葉杖と反対側の肩は尾崎レッドに預けている。

尾崎は、数ヶ月ほど前までトップを張っていた〈元〉人気レスラーだ。多摩川との一戦で葬られて以降は自慢の赤髪を黒く染め、得意の空中殺法からクラシカルなファイトへ転向している。女性ファンにはすこぶる不評らしいが、反対にマニア層からの支持が増えたと聞く。

尾崎、浅岸、根津――自分の関わったレスラーたちが一堂に会しているさまは、嬉《うれ》しくもあり面映《おもは》ゆくもあった。ここにもうひとり、多摩川が居れば完璧なのに――そんな思いが、再び吐息となって口から漏れる。

嘆息に気づいて、尾崎が俺の尻をこつんと蹴りあげた。

「しっかりしろっての。ここからが本番なんだぞ」

「ほんまやで、ワシの弔い合戦のつもりで根性見せんかい」

その言葉にはっとする。忘れていた——浅岸は司藤に襲撃されて、これほどの怪我を負ったのだ。堂鉄が医者から聞いたところでは、現役復帰できる可能性は低いと聞く。それを思えば、弔い合戦という表現もあながち大袈裟《おおげさ》とは言えなかった。

「……司藤に勝ったら、自分は浅岸さんより強いって証明になりますね」

複雑な心境を悟られぬよう、わざと軽口を叩く。一瞬だけ憤ったような表情を見せてから、浅岸がにやりと相好を崩した。

「このガキ、復帰したらジャイアント・スイングで投げ飛ばしたるからな」

「……待ってます」

心からの気持ちを告げた直後、尾崎が顎で会場の方角をしめした。

「無駄話はおしまいだ。そろそろ出番だぞ」

会場いっぱいに、やや古くさいシンセサイザーの音色が響きはじめる。団体設立以来変わっていない、新弟子専用の入場曲だ。

「よしッ、最高の〈志合〉をしてこいよッ」

尾崎が俺の背中に張り手を浴びせ、花道へと押しだした。

曲に合わせた手拍子のなか、根津に先導されてリングへと進む。何人かの客がセコンドの正体に気づいてどよめいたが、本人に睨まれると慌てて視線を逸《そ》らした。

「お、来た来たカジちゃん。いよいよだな！」

セコンドでは、メモ帳を手にした須原正次が待ちかまえていた。専門誌『超刊プロレス』のベテラン記者で、最近は俺の隣に陣取っての解説役を趣味にしている変わり者だ。満面の笑みを浮かべ、トレードマークのベースボールキャップが落ちかねない勢いでこちらに手を振っている。

「落ちつけカジちゃん、落ちついて闘うんだぞ！」

連呼している須原がいちばんはしゃいでいる。子供の入学式に参加しているような騒ぎぶりは微笑ましかったが、あいにく手を振りかえすほどの余裕はない。

昇降台の前で一礼し、ひといきにリングへ駆けあがる。

息を整えていると、対角線のコーナーから司藤武士が姿を見せた。黒いショートタイツに、同色のリングシューズ。格好こそ新弟子のそれだが、肉体はすでに中堅どころの風格を醸しだしている。一見すると初々しく思える顔つき、けれども目の奥には剣呑《けんのん》な光がぎらついていた。

なにげなく客席へ視線を巡らせ、息が止まる。

最前列にミチの姿があった。

冷ややかな目が自分をまっすぐ捕らえている。それとも視線こそリングに向いているが、その実なにも見ていないのだろうか。

だとしても、見えていなくても――約束を果たさなくては。

「どうして俺がプロレスラーを志したか……言葉のかわりに試合で教えるよ」

聞こえるはずがないのはわかっていた――それでも、どうか届いてほしい。

そう祈ると同時に、ゴングが鳴った。

5

第一試合とあって歓声はまばらだったが、そんなことを気にしてなどいられなかった。リングの中央まで進む足が小刻みに震えている。緊張のせいで呼吸がすでに荒くなっている。

司藤は手四つの体勢で俺を待ち構えながら、表情を強張《こわば》らせている。十中八九演技だろうが、それでも疑念は拭えなかった。もしかしたら、司藤にもなにか事情があるのではないか。本当は俺とおなじプロレス好きの若者なのではないか。そんな迷いが邪魔して、なかなか攻撃に踏みだせない。

迷い――その言葉に憶《おぼ》えがあると気づく。懸命に記憶の糸をたぐるうち、ふいに耳の奥で堂鉄の声が響いた。迷ったときは俺の顔を思いだせ――。

助言にしたがい、忌々しい顔をまぶたの裏に思い浮かべた。堂鉄の獅子面《ししめん》とともに、突きつけられた竹刀の先や薄汚れた道場の床、嘲笑する先輩連中の顔が視界に広がる。殺意と呼べるほど強い憎しみではなかったものの、気持ちを奮い立たせるにはじゅうぶんだった。

「……ナメんなあッ!」

ノーモーションで司藤の顎めがけて肘を激突させる。不意の攻撃に驚きつつも、司藤はすぐさまエルボーを打ちかえしてきた。そこそこ重い一撃だが、あきらかに本気ではない。あくまでもお遊戯ということか。怒りに拍車がかかり、さらに肘を食らわす。司藤からのさらなる反撃。こちらもひるまずに打ちかえす。肉と骨の激突する鈍い音が耳のすぐそばで聞こえている。六発、七発——さすがに呼吸が乱れて手が止まった。たまらず肩で息をしながら後退する。客席からお世辞めいた拍手がひとつふたつ起こって、すぐに止《や》んだ。

あいかわらず会場は熱を帯びていなかった。会場の隅に設置された売店へ目を遣ると、数名の客がTシャツやステッカーなどの公式グッズを物色している。前座試合など観《み》る価値もないということか。場内にただよう退屈そうな空気が、俺の仮説を裏づけていた。悔しさのあまり、ほんの数秒リングから注意が逸れる——それが、まずかった。

「うらぁッ」

短い絶叫とともに、司藤が右手を俺の股ぐらへと差しいれた。もう片方の手は首に絡みついている。ボディースラムか――気づいた瞬間、身体が宙に浮く。おなじ技でも多摩川に比べてどこか荒っぽさを感じる、腕力まかせの抱え投げ。なるほど、キャリアというのはこういう初歩的なところに出るんだな。暢気《のんき》な考察は、司藤が手を離した瞬間に吹き飛んだ。

視線の先にマットが見える。

まずい――このままでは垂直に落ちる。首からマットへ突き刺さってしまう。とっさに顎を引いて体勢を入れ替え、強引に背中から落下した。風圧、衝撃。電流がうなじから爪先まで走り、痛みで身体が海老反《えびぞ》りになった。立ちあがろうとするものの、手にも足にもまるで力が入らない。

「へえ、こないだのお返しをしたつもりだったけど……けっこう反射神経が良いね」

苦悶にあえぐ俺を見おろしながら、司藤が舌打ちをする。

やはり、わざとか。多摩川との〈特訓〉を経験していなければ、とんでもないことになっていた。最悪の事態だけは免れたもののダメージは小さくない。

「立てッ、立てよ梶本！」

根津がエプロンを両手で叩いて檄を飛ばす。リズミカルな音につられて、観客が手拍子をはじめた。がくがくと膝を震わせながら起きあがり、ファイティングポーズを取る。拍手がすこしだけ大きくなった。

〈新弟子の皮を被《かぶ》った猛獣〉と対峙しつつ、背中や足の具合をそっと確認する。痛みは残っているが、試合を続けられないほど重傷ではない。

大丈夫、ここからが本番だ。尾崎の科白を思いだしながら呼吸を整える。

と──司藤が静かにフォームを変えた。あからさまに白けた顔をしている。

「やれやれ、牙井さんが〝のちのち糧になるから前座も経験しとけ〟なんて言うもんで参戦したけど……やっぱり飽きてきちゃった」

重心を前に傾け、突きだした掌を顔の両脇まで戻している。プロレスラーの構えとはどこか雰囲気を異にする、柔道とボクシングを混ぜたような姿勢だった。

「おっ、司藤くんは〈そっち系〉の経験者か」

根津の隣にしゃがんでいた須原が、意外な展開に興奮して腰を浮かせる。いっぽう、司藤の正体を知っている根津は視線で「気をつけろ」と合図を送ってきた。

無言のアドバイスを受け、摺《す》り足《あし》でゆっくりと距離を開けていく。司藤はすでに〈演技〉を止め、退屈そうな顔を隠そうともしていない。

「ねえねえ、面倒だからさ。そろそろ終わろうよ。関節を取りあってから逆水平チョップで反撃。フィニッシュは定番の逆エビ固めでどうかな。最後は泣きながら抱きあって、ハッピーエンドの展開にしてみたいんだけど」

「……なんの話だ」

「試合の流れに決まってんじゃん。拙い技術をハートでおぎなう新人同士の熱いファイト、そのシナリオを俺なりに考えてみたんだよ。でも、ちょっと平凡かな」

司藤がべろりと長い舌を出す。怒りで目の奥が熱くなった。

「ふざけんなッ、これは真剣勝負だッ」

感情にまかせて叫んだ直後、鞭《むち》がしなるような音に続いて俺の腿へなにかがぶつかり、まもなく下半身いっぱいに激痛が広がった。

いまのは——蹴りか。察したと同時に膝が崩れる。すんでのところで踏みとどまった次の瞬間、眼前に靴の裏が近づいてきた。顔面。とっさに歯を食いしばる。

間違いだった。

喉をえぐる感触。呼吸が止まり、マットに手をついて激しく咳《せ》きこむ。キックの軌道を直前で変え、喉元めがけて爪先を突き刺したのだと悟る。

「大丈夫かッ、梶本。まだできるかッ」

駆け寄ってきたレフェリーが耳元で訊ねる。「平気です」と答えたくとも、血だらけの唾が口から垂れるばかりで声にならない。

「小僧ッ、気をつけろッ！」

根津の声に視線をあげると、ゆっくりこちらへ近づいてくる司藤の足が見えた。

「なんだよ、せっかく良い感じの〈プロレス〉を提案してやったのに、文句ばっか言いやがって」

引き離そうとするレフェリーを片手で押しやり、司藤が四《よ》つん這《ば》いになった俺の前へと屈《かが》みこむ。数名の客が、異様な雰囲気を察してざわつきはじめた。

「なあ梶本、この蹴りがお前の求めていた真剣勝負だよ。わかっただろ。技を受けきるだの気迫で跳ねかえすだの、そんな絵空事は有り得ないんだ。大切なのは技術と殺意。感動とか根性とか人生とか、そういう余計なモンは必要ねえんだわ」

言葉遣いが荒くなっている。自身の科白に興奮しているのか、それとも地金が出てきたのか。

「プロレスが真剣勝負かどうかって……お前、本気で言ってんのかよ。飛んだり跳ねたりロープに振ったり戻ってきたりする殺しあいが、どこの世界にあるんだ」

「プロレスは……殺しあい、なんかじゃない」

きれぎれに言葉を吐きだす。司藤が目を大きく見開いた。

「相手を殺せねえ闘いなんて無意味だろ。リングってのは戦場なんだ。弱肉強食の荒野なんだ。勝てば英雄、負ければ終わり。きわめてシンプルな話さ。ところがプロレスときたらどうだ。前座試合から這いあがって、友情ごっこだの裏切りだのまどろっこしいドラマを見せて、ダラダラと勝ったり負けたりする。最悪だよ。けれど、それも今日で終わりだ。このあとお前を壊してからマイクを奪い、この団体……いや、すべてのレスラーに宣戦布告する。全員を半殺しにして、プロレスそのものを葬ってやるよ」

這いつくばったままの俺を置き去りに、司藤が悠々と起立する。演説に焦《じ》れた数名の客から野次が飛んだ。

「暢気にお喋《しゃべ》りしてんじゃねえ！」

「とっとと闘え！」

声の方角をひと睨みして、司藤が「ッせえな、わかったよ」と言うなり——跳躍した。うつ伏せの俺に真上から覆いかぶさるや、伸ばした腕を一瞬のうちに首へと巻きつける。喉が潰れ、呼吸が止まる。顔がどんどん熱くなっていく。ぎりぎりと首を絞めながら、司藤が耳元で囁《ささや》いた。

「ビックリしただろ？　柔術式のスリーパーホールドだよ。地味だけど、きちんと極《き》まれば確実に相手を落とせるこの手の技が、今後は持て囃《はや》されるようになるぜ。引退の思い出におぼえておきな」

悪戯《いたずら》っぽく笑いながらも、力はいっかな緩む気配がない。振りほどこうと試みた指には、まるで力が入らなかった。

視界がゆっくり狭まるなか、朦朧《もうろう》としながら確信する。このあと俺が失神しても司藤は攻撃の手を休めず、浅岸とおなじように病院送りにするだろう。だとしたら奴《やつ》の宣言どおり、現役続行は難しいかもしれない。たぶん、俺のキャリアは今日で終わる。

皮肉なものだと思わず苦笑してしまう。プロレスの強さを知りたがっていた自分が、プロレスの弱さを証明するための生贄《いけにえ》になるとは。一度くらいはメインイベントのリングに立ってみたかったが、どうやら前座試合であっけなく幕引きらしい。

くだらねえ。本当に、くだらねえ。

かつての口癖を内心で漏らす——直後、多摩川の声が頭のなかで響いた。

プロレスは前座がもっとも重要なんです——。

前座試合は観客にとって〈今日のプロレス〉になるんです——。

驚きで正気に戻り、息苦しさがほんのすこし弱まっているのに気づく。司藤の腕が汗で滑り、わずかに気道が確保されていた。

酸欠で痛む頭を必死に回転させて打開策を探る。そのあいだも多摩川の声は止まなかった。今日のプロレス、今日のプロレス——。

違う。

もうひとりの自分が反論する。

前座が今日のプロレスだというのなら——この試合は前座なんかじゃない。

俺が見せたいのは〈明日のプロレス〉だ。

明日へ続くリングに立ちたいのだ。

未来に繋《つな》がる試合を闘いたいのだ。

いつのまにか、気力が胸のうちにみなぎっている。司藤に気取られぬよう、こっそりとポジションを確認した。思ったとおりだ。油断で密着が甘くなり、わずかに身体が動かせる。これなら——勝てる。

練りあげたばかりの作戦を反芻《はんすう》し、ひとつ深呼吸をしてから——俺はミミズがのたくるように身体を波立たせた。

奇抜な動きに場内がどかんと沸く。突然の爆笑に虚を衝《つ》かれ、司藤の手が緩む。その機を逃さず強引に裸絞めから脱出すると、俺はすばやく立ちあがった。

先ほどまでとは比べものにならないほどの拍手がおこる。コミカルなポーズで一礼すると、喝采がさらに大きくなった。

「こ、この技って多摩川さんのアレでしょ！」

喧騒に負けじと須原が叫ぶ。親指を立てて「正解」と答えた。

尾崎レッドとの試合前に、多摩川と〈特訓〉したブレイクダンスのムーブ。あの奇抜なトレーニングが、まさかこんな場面で役に立つとは。

司藤はその場に立ち尽くし、真っ赤な顔で身体を震わせていた。こめかみには蛇に似た青筋が浮いている。圧勝して当然の〈地下闘士〉には、予想外の切りかえしが相当な屈辱だったらしい。

「覚悟しろよ、てめえの足でリングを降りられると思うな」

本気の処刑宣告。返事がわりに自分の頰を張り、「打ってこい」と挑発する。

「……上等だッ」

司藤が左右に軽くステップを踏んでから一気に距離を縮め、右のストレートを打ちこんできた。予想どおりの動き——拳から目を逸らさずに、勢いよく頭を突きだす。次の瞬間、石臼を碾《ひ》くような重低音が響き、額に激痛が走った。倒れそうになるのをなんとか踏みとどまって、対戦相手を見据える。

司藤は右手を押さえ、苦痛に顔を歪めていた。拳の皮膚が破れ、赤い肉が露出している。作戦成功、思わず吠えたくなってしまう。

「なるほどッ、〈ボルト〉でのアレを使ったか！」

セコンドで膝を打つ根津へ視線を送り、無言で「ご名答」と告げる。

風魔との一戦を前におこなった〈殴られ屋〉の特訓。多摩川はわざと打撃をもらいつつ、急所を的確にずらしていた。俺はあの戦法をさらにアレンジし、人体でいちばん硬い部分——額をぶつけることで相討ちを狙ったのである。出たとこ勝負の賭けだったが、どうにかこうにか成功したようだ。

安心するのはまだ早い。自分を戒め、二重にぶれる視界で懸命に司藤の動きを追う。敵は体勢を立てなおし、まさに左のミドルキックをはなつ直前だった。躊躇《ちゅうちょ》なく足の甲めがけて再び首を伸ばす。硬いものにぶつかる感触。背骨まで痺《しび》れ、足がふらつく。

それでも司藤は止まらない。今度は左のジャブ。警戒しているのか、先ほどよりもスピードが遅い。前頭部を加速させて司藤の拳に激突させる。竹を割ったような軽い音が頭上で聞こえ、相手の手の骨が折れたのを悟った。歓声のなか、たたらを踏みながら転倒をどうにか堪え、手負いの獣を睨みつける。

「舐めやがって、舐めやがって……」

うわごとのように繰りかえす司藤は、見るも無残なありさまだった。両の拳が滴る血で赤く染まり、足の甲は饅頭《まんじゅう》を思わせるほどに腫れあがっている。すくなくとも、打撃で勝利を飾るのはもはや不可能に違いない。

「棺桶《かんおけ》の蓋が開いたな」

多摩川の常套句《じょうとうく》が自然と口をつく。俺はなにを葬るつもりなのだろう。

ひとあし踏みこむなり、司藤がびくりと肩を震わせて後退する。目のぎらつきはすっかりと消えていた。はたして折れたのは牙か、それとも心か。いずれにせよ、彼は獣を辞めていた。

「司藤……お前、リングは戦場だと言ったよな。荒野だと言ったよな」

「……なんの話をしてやがる」

自分でもわからない。それでも喋らずにはいられなかった。

「お前の言葉どおり、リングが戦場なのだとしたら、プロレスラーはそこに咲く一輪の花だ。四角い荒野に花が開く……その瞬間を待ち望んで、客はリングを見守るんだ。レスラーは闘い続けるんだ。この場所にあるのは、強さでも弱さでも勝ちでも負けでもない。明日への種なんだよ」

「……さっさとレスラーを辞めて詩人になりな。才能あるぜ」

針で突けば割れそうなほどに脆《もろ》い虚勢。不思議と腹は立たなかった。この男はこの男なりに、なにかを賭けてリングへあがったのだと直感する。もう一度、否——何度でも闘ってみたいと心から思う。憎しみと信頼が交差している。ならばこれは、プロレスだ。

「さあ、フィニッシュだ。大きな花を咲かせようぜ」

静かに身構えた。頭痛はあいかわらず不快なリズムを刻んでいる。あれほどの打撃を頭蓋で受けて、さすがに無傷とはいかなかったようだ。やけに歓声が遠い。見ている景色が現実なのか幻覚なのか、わからなくなる。

ふいに——見たこともないはずのスラム街、ファヴェーラが脳裏に浮かんだ。血腥《ちなまぐさ》い風のなかを、子供たちが笑顔で走っている。ぎらついた目の男たちを躱《かわ》して、楽しげに広場へ駆けていく。草だらけの広場には、手作りのリングが据えられていた。板切れを敷いただけのキャンバス。荒縄を張っただけのロープ。

おんぼろのリングでは男が闘っていた。よく知る男だ。彼の広い背中を広場の片隅から若い女が見守っている。約束を交わした、あの女だ。

約束――我に還る。そうだ、伝えなくては。届けなくては。

最前列のミチに目を配った刹那、咆哮《ほうこう》をあげながら司藤が襲いかかってきた。すばやく後ろへ退《さ》がってロープに背中を預ける。いつも握りしめている感触よりも、やけにロープが太く思える。まるで男の上腕だ。ふと、〈特訓〉で味わった多摩川の腕を思いだす。

瞬間、最後の技が閃《ひらめ》いた。

反動をつけて一気に走る。捕まえようと伸ばした司藤の手をかい潜《くぐ》り、腰をがっちりとホールドした。チャンスは一度きりしかない。多摩川に教わったブリッジのコツを反芻しながら、上半身を後方へ反りあげた。

「フロント・スープレックスかよ！」

「よし、百点満点のブリッジだ！」

立ちあがる須原と根津の姿が、逆さまに見えた。

風圧、衝撃、振動――。

司藤はすでに脱力している。それでも俺はブリッジを崩さない。このままの体勢を続ければ、多摩川があの日の話の続きをしてくれる気がした。故郷の話を。プロレスの話を。

レフェリーの手がマットを三回叩き、ゴングが激しく打ち鳴らされる。

その場へ倒れこむと同時に、根津と須原がリングへ駆けのぼってきた。客席からは、試合開始のときよりもすこしだけ多めの拍手。悪くない気分だった。

高揚感にまかせ、隣でうずくまる司藤へ「また、やろうな」と呼びかけた。

返事はない。答えは気長に待つよ——心のなかで思う。

手にしたベースボールキャップで俺を煽《あお》ぎながら、須原が微笑んだ。

「おお、お世辞ぬきで、長い記者生活でも五本の指に入るベストバウトだよ」

「おお、野球帽オヤジの言うとおりだ。今日いちばんの試合だったぜ」

ガッツポーズを作る〈針鼠〉に苦笑いしながら、俺は首を横に振る。

「お楽しみはこれからですよ」

「いやいや、メインだってこの試合は超えられねえと思うよ」

わがことのように喜ぶ根津に、それ以上はなにも言えなかった。

違うのだ。そうではないのだ。

俺は知っている。本当に観るべき試合は——このあとに待っている。

6

夜の空気が、ホール全体をひっそりと包んでいる。無人の客席、闇にぼんやり浮かぶリング。つい数時間前まで自分が闘っていた場所とは思えない。

感慨にふけるなか、花道の奥から靴音がふたつ近づいてきた。予想が当たっていたことに胸を撫《な》でおろす。否――まだ安心するな梶本。本番はここからだ。リングのまんなかで来訪者を待つ。靴音の主たちがホールへ踏み入り、足を止めた。

「……梶本さん」

サーモン多摩川が、花道の手前で声をあげる。後ろでは、スーツ姿のカイザー牙井がこちらを見つめていた。

「お待ちしていました。これから、ここで試合をするつもりなんですよね」

ふたりが顔を見あわせる。

「野良犬、誰から聞いた」

「ちょっと考えればわかりますよ」

無言のまま、牙井がリングへ近づいてくる。鋭いまなざしが、俺に発言を続けるよう要求していた。

「多摩川さんはあなたと試合することを条件に、葬儀屋の仕事を請け負って来日した。しかし天下のカイザー牙井が闘うとなれば、マスコミも客も放っておかない。とはいえ、この試合はふたりだけの秘密の約束。できることなら誰にも知られたくない。さて、ここで問題になるのが……リングです」

言葉を止める。見計らったように、多摩川がのっそりとロープを潜った。いつのまにかシャツを脱ぎ捨て、ピンクタイツの戦闘態勢に切り替わっている。牙井はリングサイドに留まり、こちらの様子を窺っていた。

「観客不在のリングなんて、そう簡単には用意できません。特にネオは毎週のように興行を打っている。いかに創業者とはいえ〝ちょっと貸りるぜ〟というわけにはいかない。だとすれば、答えは簡単です。すでにリングが設置されている場所……つまり、二日連続でおこなわれるエンペラー・トーナメント初日、リングが撤収されないこの夜しか選択肢はなかった……。どうですか、俺の推理は」

しばしの静寂ののち、牙井がゆっくりと拍手をした。革手袋のぶつかる軽い音が、しんと冷えた場内に響く。

「野良犬、レスラーを辞めて探偵に鞍替《くらが》えするつもりか」

「司藤からは詩人になるよう薦められましたけどね」

「どちらも止めておけ。お前はリングの上がいちばん向いてるよ」

俺と目を合わせることなく、多摩川が牙井に問うた。

「どうします。仕切りなおしましょうか」

牙井が皮手袋を脱ぎ捨て、ひらひらと掌を振る。

「ひとりくらい立ち会いが欲しかった。好都合だよ」

「すいません、ひとりじゃないんです」

俺の言葉にふたりが表情を変えた。

「試合後に声をかけ、残ってもらいました」

静かに告げて、非常灯さえ届かぬ客席後方へ視線を移す。暗闇には、もうひとりの招かれざるゲスト――ミチが座っていた。

「やりやがったな、野良犬」

「お前さん……大したタマですね」

こちらを睨む二匹の獣を、目で圧《お》しかえす。

「俺は即席レフェリーをするために待っていたわけじゃない。あなたたちに聞きたいことが山ほどあるんです。それは、ミチもおなじです」

「……まずは闘《や》らせろや。インタビューは試合後と相場が決まってるんだ」

言いながら牙井がジャケットをその場に落とし、ネクタイを解いてシャツのボタンをはずした。ズボンを脱いでショートタイツ姿になる。締めなおしたレスリングシューズの紐《ひも》が、きりりと鳴った。

「さあ……こっちは準備万端だ」

リング手前で自らの頬を張ってから、〈皇帝〉が雄獅子を思わせる動きでリングへ入ってきた。その肉体に思わず目を見張る。わずかに細くはなったものの、現役時代と比較してもなんら遜色がない。いっぽうの多摩川も、いっそう身体の厚みを増している。どのような試合になるのか想像がつかない。

お互いがコーナーへ退がる。空気が歪む。いつのまにかホールに熱が満ちている。

「……牙井さん、本当にいいんですね」

「ゴングは鳴らねえ。いつでもかかってきな」

言い終わると同時に、多摩川が仕掛けた。

俊足で牙井の懐に飛びこみ、勢いを活《い》かして逆水平チョップをはなつ。胸板を打つ激音が反響する。多摩川がバックステップで距離を取った。牙井がにやりと笑って、足を踏みだし――。

「えっ」

そのまま膝をつくや、真っ赤な液体をマットにぶちまけた。

薄暗がりでもわかるほどの喀血《かっけつ》。尋常な量ではなかった。多摩川の一撃がどれほど強力であっても、これほどのダメージには至らないはずだ。

尻餅をついたまま、牙井が自軍のコーナーへと退がる。多摩川はすでに構えを解き、血まみれの〈皇帝〉を見おろしている。

「……準備万端ではなく満身創痍《そうい》の間違いでしょう。さすがは筋金入りのプロレスラー、どこまでも嘘つきだ」

コーナーポストにもたれかかり、牙井が唇を掌でぬぐう。呼吸が整うのを待って、〈怪魚〉が再び言葉を続けた。

「癌《がん》なんでしょう。病院まで尾行《つけ》させてもらいました」

「……ヤブ医者のたわ言だよ。本気にすんな」

「国内有数の癌の権威をつかまえておいて、ヤブですか」

「大ヤブだよ。なにせ、あのジジイに宣告された俺の余命はとうに過ぎてるんだぜ。おまけにこないだの検診では〝立っているのが不思議なくらいです〟とヌカしやがったんだからな」

多摩川がおもむろにリングサイドへ近づいて牙井の鞄《かばん》に手を突っこみ、大ぶりの缶を取りだす。一見すると殺虫剤かヘアスプレーのようにも見えるが、ノズル部分には幅広の吸入口がついている。

「……携帯用の酸素ボンベですか。こんなものが必要なほど衰弱しているとはね」

「心配するな。もしもの緊急用だよ」

「いまがその緊急事態でしょう」

牙井がボンベを乱暴にひったくり、自身の口へあてがった。せわしない呼吸音が続き、上下していた肩が次第に落ちついていく。

「まったく……一度くらい経験してみたかったんだが、やっぱり無観客試合ってのは難しいな。ファンが居ねえとチョップひとつ受ける気にならねえや」

どこまでいっても――プロレスラーだ。

静まりかえる闇のなかで〈皇帝〉が笑った。泣いているのかもしれなかった。

「おい……梶本」

「は、はい」

突然の指名に狼狽《ろうばい》する。

「知りたいことってのはなんだ。今日は体調が良いから、特別に答えてやる」

戸惑った。

軽口を叩く程度には元気なようだが、それでもあれこれ訊ける状況とは思えない。

「いや、あの、別に今日じゃなくても」

「安心しろ、いますぐ死ぬわけじゃねえ。話すくらいの余裕はある」

多摩川に視線で助けを求める。けれども、物憂げな瞳からはなんの答えも導きだせなかった。自分で決めろということか。覚悟を決めて、拳を握る。

「……俺は、あなたがプロレスを潰そうとしていたなんていまだに信じられない。教えてください。牙井さんはどうしてボルトと手を組んだんですか。なんで司藤をネオに潜入させたんですか。そして、多摩川さんに葬儀を依頼したのはなぜですか。やっぱり、プロレスを葬るためなんですか。だとしたら、仲間同士でなぜ闘おうとしているんですか」

息も継がずに言いきる。牙井が弱々しい声で「長《なげ》ぇ質問だな」と笑った。

「答えもウンザリするほど長ぇぞ。耳かっぽじっとけ」

返事のかわりに姿勢を正す。

牙井が軽く咳きこんでから、ロープへすがるようにして立ちあがった。

「不思議な縁だよ……ちょうど三十年前の今日、俺はデビューしたんだ」

〈皇帝〉がコーナーポストに寄りかかる。先ほどよりも、ひとまわりちいさく思えた。

「相手は二年先輩のレスラーだった。今日のお前みたいにガチガチでよ。無我夢中のまま組みつくうち、気がついたら試合が終わっていた……勝っちまったのさ。さあ、控室へ戻ってからが大変だった。当の負けた先輩から〝気が利かねえトンパチめ、先輩を立てて素直に負けろってんだ〟と、柘榴《ざくろ》みてえな顔になるまで殴られてよ。鼻が折れ、歯が砕けても、ほかの連中は誰ひとり止めなかった。そのとき決めたのさ。忖度《そんたく》だの手心だのが要らない〈真剣勝負〉をやってやるとな。以来、俺は闘い続けた。先輩、団体、客、世間……真剣勝負じゃねえとヌカす輩《やから》は、誰であろうが全員ぶちのめしてきた」

軽い靴音に振りむくと、いつのまにかミチがエプロンに立っていた。リングの不穏な様子を察し、最後列から駆けつけたらしい。慣れないロープをおそるおそる摑《つか》み、じっとこちらへ身を乗りだしている。

「ネオを立ちあげ、俺は世界を渡り歩くようになった。外国人選手の青田買いを兼ねて、強く激しく逞しいファイトを世界に売りこむワールドツアーをおこなった。シャケと出会ったのは、ちょうどそのころだ。血の気の多い若僧だったがセンスはなかなかのものだった。面白いことに、こいつは強いか弱いかより客の反応に感動していた」

そこで、はじめて多摩川がわずかに動いた。寂しさを隠そうともせず、静かに微笑んでいる。

「そのときは〝変わった男だな〟と思っただけだった。再戦要求があまりに鬱陶しくて〝世界中のプロレスを見てきたら考えてやるよ〟と適当にいなし、気まぐれに〝これで日本語をおぼえな〟と鞄に入れっぱなしだった『白鯨』って小説をくれてやった。〝あっしが来日したら故郷に凱旋《がいせん》ですね〟なんてふざけた口調でヌカすもんで、〝だったらリングネームはサーモンだな〟と笑ったのを憶えている」

「ホエールとでも命名してもらうべきでしたね」

「お前はモビー・ディックじゃなくて、それを追うエイハブ船長だろうが」

〈怪魚〉の軽口に牙井が笑い、再び咳きこんだ。マットに血の斑点が散る。赤い花が脳裏に浮かぶ。顔も知らないミチの父親を思いだす。

一分ほどかけて呼吸を整え、牙井が再び回顧録のページを捲《めく》った。

「そのときの試合を、シャケのギャング仲間も見ていた。闇の世界で生きてきたことがひとめでわかる男だ。数年後にたまたま再会すると、そいつは地下倉庫にリングを据え、集まった客に試合の勝敗を賭けさせていた。いまのボルトの原型だ。俺の試合を見て、ひらめいたらしい」

ふいに、鉄のような臭気が鼻に届く。牙井の喀血のにおいか、それとも過去から漂ってきた亡霊の吐息だろうか。

「しばらく経って、男が勢力を拡大したという噂《うわさ》が耳に入った。ブラジルを飛びだしてアメリカやヨーロッパに進出、日本でも手広くやっているとの話だった。それでも俺はあまり気にしなかった。裏の世界で細々と稼ぐぶんには構わない。こっちはこっちでやればいいとな。ところが、一年前……ボルトが表舞台に名乗りをあげようとしている事実を知った」

「表舞台って……新しいプロレス団体を作るってことですか。ネオのライバル団体になるってことですか」

驚きのあまり口を挟む。牙井が力なく首を振った。

「ライバルなんて生易しいものじゃない。ボルトは、プロレス自体を葬る気なのさ」

血腥さが濃くなった。確信する。やはりこれは、過去の腐臭だ。

「三本のロープに四角いマット。リングはプロレスのそれと一緒だが中身はまるで違う。決着はKOかギブアップのみ、流血や負傷も厭《いと》わない。ボルトのルールをそのまま採用し、自分たちは既存のプロレスではないと主張するはずだ。さしずめ、あらゆる格闘技を総合した〈競技〉であると謳《うた》うつもりなんだろう」

「ジャ、ジャンルが違うなら別に放っておいてもいいじゃないですか」

牙井が酸素ボンベを手にした。多摩川が代弁を引き受け、一歩前に進みでた。

「梶本さん。競技になるというのがどういうことか、わかりますか」

「反則や凶器攻撃が認められない……つまり、勝ち負けが公正になる」

「すると、なにが起きると思います」

わからない。沈黙する。ややあって、多摩川が短く呟いた。

「賭けの対象になるんですよ」

酸素ボンベをマットに投げ捨てて、〈皇帝〉が解説に復帰する。

「珍しい話じゃねえ。どの〈健全なスポーツ〉でもごく普通におこなわれている〈不健全な遊び〉だ。あらかたボルトも、表の収益と裏の収入、両方が得られると踏んだんだろう」

「でも……でも、そんな白か黒かだけの競技なんてつまらないでしょう」

「逆だよ。これからの時代は、白黒はっきりしたものだけが認められる。金を儲《もう》けた人間、正論を吐く人間、道を踏みはずさない人間、迷惑をかけない人間。そんな連中が大手を振るはずだ。リングも一緒さ。勝ったか負けたか、強いか弱いか。ゼロと百しかない闘いを人々は賞賛する。その風を嗅ぎとったから、ボルトは陽のあたる場所に顔を出そうとしているんだ」

牙井がセカンドロープに腰をおろす。マットが軋む。リングが泣いている。

「だとすれば……プロレスは危うい。インチキくさいのに純粋で、嘘つきのくせに正直すぎて、狡賢《ずるがしこ》いのに誠実に闘う。白と黒の境界が曖昧すぎるプロレスは、やがて時代に否定される。処刑宣告を突きつけられ、潰される」

牙井がさらにロープへ体重をかけ、再びマットが揺れた。まともに立っていられないのだろう。頭にちらつく「限界」のひとことを、必死で追い払った。

「なんとか止めようとした矢先……病気が見つかった。運命の皮肉さに笑っちまったよ。プロレスを誰にも笑われない〈闘い〉にしようと汗を流し、血を垂らしてきた。鍛えた肉体をぶつけあい、外連味《けれんみ》のないファイトで客を魅了しようと躍起になった。だが……その結果得られたものは闘いの意味を履き違えた悪党と、余命をとっくに過ぎた、くたばり損ないの身体だ」

ロープを摑み、牙井が立ちあがろうと試みる。けれども腰が浮く気配はなかった。多摩川が添えようとした手を払い、再びロープに座る。

「だから……俺はシャケを呼び寄せたのさ。こいつは狡くて、巧《うま》くて、強い。シャケの試合を観た客や、闘った選手のなかに、プロレスの種が蒔《ま》かれたはずだ。その種が生き延びてくれれば、格闘技の嵐が過ぎ去ったあとの荒野に芽が出るかもしれない。花が咲くかもしれない。あいつは、わずかな希望なのさ」

「藤戸さんとぶつけたのも、司藤さんと絡めたのも、そのためですか」

多摩川の問いに、牙井がゆっくり頷いた。

「あいつらは、方向こそ違えどまっすぐすぎる。おかげで、梶本にも世話かけちまったけどな」

視線が俺に注がれる。慌ててかぶりを振った。

と――突然、牙井が神妙な顔を一気に崩した。

歯を見せて笑う。口の脇から血がひとすじ流れた。

「ところが、だよ」

「ここで問題が起きた。病気の野郎が思いのほか手強《てごわ》くてよ、どう頑張っても試合の約束を果たせなくなっちまったんだ」

「約束なんて、あっしは別に」

「うるせえ、俺はギャラの払いだけは遅れたためしがねえんだ。天下のカイザー牙井が、約束を反故《ほご》になんてできるか」

ロープを伝うようにして、牙井が起立する。

「だから俺は……世界じゅうの伝手《つて》を頼って、ようやくシャケと因縁のある娘を見つけだした。俺との試合がご破算になったときの保険にと呼び寄せたが、最初からタネを明かしちまえば、堅物のお前はとっとと帰国しちまうだろうからな。隠しとおすのに、だいぶ苦労したんだぜ」

サードロープをたどり、牙井がミチのもとへ近づいていく。

闇のなかを進む姿に『蜘蛛《くも》の糸』が重なった。たしか——主人公の男がめざしていたのは極楽だったはずだ。

「かわりの手形になるかどうかはシャケ次第だが……よかったら、救ってやってくれ。この子も、お前も」

牙井がロープを開ける、その隙間を器用に潜り、ミチが多摩川のもとへと歩み寄った。

〈怪魚〉はまっすぐに彼女を見つめている。

なにが起きても受け入れる、そんな目をしていた。

「……私ね、〝父を間接的に殺した人に会わせる〟と言われて日本へやってきたの」

俯《うつむ》いたまま、ミチがぽつりとこぼす。

「その日以来、ずっとあなたのプロレスを観てきた。赦《ゆる》すにせよ許さないにせよ、あなたがなぜ父を死なせたのか、理解できないのは厭だったから」

あいかわらず抑揚のない声。底流にあるのが憤りなのか悲しみなのか、それともまるで別の感情なのか、俺には読みとれなかった。

「でも……まだわからないの。プロレスっていったいなんなのか。なんで闘うのか。どうやってあなたがプロレスに救われたのか。なにもわからない……だから」

言葉を止めて、きっと多摩川を睨む。

「教えて。それが、あなたの義務でしょ」

強い瞳。硬く結ばれた唇。

彼女の心を流れているのは怒りや憎しみではなく、決意なのだと理解する。

多摩川はなにも言わない。長い静寂――ふいに牙井の喘鳴《ぜんめい》が途切れた。マットにへたばり、ロープに背中をもたれかけている。

「シャケ……契約終了だ。母国に帰れ」

振り絞るような声。遺言だと悟る。

「帰ってプロレスを広めてくれ。俺がそうしたように、お前なりの種を蒔いてくれ。格闘技が世界を席巻し、勝ち負けばかりの時代になったとき、それでは救われない人間たちのために、お前がリングを守ってくれ」

「……ともかく、まずは病院に」

「心配する演技は止《よ》せよ、嘘つきレスラーめ。とっくに手遅れだとわかってるんだろ」

「ええ」

「だから、ここでお別れだ」

ゆっくりと肯《うなず》いて多摩川が無言でリングをおりる。ミチと俺もあとに続いた。

背後のリングに満ちていた気配が、ふっ、と消える。

振りかえるなと自分に言い聞かせ、視界が滲《にじ》むなかを進み続けた。


ホールを出たと同時に、矢も盾もたまらず叫ぶ。

「多摩川さんッ」

十メートルほど先を歩いている広い背中が、止まった。

「俺も、付いていきます」

隣のミチが息を呑み、目を丸くする。

無謀なのはわかっていた。それでも、荒野に咲く花を見てみたいと思った。

「……長い闘いになりますよ」

それだけ言うと、多摩川は夜空を見あげて再び歩きだす。

雲間から覗く月光が、はるか彼方《かなた》に降り注いでいる。

「覚悟してます。付き人ですから」

迷うことなく答え——俺は彼のもとへと駆けていった。

エピローグ

拝啓　ピューマ藤戸さま

お元気ですか。ブラジルはすっかり夏の陽気です。

挨拶もなしに日本を発《た》ってしまってから、あっというまに一年が過ぎました。

多摩川さんは、ミチの故郷でプロレスを教えています。ヤギのほうが人より多いような田舎の村です。俺は「もっと大きな街で試合をしたらどうか」と盛んに訴えていますが、本人はテコでも動こうとしません。しまいには「日本でも近い将来、地域に根ざした団体が次々と旗揚げしますよ」なんて予言めいたことまで言いだす始末です。

ネオと大和以外の団体が乱立するなんて、自分にはとうてい信じられませんが……もしも本当にそんな未来が待っているのなら、それは、多摩川さんの蒔《ま》いた〈種〉が芽吹いた証拠なのかもしれません。

前置きが長くなってしまいました。さて、ここからが本題です。

実はこの手紙を書いたのは、多摩川さんのメッセージを伝えるためなんです。多摩川さん、日本語の会話は問題ないんですが筆記はどうにも苦手らしく、しかたなく俺が代筆しているというわけです。

実は、多摩川さんはあなたに〈葬儀屋〉を引き継いでほしいんだそうです。

「一語一句漏らさず伝えてくれ」と頼まれたので、以下に言われたままを書いてみます。

《藤戸さんもご存じのとおり、プロレスラーは狡《ずる》くて弱くてしたたかな人間です。ときには、表のルールで解決しないトラブルも出てくるでしょう。ですから、そういう事態に対処できる人間が業界には必要なのです。そして……あっし以外にそれができそうな人間は藤戸さん、お前さんしか居ません。

牙井さんが生前、各団体に話をつけておいたそうです。ですから藤戸さんさえ「イエス」と言ってくれれば、すぐに依頼が舞いこむはずです。お前さんの大切な友人……いまも眠り続けている同期の選手を助けることにも繋《つな》がると思います。どうか、すこしだけ考えてみてはくれませんか。

ただ、自分で言うのもおかしな話ですが〈葬儀屋〉という名前は、どうにも縁起が悪い。なので、お前さんさえ良ければ、別な名称……例えば〈掃除屋〉なんて名乗るのはどうでしょう。葬儀屋よりは清潔感があるのではないかと思います。

たとえ、どれほど時間がかかっても……いつの日か、お前さんが現在のあっしとおな

じように、自分を許し、運命を許し、心からプロレスを楽しめる瞬間が来ることを、心から願っていますよ》

まもなくこちらでは、イペーという花が満開になります。
ミチによれば、鮮やかな黄色をした美しい花だそうです。
花が咲くその日を待ちながら、いまは闘い続けています。
では、また気が向いたら手紙を書きます。
そのときには、花びらも添えて送るつもりです。

敬具

梶本誠

解説

青木真也

解説に入る前に自己紹介をしようと思う。
青木真也《あおきしんや》。

総合格闘技選手として紹介されることが多いのだが、プロレスラーとしても活動している。プロレス団体ＤＤＴでは実際にエクストリーム級王者としてベルトを保持していて、自分で言うのもおかしいのだが、珍しいタイプのレスラーなのだと思う。プロレスラーが総合格闘技に参戦することは二〇〇〇年前後の格闘技ブームでよく見られた光景だが、総合格闘技選手がプロレスを現役期間中に兼業する例は珍しい。周りの総合格闘技選手から奇妙な目で見られることもあるし、プロレスを理解していない選手からしたら面白くない話だと思うが、僕はプロレスも格闘技も同じ闘いであり、同じ表現として捉えて闘っている。プロのレスラーだ。

プロレスとは何か。

僕にはわからない。だが僕の中には僕のプロレスが存在しているのは事実だ。広義の言葉で個々に定義づけが存在しているから，個々のプロレスが存在している。レスラーにもファンにもそれぞれのプロレスが存在しているのだ。多様性が声高に叫ばれる現在において、プロレスほど多様なものも珍しいのではないか。多様性は美しく、心地良いもののように思われているが、実際は自分以外の価値観が存在して、それが不快だったとしても否定しないことだから、豊かだけれども不快なもののように思っている。

僕はプロレスが下に見られるような言い回しが嫌いだ。何気なく使われている「二人はプロレスしている」とか「プロレスでしょ」の言い回しを聞くととても嫌な気持ちになるのだ。プロレスをどこまで知っているのかと思うし、プロレスの凄《すご》さを理解していないのだろうと心底思う。残念ながら毎回怒っていたのなら、こちらが消耗してしまうから、触れないようになる。

プロレスは何が凄いのか。単純に技を受けるとか、できないことをするとか、凄いことをあげたらキリがないのだけど、プロレスラーは一つ一つの技に意味を見出して、それを組み立てて試合を成立させるのだ。総合格闘技のように勝つことが全てではないし、勝ち方や負け方が問われるのであって、そのために技を磨き、試合を組み立てるのだ。勝者も敗者も立つものを作り上げる。社会に置き換えても勝者だけでは成り立たないわけだから、敗者が輝く「グッドルーザー」を作りあげるのは社会においても同じなのではないか。僕はレスラーとは闘う人だと捉えているから、実は社会で闘うすべての人がレスラーなのだと思う。

プロレスを知ってほしい。プロレスを知れば豊かになるのに。

だがプロレスを題材にするのは難しい。それも小説として書くのは余計に難しい。プロレス特有のグレーゾーンが存在するし、レスラー同士でしかわからない部分があるからだ。ロープに振って相手が返ってくる理屈を説明することは簡単だけど、それを説明することはできないのだ。

そこにでてきたのが『葬儀屋《アンダーテイカー》』なのだ。

葬儀屋と聞くと選手生命を葬ってしまうような印象を受けるのだが、サーモン多摩川《たまがわ》が対戦相手を破壊して再生していく物語になっている。ときには相手のフィニッシュホールドを潰し、ときには相手のキャラクターを潰して、再生していく。共に造りあげるプロレスの醍醐味《だいごみ》であり真骨頂を、作品を通じて伝えていくのだ。最初から最後までプロレスラーとして共感できた。

僕がプロレスに感じる素晴らしさ、疑問、危機感を代弁してくれているような作品なのだ。僕がプロレスに感じているのは、作中のサーモン多摩川の言葉を借りるのであれば、「プロレスに救われたんですよ」なのだ。ファン時代はレスラーの立ち上がる姿に力をもらい、負けても立ち上がる姿に当時の思うようにいかない人生を投影した。実際にレスラーとしてリングに上がるようになってからも、家庭でのゴタゴタで独居中年となった自分を救ってくれたのはプロレスであり、嫌なこともプロレスをしているときだけは忘れて多幸感を得られた。素晴らしいプロレスを多くの人に知ってほしい。僕の想《おも》いを代弁してくれる作品であり、作者の黒木《くろき》あるじさんもプロレスに救われ、プロレスを愛している方だと感じた。

自分語りが多過ぎた。肝心の内容に関してだ。

近年のプロレスはお互いに得意技を返し合うことで盛り上がる試合が主流になっている。大技の連発によって、観客は沸くが連発することで技が軽くなり、技の説得力がなくなっているように感じる。大技を足していく足し算のプロレスになっているのだ。僕は足し算を繰り返すプロレスはいずれ限界が来ると疑問に感じているのだ。作中のサーモン多摩川と尾崎《おざき》レッドの試合では尾崎レッドのフィニッシュホールドの「ウイニング・スカイ」を多摩川が返すのだ。フィニッシュホールド＝必殺技であるから、返すことで信頼＝説得力がなくなる。控室の多摩川と尾崎のやりとりの中でも「ウイニング・スカイは二度と使いものにならなくなった」とあって、そこから尾崎は足し算のプロレスから引き算のプロレスへと変化していく。

ＤＤＴのトップレスラーである竹下幸之助《たけしたこうのすけ》選手は近代プロレスの最先端だ。一九三センチ、一〇〇キロの身体《からだ》からくり出す凄みのあるジャーマンスープレックス、跳び技もこなすし、ときにはトップロープからのリバースフランケンシュタイナーも受ける、頭の先から足の先まで全身プロレスラーだ。そんな竹下選手と対戦するとき、意地の悪い僕は徹底的に「塩《しょ》っぱい」試合をする。相手の技を素直に受けず、一つ一つの技を大切に地味に闘う理屈の通る闘い。二度の敗戦の技は一発のジャーマンスープレックスと逆エビ固めだ。結果的に彼の技の説得力に貢献してしまった形になる。技の説得力。レスラーにしか分からない感覚だと思っていたので、作者のプロレスへの想いと理解度がよく伝わってくる。足し算ばかりではなく、やりくりをすることも大切だとプロレスの見方と生き方を教わっているようだ。

プロレスでは引き出しを増やすことが大切だ。僕も実際に強さを前面に出して試合をしていた。男色《だんしょく》ディーノ選手やスーパー・ササダンゴ・マシン選手との試合で強さとは別の引き出しを持たせてもらった経験がある。リング上で尻を出し、闘わずして大喜利マッチをして、コミカルな試合をすることで今までとは違った力を持つことができたのだ。作中でサーモン多摩川と対戦する尾崎レッドやアトラス浅岸《あさぎし》は多摩川のコミカルな戦法に自分が「葬られた」と感じるが、新しい引き出しを手に入れている。強さの面で見たら葬られたのかもしれないが、プロのレスラーとしては一歩先に進んでいる。作中の多摩川の言葉の「観客を笑わせ、驚かせ、楽しませる〈プロ〉のレスラーを待っているんです。ちゃんと、居場所はあるんです」だ。レスラーは強さだけを見てしまうが、様々な椅子があるのだと教えてくれている。

「どれだけお前さんが華麗な技を繰りだそうが、秒殺で勝利をおさめようが、客と闘わないプロレスは単なる〝ごっこ〟ですよ」

ピューマ藤戸《ふじと》との試合後のサーモン多摩川のセリフだ。もう最高だ。僕が日々苦悩していることをそっくりそのまま形にしてくれている。格闘技であろうとプロレスであろうと世間や客と闘わないものは〝ごっこ〟だと常々思っている。格闘技選手が格闘技だから真剣勝負だと言ったところで、世間と客と闘い凌《しの》ぎあっていなければそれは〝ごっこ〟なのだ。正直、笑わせるなと思うことばかりだ。プロレスにも格闘技にも真剣勝負はあって、どちらにも真剣勝負でないものは存在すると僕は思っている。すなわち、真剣勝負とは存在を賭けて世間と客と闘うことなのだ。プロレス格闘技はもちろん、人前で何らかの表現をする仕事は世間と客と闘ってこそなのだ。

梶本誠《かじもとまこと》対司藤武士《しどうたけし》の試合では思想がぶつかり合う。プロレス志向の梶本と格闘技志向の司藤。

物語と試合内容を飛ばしてしまうと梶本がフロントスープレックスで3《スリー》カウントを取って勝利する。このフィニッシュがギブアップではなく、3カウントであることに意味を感じるのだ。ギブアップやノックアウトは格闘技にも存在する価値観であるが、3カウントはプロレスにしか存在しない。まさにプロレスの醍醐味であり、真骨頂だ。その3カウントを格闘技志向の選手に用いたことに梶本のそして作者のプロレスへの思想信念を感じた。

一九九五年十月九日東京ドームでの「新日本プロレスvsUWFインターナショナル全面対抗戦」のメインイベント、大将戦として行われた武藤敬司《むとうけいじ》と髙田延彦《たかだのぶひこ》の一戦では、格闘技志向のプロレスを展開していた髙田延彦に対して、武藤敬司はプロレスの代名詞ともいえる足四の字固めで、格闘技的な価値観であるギブアップ勝利を奪い取った。武藤敬司のフィニッシュホールドであるムーンサルトプレスからの3カウントではなく、足四の字固めでのギブアップ勝利に、梶本誠対司藤武士と同じ思想信念のぶつかり合いを僕は感じたのだ。

このままだと延々と書き続けてしまいそうになる。このまま延々と続けたいのだが文字数があるのだ。インターネットと違うのは字数の制限があることだ。インターネットで書くことに慣れ過ぎている弊害だ。

サーモン多摩川の「……あっしはね、プロレスに救われたんですよ」の言葉、カイザー牙井《きばい》の「格闘技が世間を席巻し、勝ち負けばかりの時代になったとき、それでは救われない人間たちのために、お前がリングを守ってくれ」この言葉を深く感じている。僕たちはプロレスに救われてきた。表現をする仕事はなりたくてなるものではなく、これしかなくてどうしようもなくてなるものだと思っているから、プロレス格闘技があって、救われている。なかったときの自分など考えることができないほどだ。プロレスに救われてきた。プロレスに救われてきたからこそ、プロレスを残していこうと思う。いや。プロレスは残るだろう。なぜならばプロレスは生きるために必要不可欠な生き方を教えてくれるものだからだ。伝統だからとか、文化だからではなく、必要な実質であるからプロレスは残ると胸を張って言えるし、信じている。

気がついたら解説ではなく、自分の想いばかり語ってしまった。作者の黒木あるじさんに感謝している。プロレス格闘技を愛してくれてありがとう。プロレス格闘技を残していきましょう。僕たちが救われたプロレス格闘技を信じて。

（あおき・しんや　格闘技選手）

本文デザイン／坂野公一（welle design）

本書は、集英社文庫のために書き下ろされた作品です。

S 集英社文庫

葬儀屋《アンダーテイカー》 プロレス刺客伝《しかくでん》

2020年 8 月25日 第 1 刷　　定価はカバーに表示してあります。

著　者　黒木《くろき》あるじ

発行者　徳永　真

発行所　株式会社 集英社
東京都千代田区一ツ橋 2-5-10 〒101-8050
電話 【編集部】03-3230-6095
【読者係】03-3230-6080
【販売部】03-3230-6393(書店専用)

印　刷　凸版印刷株式会社

製　本　凸版印刷株式会社

フォーマットデザイン　アリヤマデザインストア　　マークデザイン　居山浩二

ISBN978-4-08-744146-8 C0193